P.S.
Je t'aime
toujours...

PANINI BOOKS

P.S. Je t'aime toujours...

JENNY HAN

Titre original : *P.S. I still love you*
Illustration de couverture : © 2015 Douglas Lyle Thompson
Design du livre : © Lucy Ruth Cummins

Traduit de l'anglais (États-Unis) par Mathilde Roger
Suivi éditorial et relecture : KiDs-sevenimagine, Claire Jéhanno,
Dominique Montembault et Chloé Chauveau
Maquette : Stéphanie Lairet

ISBN : 9-782-8094-6368-2

Première publication en France
en 2015 par Panini Books

PANINI BOOKS
www.paninibooks.fr
PANINI FRANCE SA
Nice La Plaine 1 – Bât. C2
Avenue Emmanuel-Pontremoli
06 200 Nice

© Panini S.A. 2017 pour la présente édition.
© 2015 Jenny Han.
Code produit : FRTA2002

Elle était heureuse que cette maison douillette, que papa, maman et la lueur du feu dans la cheminée, et la musique soient le présent. « On ne pourra pas l'oublier, se disait-elle. Parce que maintenant, c'est maintenant. Ça ne pourra jamais être il y a longtemps. »
— Laura Ingalls Wilder, *La Petite Maison dans les grands bois*[1]

Car le temps est la plus grande distance entre nous.
— Tennessee Williams, *La Ménagerie de verre*[2]

---

[1] *Castor Poche Flammarion, 1994, traduit par Anne-Marie Chapouton.*

[2] *Éditions Robert Laffont, collection « Bouquins », 2011, traduit par Pierre Laville.*

Cher Peter,

Tu me manques. Cela fait seulement cinq jours, mais tu me manques comme après cinq ans d'absence. Peut-être parce que je ne sais pas si tout est fini, si on se parlera encore. J'imagine qu'on se dira salut en chimie, en se croisant dans le couloir, mais est-ce que les choses pourront un jour être de nouveau comme avant ? Cela me rend triste. Il me semblait que je pouvais tout te dire. Je crois que tu le pensais aussi. Je l'espère.

Alors je vais tout te dire maintenant, pendant que j'en ai encore le courage. Ce qui s'est passé entre nous dans le Jacuzzi m'a fait peur. Je sais que pour toi, Peter, ce n'était qu'un jour comme un autre, mais pour moi, cela voulait dire beaucoup plus, et c'est pour cela que j'ai eu peur. Ce n'était pas ce que les gens disaient sur cet instant, sur moi, c'était le fait que tout cela se soit produit. Que cela ait été si facile, et à quel point cela m'a plu. J'ai pris peur et je m'en suis prise à toi, et je suis vraiment désolée.

Et au récital, je m'excuse de ne pas t'avoir défendu devant Josh. J'aurais dû le faire. Je sais que je te devais cela. Je te devais cela et davantage. Je n'arrive toujours pas à croire que tu sois venu et que tu aies apporté ces cookies aux fruits confits. Tu étais adorable dans ce pull, d'ailleurs. Je ne dis pas cela pour me faire bien voir. Je le pense vraiment.

Parfois, je t'aime tellement que je ne le supporte pas. Ce sentiment me remplit à ras bord, et j'ai l'impression que je vais déborder. Je ne sais pas quoi faire de tous ces sentiments pour toi. Mon cœur bat à toute allure quand je sais que je vais te revoir. Et ensuite, quand tu me regardes comme tu le fais, j'ai l'impression d'être la fille la plus chanceuse du monde.

Ces choses que Josh a dites sur toi n'étaient pas vraies. Tu ne m'as pas entraînée vers le bas. Au contraire, tu m'as attirée vers le haut. Tu m'as offert ma première histoire d'amour, Peter. S'il te plaît, ne la termine pas déjà.

Avec tout mon amour,

Lara Jean

I

KITTY A RÂLÉ toute la matinée, et je soupçonne Margot et papa d'être encore sous le coup de leur excès de boisson du réveillon. Et moi ? J'ai des cœurs plein les yeux et une lettre si ardente qu'elle pourrait consumer la poche de mon manteau, où je l'ai glissée.

Tandis que nous mettons nos chaussures, Kitty ajoute quelques lamentations pour éviter de porter le *hanbok*[3] chez tante Carrie et oncle Victor.

— Regarde ces manches ! Sur moi, on dirait des trois-quarts !

— Elles sont censées être comme cela, déclare papa sans conviction.

Kitty nous désigne, Margot et moi, du doigt.

— Alors pourquoi ça rend mieux sur elles ?

Notre grand-mère a acheté ces *hanboks* pour nous lors de son dernier voyage en Corée. Margot porte une veste jaune et une jupe vert pomme. La mienne est rose vif sous un haut ivoire dont le devant est orné d'un nœud brodé de fleurs d'un rose assorti. Le

---
[3] Vêtement traditionnel coréen.

jupon est volumineux, déployé comme une cloche, et il traîne par terre alors que celui de Kitty lui arrive juste aux chevilles. Je proteste :

— Ce n'est pas notre faute si tu pousses comme une mauvaise herbe.

Je me débats avec le nœud, c'est ce qu'il y a de plus difficile à arranger. J'ai dû regarder un tutoriel sur YouTube des centaines de fois pour comprendre comment faire, et je le trouve toujours bancal et pathétique.

— Ma jupe est trop courte, grommelle Kitty en levant le tissu.

En vérité, si Kitty déteste porter un *hanbok*, c'est parce qu'il faut marcher à pas délicats dessous, et tenir la jupe contre soi d'une main pour éviter que les pans ne s'ouvrent complètement.

— Toutes les autres cousines en porteront, et cela fera plaisir à grand-mère, réplique papa en se massant les tempes. Point final.

— Je déteste le Nouvel An, ne cesse de répéter Kitty dans la voiture, ce qui agit sur l'humeur de tout le monde, sauf la mienne.

De toute façon, se lever à l'aube pour rentrer à temps du chalet de son amie avait déjà mis Margot de mauvaise humeur, la gueule de bois y étant sans doute aussi pour quelque chose… Mais rien ne peut ébranler ma bonne humeur, parce que je ne suis même pas avec elles dans la voiture. Je suis ailleurs, je pense à ma lettre à Peter. Je me demande si elle vient suffisamment du cœur, comment et quand je devrais la lui donner, ce qu'il dira, ce que ça impliquera pour nous… Devrais-je la mettre dans sa boîte à lettres ? La glisser dans son casier ? Quand je le reverrai, me sourira-t-il avant de plaisanter sur mon courrier pour détendre l'atmosphère ?

Ou fera-t-il mine de ne pas l'avoir lu pour nous épargner tout malaise ? Je pense que ce serait pire. Je ne dois pas oublier que, malgré tout, Peter est gentil et facile à vivre, et qu'il ne serait pas aussi cruel. Au moins, je suis sûre de ça.

— À quoi tu penses si profondément ? me demande Kitty.

Je l'entends à peine.

— Allô ?

Je ferme les yeux, faisant mine de dormir, et je ne vois plus que le visage de Peter. Je ne sais pas exactement ce que j'attends de lui, à quoi je suis prête, si c'est un amour sérieux et officiel du type petit ami/ petite amie, s'il s'agit comme avant de s'amuser avec quelques baisers ici et là, ou si c'est entre les deux, mais je sais surtout que je n'arrive pas à retirer sa jolie bouille de mes pensées. Sa façon de sourire d'un air satisfait quand il dit mon nom, le fait que quand il est près de moi, j'oublie parfois de respirer…

BIEN SÛR, UNE fois chez tante Carrie et oncle Victor, aucune cousine ne porte de *hanbok*, et Kitty devient presque violette à force de se retenir de hurler sur papa. Margot et moi lui adressons aussi des regards de travers. Ce n'est pas très confortable de s'asseoir quand on porte un *hanbok*. Mais grand-mère m'adresse un sourire approbateur qui vaut bien un petit effort.

Nous retirons nos chaussures et nos manteaux à la porte, et je me penche pour murmurer à Kitty :

— Peut-être que les adultes nous donneront plus d'argent pour nous être si bien habillées.

— Les filles, vous êtes tellement mignonnes ! s'exclame tante Carrie en nous serrant dans ses bras. Haven refuse de porter le sien !

Notre cousine lève les yeux au ciel.

— J'aime bien ta coupe, assure-t-elle à Margot.

Je n'ai que quelques mois d'écart avec elle, mais elle se croit beaucoup plus grande que moi. Elle essaie toujours de se rapprocher de Margot.

On commence par les courbettes. Dans la culture coréenne, les plus jeunes s'inclinent devant leurs aînés le jour du Nouvel An pour leur souhaiter de la chance toute l'année, et en retour ils reçoivent de l'argent. L'ordre va du plus âgé au plus jeune. En tant que doyenne, grand-mère s'assoit la première sur la banquette, puis tante Carrie et oncle Victor s'inclinent d'abord. Ensuite papa, et nous défilons tous, jusqu'à Kitty, la cadette. Quand vient le tour de papa de s'asseoir pour recevoir ses courbettes, je remarque le coussin vide près de lui, comme à chaque Nouvel An depuis la mort de maman. J'ai mal dans la poitrine à le voir assis, seul, souriant courageusement tandis qu'il distribue des billets de dix dollars. Grand-mère croise mon regard, et je sais qu'elle pense comme moi. Lorsque c'est à moi, je m'agenouille, les mains croisées devant le front, et je jure que mon père ne sera plus seul sur cette banquette l'année prochaine.

Nous recevons dix dollars de tante Carrie et oncle Victor, dix de papa, dix de tante Min et oncle Sam, qui ne sont pas de vrais oncle et tante, mais des cousins germains (ou sont-ils des petits-cousins ? Des cousins de maman, en bref), et vingt de grand-mère ! Nous n'avons pas reçu plus pour avoir porté les *hanboks*, mais c'est une belle recette. L'an dernier, oncles et tantes n'avaient donné que des billets de cinq.

Ensuite, nous préparons de la soupe de gâteau de riz pour attirer la chance. Tante Carrie a préparé des gâteaux de cornilles[4] et insiste pour nous les faire goûter, même si personne n'en veut. Les jumeaux Harry et Leon, nos cousins au troisième degré (ou arrière-petits-cousins?), refusent de manger la soupe et les gâteaux de pois à vache et ils se gavent de nuggets de poulet devant la télé. Il n'y a pas assez de place autour de la table, aussi Kitty et moi mangeons sur des tabourets autour de l'îlot central de la cuisine. De là, on entend tout le monde rire.

En commençant ma soupe, je fais un vœu. *S'il vous plaît, faites que tout s'arrange entre Peter et moi.*

— Pourquoi est-ce que j'ai un bol moins grand que les autres? murmure Kitty.

— Parce que tu es la plus petite.

— Pourquoi on n'a pas eu notre bol de *kimchi*?

— Parce que tante Carrie pense qu'on n'aime pas ça, parce qu'on n'est pas complètement coréennes.

— Va lui en demander, murmure Kitty.

J'obéis, mais surtout parce que, moi aussi, j'en veux. Pendant que les adultes boivent le café, Margot et moi allons avec Haven dans sa chambre, suivies par Kitty. D'habitude, elle joue avec les jumeaux mais, cette fois, elle saisit le yorkshire de tante Carrie, Smitty, et nous suit dans les escaliers…

Haven a des posters de groupes de rock indé sur les murs, et la plupart me sont inconnus. Elle en change tout le temps. Il y en a un nouveau, de Belle and Sebastian, avec des lettres à l'ancienne et un aspect denim.

— Celui-là est sympa, lui dis-je.

— J'allais le changer, prends-le si tu veux.

— Non, c'est bon.

---

[4] Petits haricots en grains très consommés dans le sud des États-Unis, appelés aussi «pois à vache».

Je sais qu'elle ne le propose que pour se donner l'air supérieur, comme elle le fait toujours.

— Je le prends alors, déclare Kitty.

Haven se rembrunit, mais ma sœur est déjà en train de détacher l'affiche.

— Merci, Haven.

Margot et moi échangeons un regard en essayant de ne pas sourire. Haven n'a jamais été très patiente avec Kitty, un sentiment largement réciproque.

— Margot, tu as assisté à des concerts depuis que tu es en Écosse ? demande Haven, qui se laisse tomber sur son lit avant d'ouvrir son portable.

— Pas vraiment. J'ai été trop occupée avec les cours, répond Margot.

Elle n'aime pas beaucoup les concerts, de toute façon. Elle regarde son téléphone, la jupe de son *hanbok* étalée autour d'elle. C'est la dernière fille Song encore totalement en tenue. J'ai retiré ma veste pour rester en jupe et débardeur alors que Kitty a tout retiré et ne porte plus qu'une jupe-culotte et un petit top.

Je m'assois sur le lit près de Haven pour qu'elle me montre les photos de ses vacances aux Bermudes sur Instagram. Alors qu'elle fait défiler les images, un cliché de mon voyage aux sports d'hiver surgit. Haven fait partie de l'orchestre des jeunes de Charlottesville, et elle connaît du monde dans différents lycées, y compris le mien.

Je ne peux retenir un soupir en voyant la photo, prise dans le bus le dernier matin. Peter m'enlace d'un bras et me chuchote à l'oreille. J'aimerais me rappeler ce qu'il me disait.

Surprise, Haven me regarde.

— Oh, mais c'est toi, Lara Jean. D'où vient cette photo ?

— Un voyage scolaire, à la montagne.

— C'est ton petit copain ?

Je sens qu'elle est impressionnée mais qu'elle essaie de le cacher.

J'aimerais pouvoir dire oui, mais…

Kitty nous rejoint et regarde par-dessus nos épaules.

— Oui, et c'est le mec le plus canon que tu as vu de toute ta vie, Haven, déclare-t-elle d'un air de défi.

Margot, qui regardait son téléphone, lève la tête en gloussant.

— Eh bien, ce n'est pas tout à fait vrai, dis-je d'un ton prudent.

C'est vraiment le garçon le plus canon que j'aie vu de ma vie, mais je ne sais pas avec qui Haven va en cours.

— Non, Kitty a raison, il est canon, admet Haven. Et… comment tu l'as rencontré ? Ne le prends pas mal, mais je ne pensais pas que tu étais du genre à sortir.

Je fronce les sourcils. Pas du genre à sortir ? C'est-à-dire ? Elle me prend pour un petit champignon qui reste chez lui dans la pénombre et pousse dans la mousse ?

— Lara Jean fréquente plein de garçons, soutient Margot avec loyauté.

Je rougis. Je ne sors jamais, Peter ne compte même pas vraiment, mais je lui suis reconnaissante de ce mensonge.

— Comment s'appelle-t-il ? demande Haven.

— Peter. Peter Kavinsky.

Même prononcer son nom est comme le souvenir d'un plaisir qui se savoure, tel un carré de chocolat fondant sur la langue.

— Oh ! Je croyais qu'il sortait avec cette jolie blonde. Comment, déjà ? Jenna ? Ce n'était pas ta meilleure copine quand vous étiez petites ?

Sa remarque me porte un coup au cœur.

— Elle s'appelle Geneviève. On était amies, mais plus maintenant. Peter et elle ont rompu il y a un moment.

— Et depuis quand es-tu avec lui ?

Elle a un air soupçonneux, comme si elle me croyait à quatre-vingt-dix pour cent mais gardait encore dix pour cent de doutes.

— On a commencé à se voir en septembre.

Ça au moins, c'est vrai.

— On n'est pas ensemble en ce moment, disons qu'on fait une pause... Mais je suis... optimiste.

Kitty me colle son petit doigt contre la joue pour y creuser une fossette.

— Tu souris, dit-elle en souriant aussi.

Elle se pelotonne contre moi.

— Réconcilie-toi avec lui aujourd'hui, d'accord ? Je veux que Peter revienne.

— Ce n'est pas si simple.

Ou peut-être que si, après tout ?

— Mais si, c'est simple. Il t'aime toujours beaucoup, il suffit que tu lui dises que toi aussi, et hop ! vous serez de nouveau ensemble et ce sera comme si tu ne l'avais jamais mis à la porte de chez nous.

Haven écarquille les yeux.

— Lara Jean, c'est toi qui as rompu avec lui ?

— Enfin, ce n'est quand même pas si incroyable !

Je plisse les yeux, et elle referme sagement la bouche sur la remarque qu'elle préparait.

Elle regarde de nouveau la photo de Peter. Puis elle se lève pour aller dans la salle de bains. En fermant la porte, elle lance :

— Tout ce que j'ai à dire, c'est que, s'il était mon petit copain, je ne le laisserais jamais partir.

Un frisson me saisit de la tête aux pieds.

J'ai eu exactement la même pensée pour Josh, et regardez-moi : on dirait que des millions d'années sont passées et qu'il n'est plus qu'un souvenir. Je ne veux pas qu'il se passe la même chose avec Peter. Ces vieux sentiments éloignés, où même en essayant très fort on se souvient à peine du visage de l'autre en fermant les yeux… Quoi qu'il arrive, je veux toujours me rappeler son visage.

Quand survient l'heure du départ, je mets mon manteau et la lettre pour Peter tombe de ma poche. Margot la ramasse.

— Encore une lettre ?

Je rougis et je m'empresse de répondre.

— Je n'ai pas encore décidé quand je vais la lui donner, si je dois la mettre dans sa boîte, l'envoyer par la poste ou la lui donner en main propre… Gogo, qu'est-ce que tu crois ?

— Tu devrais lui parler, répond-elle. Fais-le maintenant. Papa te déposera. Va chez lui, donne-lui ta lettre, et tu verras ce qu'il dit.

Mon cœur s'emballe à cette idée. Maintenant ? Aller le trouver, sans l'appeler avant, sans le moindre plan ?

— Je ne sais pas. Je crois que je devrais y réfléchir encore un peu.

Margot s'apprête à répondre, mais Kitty surgit derrière nous.

— Ça suffit, les lettres. Vas-y et récupère-le !

— N'attends pas qu'il soit trop tard, renchérit Margot, et je sais qu'elle ne parle pas seulement de Peter et moi.

J'ai soigneusement esquivé le sujet de Josh, après tout ce qui s'était passé entre nous. Je sais que Margot m'a pardonné, mais inutile de jouer avec le feu.

Alors, ces jours derniers, je l'ai soutenue silencieusement en espérant que ce soit assez. Mais Margot retourne en Écosse dans moins d'une semaine. Je ne supporte pas l'idée qu'elle s'en aille sans parler à Josh. On est tous amis depuis si longtemps ! Je sais que les choses s'arrangeront entre Josh et moi, parce qu'on est voisins et que c'est ainsi avec les gens qu'on voit souvent. Ils guérissent presque tout seuls. Mais c'est différent pour Margot et Josh, alors qu'elle est si loin de lui. S'ils ne discutent pas maintenant, la cicatrice ne se refermera jamais, et ils deviendront comme des étrangers qui ne se sont jamais aimés, ce qui est la pensée la plus triste qui soit.

Pendant que Kitty enfile ses bottes, je murmure à Margot :

— Si je parle à Peter, tu devrais parler avec Josh. Ne repars pas pour l'Écosse en laissant les choses dans cet état entre vous.

— On verra.

Mais je vois passer dans ses yeux une étincelle d'espoir qui m'encourage moi aussi.

II

Margot et Kitty dorment à l'arrière de la voiture. Kitty a posé la joue sur les genoux de notre sœur, qui a la tête en arrière et la bouche grande ouverte. Papa écoute la radio avec un léger sourire. Tout le monde est si paisible, alors que mon cœur bat la chamade à l'idée de ce que je vais faire.

Je vais y aller maintenant, ce soir, avant la rentrée, avant que toutes les activités du quotidien reprennent, avant que Peter et moi soyons devenus un simple souvenir. Un souvenir comme ces boules à neige qu'on secoue pour regarder le paysage sens dessus dessous et scintillant de paillettes, complètement magique… jusqu'à ce que tout retombe à sa place. Les choses ont tendance à vouloir retourner à leur place. Mais moi, je ne peux pas revenir en arrière. J'attends d'être à un feu de signalisation du quartier de Peter et je demande à papa de me déposer. Il doit percevoir l'intensité de ma voix, la nécessité que j'exprime, parce qu'il ne pose aucune question et accepte.

Il se gare devant chez Peter, où les lumières sont allumées. Sa voiture et le minivan de sa mère sont dans l'allée. Le soleil s'apprête à se coucher, même s'il est tôt, parce que c'est l'hiver. En face, les voisins de Peter ont encore leurs illuminations de Noël. C'est probablement le dernier jour, puisque c'est le Nouvel An.

Nouvelle année, nouveau départ.

Je sens mes veines battre à mon poignet, et je suis nerveuse, hyper-nerveuse ! Je sors de la voiture et je cours sonner à la porte. J'entends des pas dans la maison et je fais signe à papa de s'éloigner. Il recule dans l'allée. Kitty est réveillée, et elle arbore un grand sourire, visage collé contre la vitre arrière. Elle lève le pouce et je lui adresse un petit salut.

Peter ouvre la porte. Mon cœur bondit comme une balle magique dans ma poitrine. Il porte une chemise que je ne connais pas encore, à carreaux. Sans doute un cadeau de Noël. Ses cheveux sont ébouriffés comme s'il venait de se lever. Il ne semble pas très surpris de me voir.

— Salut.

Il regarde ma jupe qui se déploie sous mon manteau comme une robe de bal.

— Tu as sorti la robe des grands soirs ?
— C'est pour le Nouvel An.

J'aurais dû d'abord rentrer me changer. Je me serais peut-être sentie moi-même pour aller frapper à la porte d'un garçon, ce simple fait me mettant déjà très mal à l'aise.

— Alors, hum, comment s'est passé Noël ?
— Bien.

Il prend son temps, quatre longues secondes, avant de continuer.

— Et le tien ?

— Super. On a eu un chiot. Il s'appelle Jamie Fox-Pickle.

Pas l'ombre d'un sourire sur les lèvres de Peter. Il est froid, et je ne m'attendais pas à ça. C'est peut-être même autre chose, juste de l'indifférence.

— Je peux te parler une minute ?

Il hausse les épaules, ce qui ressemble à un oui, mais il ne m'invite pas à entrer. J'ai soudain une boule dans l'estomac en songeant que Genevieve est peut-être là, mais ma crainte se dissipe très vite. Si elle était là, il ne serait pas sur le seuil avec moi. Il laisse la porte ouverte le temps d'enfiler des baskets et un manteau, puis il sort sur le perron. Il referme derrière lui et s'assoit sur les marches. Je m'installe près de lui en lissant ma jupe autour de moi.

— Alors, qu'est-ce qu'il y a ? demande-t-il comme si je gâchais son temps précieux.

Ce n'est pas bon, ce n'est pas du tout ce que j'espérais.

Mais après tout, qu'est-ce que j'espérais de Peter ? Que je lui donnerais la lettre, qu'il la lirait et me dirait qu'il m'aime ? Qu'il me prendrait dans ses bras et qu'on s'embrasserait passionnément, mais juste un baiser, innocent ? Et après ? Qu'on sortirait ensemble ? Combien de temps lui faudrait-il pour se lasser de moi, s'ennuyer de Genevieve, avoir envie de plus que ce que j'étais prête à donner, dans sa chambre et dans sa vie ? Quelqu'un comme lui ne pouvait pas se contenter de rester à la maison regarder un film sur le canapé. Il s'agit de Peter Kavinsky, tout de même.

Je reste si longtemps dans mes pensées qu'il répète, un peu moins froidement cette fois :

— Quoi, Lara Jean ?

Il me regarde comme s'il attendait quelque chose, et soudain j'ai peur de lui donner ma lettre.

Je ferme le poing sur elle et l'enfonce dans la poche de mon manteau. Mes mains sont gelées, je n'ai ni gants ni chapeau, et je ferais mieux de rentrer.

— Je suis juste venue te dire... te dire que j'étais désolée de la manière dont les choses se sont passées. Et... j'espère qu'on peut encore être amis, et bonne année.

Il plisse les yeux.

— Bonne année ? répète-t-il. C'est ce que tu es venue dire ? Désolée et bonne année ?

— Et que j'espère qu'on peut rester amis.

Je me mords la lèvre.

— Tu espères qu'on peut rester amis, reprend-il avec une note de sarcasme que je ne comprends pas, mais que je n'apprécie pas du tout.

— Oui, c'est ce que j'ai dit.

Je me lève. Je comptais sur lui pour me reconduire en voiture chez moi, mais maintenant je ne veux rien lui demander. Il fait si froid, tout de même, peut-être qu'un indice aiderait... Je souffle sur mes mains en déclarant :

— Bon, je vais rentrer.

— Attends une minute. Revenons à tes excuses. Tu es désolée pour quoi, exactement ? Pour m'avoir foutu à la porte ou pour avoir cru que j'étais assez minable pour aller dire aux autres qu'on avait couché ensemble alors que c'est faux ?

Une boule m'est montée dans la gorge. Dite comme ça, l'accusation a effectivement l'air terrible.

— Les deux. Je m'excuse pour les deux.

Peter incline la tête, les sourcils levés.

— Et quoi d'autre ?

Je me hérisse. *Quoi d'autre ?*

— Il n'y a rien d'autre, c'est tout.

Heureusement que je ne lui ai pas donné ma lettre, vu son attitude ! Ce n'est pas comme s'il n'avait rien à se reprocher.

— Eh, c'est toi qui es venue ici avec tes histoires d'excuses et d'amis. Tu ne m'obligeras pas à accepter tes espèces de demi-excuses.

— Bon, eh bien bonne année quand même.

Cette fois, c'est moi qui suis sarcastique. Ce n'est pas désagréable !

— Bonne vie. Ce n'est qu'un au revoir, et blablabla.

— C'est ça. Salut.

Il tourne les talons. J'étais pleine d'espoir ce matin, j'avais des étoiles dans les yeux en imaginant la scène. Mais Peter est odieux. Bon débarras !

— Attends un peu.

L'espoir fait bondir mon cœur comme Jamie Fox-Pickle dans son panier : vivement et sans retenue. Je lui fais face mais je cache mes sentiments sous un air de dire : « Ah, quoi encore ? »

— Qu'est-ce que tu caches dans ta poche ?

Ma main se pose sur la lettre.

— Ça ? Oh, ce n'est rien. De la pub. Elle était par terre près de ta boîte. Ne t'inquiète pas, je la recyclerai pour toi.

— Donne, je vais la recycler tout de suite, dit-il en tendant la main.

— Non, je le ferai.

Je repousse la lettre plus profondément dans ma poche, mais Peter essaie de me l'arracher de la main. Je me tords pour m'écarter de lui sans desserrer le poing sur le papier froissé. Il hausse les épaules et je me détends avec un soupir de soulagement, mais il en profite pour se jeter sur la lettre et me la voler.

— Rends-la-moi, Peter ! dis-je d'un ton haletant.

Il fait mine de me sermonner d'un air joyeux.

— Le vol de courrier est une grave atteinte aux lois américaines, déclare-t-il avant de regarder l'enveloppe. C'est pour moi. De ta part.

Je tente une dernière plongée désespérée vers ma lettre et le prends par surprise. Il lutte pour garder l'enveloppe, je tiens le coin mais il refuse de lâcher.

— Arrête, tu vas la déchirer ! finit-il par crier en l'arrachant de mes doigts.

J'essaie encore de rattraper le papier, mais il est trop tard. Il le tient.

Il lève l'enveloppe au-dessus de ma tête et l'ouvre, puis il lit la lettre. C'est une torture de rester là, devant lui, à attendre… Attendre quoi ? Je ne sais pas. D'être humiliée davantage ? Je devrais partir. Qu'est-ce qu'il lit lentement !

Quand il a enfin terminé, il me demande :

— Pourquoi ne me l'as-tu pas donnée ? Pourquoi voulais-tu partir comme ça ?

— Parce que… je ne sais pas, tu n'avais pas l'air très content de me voir…

Je laisse traîner ma voix de façon pathétique.

— Je jouais les distants ! J'ai attendu ton appel, idiote. Ça fait déjà six jours.

Je ravale un hoquet.

— Oh !

— Oh.

Il m'attire par le revers de mon manteau, contre lui, assez près pour m'embrasser. Il est tellement proche que je vois son souffle former des petits nuages. Je pourrais presque compter ses cils. Il reprend, d'une voix basse.

— Alors… tu m'aimes encore un peu ?

— Oui, dis-je en soupirant. En quelque sorte.

Mon cœur bat fort fort fort. J'ai la tête qui

tourne. Est-ce un rêve ? Si c'est le cas, je ne veux pas me réveiller.

Peter me regarde comme pour me dire « ne te la joue pas, tu sais que tu m'aimes bien ». C'est vrai, c'est vrai.

— Est-ce que tu me crois si je te jure que je n'ai pas raconté qu'on avait couché ensemble ? demande-t-il d'une voix douce.

— Oui.

— OK, dit-il en prenant une grande inspiration. Est-ce que... quelque chose s'est passé entre Sanderson et toi après mon départ de chez toi, cette nuit-là ?

Il est jaloux ! Cette simple idée me réchauffe comme un bol de soupe chaude. J'ouvre la bouche pour lui répondre que non, bien évidemment, mais il m'interrompt très vite.

— Attends. Ne me dis pas. Je ne veux pas le savoir.

— Non, dis-je fermement, pour qu'il comprenne bien ce que je veux dire.

Il hoche la tête mais n'ajoute rien.

Puis il se penche et je ferme les yeux, tandis que mon cœur palpite aussi fébrilement que des ailes d'oiseau-mouche. En fait, on ne s'est embrassés que quatre fois, et une seule fois pour de vrai. J'aimerais aller droit au but, pour ne plus me sentir aussi nerveuse. Mais Peter ne m'embrasse pas, pas comme je m'y attendais. Il m'embrasse sur la joue gauche, puis la droite, et son souffle est chaud. Puis rien. J'ouvre les yeux d'un coup. Est-ce une façon de me dire au revoir ? Pourquoi pas un vrai baiser ?

— Qu'est-ce que tu fais ? dis-je dans un murmure.

— J'entretiens le suspense.

— Embrasse-moi, d'accord ? dis-je vivement.

Il incline la tête et sa joue frôle la mienne, mais au même moment la porte s'ouvre sur le frère cadet de Peter, Owen. Je m'écarte de Peter comme si je venais d'apprendre qu'il avait une terrible maladie contagieuse incurable.

— Maman veut que vous entriez pour boire un cidre chaud, déclare-t-il avec un sourire moqueur.

— Dans une minute, déclare Peter en m'attirant vers lui.

— Elle a dit maintenant, insiste Owen.

Oh, mon Dieu ! Je regarde Peter, paniquée.

— Je devrais rentrer avant que mon père commence à s'inquiéter…

Il me montre la porte d'un coup de menton.

— Entre une minute, et je te reconduirai chez toi.

Je passe la porte et il m'aide à retirer mon manteau.

— Tu allais vraiment rentrer à pied chez toi dans ta robe de gala ? Par ce froid ? murmure-t-il.

— Non, je comptais te faire assez honte pour que tu me raccompagnes, dis-je en chuchotant.

— C'est quoi, cette robe ? demande Owen.

— C'est la tenue traditionnelle coréenne pour le Nouvel An, dis-je.

La mère de Peter sort de la cuisine avec deux tasses fumantes. Elle porte un long pull de cachemire avec une ceinture lâche à la taille et des chaussons en laine torsadée de couleur crème.

— Sublime, déclare-t-elle. Tu es ravissante. Toutes ces couleurs…

— Merci, dis-je, embarrassée par tant d'enthousiasme.

On s'assoit tous les trois dans la pièce principale pendant qu'Owen s'échappe dans la cuisine. J'ai encore les joues en feu après le presque baiser et le fait que la mère de Peter sache certainement ce qu'on allait faire. Je me demande ce qu'elle sait exactement de notre histoire, ce qu'il lui a dit, s'il lui a dit quelque chose.

— Comment se sont passées tes fêtes de Noël, Lara Jean ? me demande-t-elle.

Je souffle sur mon cidre.

— C'était très sympa. Mon père a offert un chiot à ma petite sœur, et on s'est disputées pour savoir qui le prendrait dans ses bras la première. Ma grande sœur n'est pas encore repartie à l'université, ce qui est très agréable. Comment étaient vos vacances, madame Kavinsky ?

— Oh, très plaisantes. Calmes. Owen me les a offerts, dit-elle en désignant ses chaussons. Comment s'est passée la fête avant les vacances ? Tes sœurs ont-elles aimé les cookies aux fruits confits de Peter ? Honnêtement, je les déteste !

Je regarde Peter, surprise, et il semble brusquement captivé par son téléphone.

— Tu n'as pas dit que ta mère les avait faits ?

Elle se fend d'un sourire étrangement fier.

— Ph… non, il les a faits lui-même, de ses mains. Il était très décidé.

— Ils ont un goût de poubelle ! beugle Owen depuis la cuisine.

Leur mère rit de nouveau, puis le silence retombe. Je réfléchis comme une folle pour trouver un sujet de conversation. Les bonnes résolutions, peut-être ? La tempête de neige annoncée pour la semaine prochaine ? Peter ne m'aide pas du tout : il est encore plongé dans son téléphone.

Sa mère se lève.

— C'était un plaisir de te voir, Lara Jean. Peter, ne la retiens pas trop tard.

— Promis. Je reviens, ajoute-t-il en me regardant. Je vais chercher mes clés.

— Je suis désolée d'être venue sans prévenir un soir de Nouvel An, dis-je après son départ. J'espère que je n'ai rien interrompu.

— Tu es la bienvenue quand tu le souhaites.

La mère de Peter se penche et pose une main sur mon genou. Elle m'adresse un regard profond avant de reprendre :

— Je te demande juste de ménager son petit cœur.

Je sens mon estomac sombrer. Peter lui a-t-il raconté ce qui s'était passé entre nous ?

Elle me tapote le genou et se lève.

— Bonne nuit, Lara Jean.

— Bonne nuit.

Malgré son sourire aimable, je sens que je me suis mise dans le pétrin. J'ai perçu une pointe de reproche dans sa voix, j'en suis sûre. *Ne joue pas avec mon fils*, voilà ce qu'elle voulait vraiment dire. Peter a-t-il beaucoup souffert des événements ? Il n'a rien laissé voir. Contrarié, peut-être un peu blessé... Assez pour en parler à sa mère ? Peut-être qu'il est très proche d'elle. Je déteste l'idée d'avoir fait mauvaise impression avant même d'avoir commencé mon histoire avec Peter.

La nuit est très noire, avec peu d'étoiles. Peut-être qu'il va bientôt neiger de nouveau. Chez moi, il y a de la lumière au rez-de-chaussée et à l'étage, dans la chambre de Margot. En face, j'aperçois le petit sapin illuminé de Mme Rothschild, par la fenêtre.

Je suis bien installée dans la voiture de Peter, dans le confort du chauffage.

— Tu as raconté notre rupture à ta mère ?

— Non, parce qu'on n'a jamais rompu, répond-il en baissant la ventilation.

— Non ?

Il rit.

— Non, puisqu'on n'a jamais vraiment été ensemble, tu as oublié ?

Et maintenant, on est ensemble ? C'est ce que j'aimerais savoir, mais je ne le lui demande pas parce qu'il passe un bras autour de mes épaules et incline sa tête vers la mienne. Je stresse de nouveau.

— Ne sois pas nerveuse, dit-il.

Je lui donne un baiser rapide pour prouver que je ne le suis pas.

— Embrasse-moi comme si je t'avais manqué, dit-il d'une voix un peu rauque.

— C'est le cas, c'est écrit dans ma lettre.

— Ouais, mais…

Je l'embrasse avant qu'il finisse sa phrase. Comme il faut. Avec tout mon cœur. Et il m'embrasse de la même manière. Alors je ne pense plus à rien, perdue dans notre baiser.

III

Une fois déposée par Peter, je cours dans la maison pour tout raconter à Margot et Kitty. Je me sens comme une bourse pleine de pièces d'or : je n'attends que de pouvoir me vider.

Kitty est allongée sur le canapé et regarde la télé avec Jamie Fox-Pickle sur les genoux, mais elle se redresse dès que je passe la porte. D'une voix étouffée, elle chuchote :

— Gogo est en train de pleurer.

Mon enthousiasme retombe aussitôt.

— Quoi ! Pourquoi ?

— Je crois qu'elle est allée voir Josh, qu'ils ont parlé et que ça n'a pas été très bien. Tu devrais aller la voir.

Oh, non ! Ce n'était pas censé se passer ainsi, entre eux. Ils devaient se remettre ensemble, comme Peter et moi.

Kitty se replace sur le canapé, télécommande en main, son devoir de sœur accompli.

— Comment ça s'est passé avec Peter ?

— Super, dis-je. Vraiment super.

Je souris sans même le vouloir, mais je me rembrunis très vite par respect pour Margot.

Je vais à la cuisine lui préparer une tasse de tisane apaisante avec deux cuillerées de miel, comme maman nous en concoctait pour la nuit. Pendant un instant, j'hésite à ajouter une goutte de whisky, parce que j'ai vu une série victorienne à la télé où les servantes en mettaient dans le thé de la dame du manoir afin de calmer ses nerfs. Je sais que Margot consomme de l'alcool à l'université, mais elle a déjà la gueule de bois et je doute que papa approuve mon idée. Je verse donc le thé sans whisky dans mon mug préféré et j'envoie Kitty le porter à l'étage. Je lui recommande de se montrer adorable. Je lui suggère de donner d'abord la boisson à Margot, puis de lui faire un câlin pendant au moins cinq minutes. Kitty proteste ; elle ne fait de câlins que si elle a quelque chose à y gagner, et aussi, je le devine, elle a peur de voir Margot triste.

— Je lui donnerai Jamie pour faire des caresses, déclare-t-elle.

Quelle égoïste !

Lorsque j'arrive ensuite vers la chambre de Margot avec un toast beurré à la cannelle, je ne vois ni Kitty ni Jamie. Margot est recroquevillée sur son lit, couchée sur le côté, en pleurs.

— Cette fois, c'est vraiment fini, Lara Jean, murmure-t-elle. On avait rompu, mais cette fois, je sais que c'est définitif. Je cr... croyais que, si je voulais qu'on se remette ensemble, il le voudrait aussi, mais p... pas du tout.

Je m'installe tout près d'elle en posant le front contre son dos. Je sens chacune de ses respirations. Elle sanglote dans son oreiller, et je lui caresse l'omoplate comme elle aime. Margot ne pleure jamais, alors la voir en larmes me donne l'impression que cette maison et le monde qui l'entoure ne tournent plus rond. Tout a l'air un peu de travers.

— Il dit que les relations à distance, c'est… c'est trop dur, que j'avais eu raison de rompre la première fois. Il me manque tellement, et, moi, je n'ai pas l'air de lui manquer du tout.

Je me mords la lèvre d'un air coupable. C'est moi qui l'ai encouragée à parler à Josh.

Je suis donc en partie responsable.

— Margot, tu lui manques. Tu lui manques terriblement. Pendant le cours de français, j'ai regardé par la fenêtre, et je l'ai vu dans les gradins qui mangeait son repas tout seul. C'était déprimant.

Elle renifle.

— Il a vraiment fait ça ?

— Oui.

Je ne comprends pas ce qui ne tourne pas rond chez Josh. Il avait l'air tellement amoureux d'elle, il a presque fait une dépression quand elle est partie. Et maintenant, ça ?

Elle soupire.

— Je crois… Je crois que je l'aime encore, vraiment.

— Tu es sérieuse ?

Aimer. Margot a dit qu'elle l'aimait. Je crois que je ne l'avais jamais entendue utiliser ce mot pour Josh avant. Peut-être avait-elle dit être amoureuse, mais jamais de « je l'aime ».

Margot s'essuie les yeux avec un bout de drap.

— J'ai rompu avec lui uniquement pour ne pas être cette pauvre fille qui pleure son petit copain, et maintenant, c'est exactement ce que je suis devenue. C'est pathétique.

— Tu es la personne la moins pathétique que je connaisse, Gogo.

Elle arrête de renifler et roule sur elle-même pour se trouver face à moi. Elle fronce les sourcils.

— Je n'ai pas dit que j'étais pathétique. J'ai dit que pleurer pour un mec, c'était pathétique.

— Oh! Eh bien, je ne crois pas que ce soit si nul de pleurer pour quelqu'un. Ça veut juste dire que tu tiens beaucoup à cette personne et que tu es triste.

— J'ai tellement pleuré que mes yeux ressemblent à... des raisins secs. Pas vrai ?

Elle me regarde sous des paupières gonflées.

— Ils sont enflés, dois-je admettre. Tes yeux n'ont pas l'habitude de tant de larmes. J'ai une idée !

Je saute du lit et me précipite à la cuisine. Je remplis un bol de glaçons où je plante deux cuillères en argent et je remonte à toute vitesse.

— Allonge-toi sur le dos, dis-je à ma sœur, qui obéit. Ferme les yeux.

Je dépose une cuillère sur chaque paupière.

— Tu crois vraiment que ça marche ?

— J'ai lu ça dans un magazine.

Quand les cuillères se réchauffent contre sa peau, je les replonge dans la glace et les remets en place, sans répit. Elle me demande de raconter ce qui s'est passé avec Peter, et je lui dis tout sauf le baiser, ce qui serait de mauvais goût alors qu'elle a le cœur brisé. Elle s'assoit.

— Tu n'es pas obligée de faire semblant d'aimer Peter pour m'épargner. (Elle déglutit avec difficulté, comme si elle avait mal à la gorge.) Si au fond de toi tu aimes encore Josh... et qu'il t'aime aussi...

J'ai un hoquet d'horreur. J'ouvre la bouche pour protester, pour expliquer que tout cela est loin derrière moi, mais elle me fait taire d'une main.

— Ça sera dur, mais je ne veux pas être un

obstacle à votre histoire, tu comprends ? Je suis sincère, Lara Jean. Tu peux me parler franchement.

Je suis si soulagée et reconnaissante qu'elle évoque le sujet ! Je m'empresse de répondre.

— Oh, mon Dieu, je n'aime pas Josh, Gogo. Pas comme ça. Pas du tout. Et il ne ressent rien de tel pour moi. Je crois… Je crois simplement que tu nous manquais à tous les deux. C'est Peter qui me plaît.

Sous la couverture, ma main trouve celle de Margot et je noue mon petit doigt autour du sien.

— Serment de sœurs !

Elle déglutit péniblement.

— Alors il n'y a aucune raison secrète qui le retient de se remettre avec moi. J'imagine qu'il ne veut simplement plus de moi.

— Non, mais c'est simple en effet : tu es en Écosse et lui en Virginie, et c'est trop dur. Tu as eu raison de rompre quand tu l'as fait. C'était sage, courageux et réfléchi.

Une ombre passe sur son visage, comme si un doute lui traversait l'esprit, puis elle secoue la tête et l'ombre s'estompe.

— Assez parlé de Josh et moi, c'est déjà du passé. Dis-m'en plus sur Peter. S'il te plaît, ça va me remonter le moral.

Elle se rallonge et je replace les cuillères sur ses yeux.

— Eh bien, ce soir, il a d'abord été très froid avec moi, du genre blasé…

— Non, reprends depuis le tout début.

Alors je remonte le temps, je lui raconte notre fausse relation, le Jacuzzi, tout. Elle retire régulièrement les cuillères pour pouvoir me regarder pendant que je lui parle. Rapidement, je remarque que ses yeux ont dégonflé. Je me sens plus légère, presque comme si j'avais le vertige. J'ai gardé le secret pendant des mois, et maintenant elle sait tout ce qui s'est passé depuis son départ, et je me sens de nouveau proche d'elle. On ne peut pas être vraiment proche de quelqu'un quand on a des secrets.

Margot s'éclaircit la gorge. Elle hésite et demande :
— Alors... il embrasse comment ?

Je rougis. Je me tapote les lèvres du doigt avant de répondre.
— Il embrasse... si bien que ça pourrait être son travail.

Margot glousse en retirant les cuillères.
— Comme un prostitué ?

Je saisis une cuillère pour lui donner une tape sur le front comme sur un gong.
— Eh !

Elle va pour s'emparer de l'autre cuillère, mais je suis trop rapide et je m'arme des deux. On rit comme des folles pendant que j'essaie de redonner un coup de gong sur son front.
— Margot... dis-je après un moment. Est-ce que tu as eu mal en faisant l'amour ?

Je fais attention à ne pas mentionner le nom de Josh. C'est étrange, Margot et moi n'avions jamais parlé de sexe avant, car aucune d'entre nous n'avait d'expérience dans ce domaine. Mais maintenant, elle peut me répondre, et je veux savoir ce qu'elle sait.
— Hum. Eh bien, les premières fois, un petit peu.

C'est son tour de rougir.
— Lara Jean, je ne peux pas parler de ça avec toi. Tu ne préfères pas demander à Chris ?
— Non, je veux que ce soit toi qui me répondes. S'il te plaît, Gogo. Tu dois tout me dire pour que

je sache. Je ne veux pas avoir l'air d'une idiote la première fois.

— Ce n'est pas comme si j'avais couché des centaines de fois avec Josh ! Je ne suis pas une experte. Je ne l'ai fait qu'avec lui. Mais si tu envisages de le faire avec Peter, sois bien prudente, utilise un préservatif, et patati et patata…

Je hoche vivement la tête. Je sens qu'on arrive à la partie importante.

— Et sois vraiment, complètement sûre que tu es prête. Assure-toi qu'il soit doux et attentif, pour que ce soit un moment spécial et que tu puisses y repenser avec bonheur.

— Bien compris ! Alors, heu, combien de temps ça a duré du début à la fin ?

— Pas tant que ça. N'oublie pas que c'était aussi la première fois pour Josh.

Elle semble nostalgique et je deviens pensive à mon tour. Peter l'a fait tant de fois avec Genevieve qu'il doit être un expert. J'aurai peut-être un orgasme dès ma première fois. Ce serait fantastique, mais peut-être que l'expérience aurait été aussi agréable si aucun de nous n'avait jamais fait l'amour.

— Tu ne regrettes pas ?

— Non, je ne crois pas. Je pense que je serai toujours contente d'avoir fait l'amour la première fois avec Josh. Malgré la tournure qu'a pris notre histoire.

Je suis soulagée que même maintenant, avec les yeux rougis de larmes, Margot ne regrette pas d'avoir aimé Josh.

***

JE DORS DANS sa chambre, cette nuit, comme autrefois, blottie contre elle sous la couette. La chambre de Margot est plus fraîche parce qu'elle est située au-dessus du garage. J'écoute la chaudière cliqueter lorsqu'elle se met en route ou en veille.

Dans le noir, près de moi, elle reprend :

— Je vais sortir avec des tas de beaux Écossais, une fois repartie. Combien de fois aurai-je l'occasion de le faire ensuite, pas vrai ?

Je glousse et roule sur le côté pour lui faire face.

— Non, attends... ne te limite pas aux Écossais. Sors avec un canon d'Angleterre, un d'Irlande, un d'Écosse... et un du pays de Galles ! Comme une visite romantique de l'Empire britannique !

— Eh bien, je vais à la fac pour étudier l'anthropologie, après tout... approuve Margot, nous faisant rire toutes les deux. Mais tu sais le plus triste ? Josh et moi, on ne pourra plus jamais être amis comme avant. Pas après tout ça. Cette partie de notre relation est finie. Il était mon meilleur ami.

Je lui adresse un regard faussement blessé pour l'amuser, pour éviter qu'elle ne se remette à pleurer. Je gémis :

— Eh, je croyais que c'était moi, ta meilleure amie !

— Tu n'es pas ma meilleure amie. Tu es ma sœur, et c'est mieux.

C'est beaucoup mieux.

— Au début, avec Josh, tout était si facile, si amusant. Maintenant, on est comme deux étrangers. Je ne retrouverai jamais celui qu'il était avant, que je connaissais mieux que quiconque et qui en savait tant sur moi...

Je sens un pincement au cœur. Quand elle le présente ainsi, c'est vraiment triste.

— Vous pourriez redevenir amis, quand un peu de temps aura passé.

Mais je sais très bien que ça ne sera plus pareil. Ils regretteront la situation d'autrefois. Ce sera toujours un peu… moins.

— Mais ça ne sera pas comme avant, complète Margot.

— Non, j'imagine que non.

Curieusement, je pense à Genevieve, à ce qu'on était l'une pour l'autre. Notre amitié était de celles qui ont un sens quand on est enfant, mais plus tellement quand on grandit. J'imagine qu'on ne peut pas s'accrocher aux choses du passé par simple obstination.

Ça ressemble à la fin d'une ère. Plus de Margot, plus de Josh. Cette fois, c'est pour de vrai. C'est pour de vrai parce que Margot pleure, parce que j'entends dans sa voix que c'est fini, et parce que, là, on le sait toutes les deux. Les choses ne sont plus comme avant.

— Ne permets pas qu'il t'arrive la même chose, Lara Jean. Ne laisse pas les choses devenir si sérieuses que tu ne puisses plus revenir en arrière. Tombe amoureuse de Peter si tu veux, mais prends soin de ton cœur. On croit que ça va durer toujours, mais c'est faux. L'amour peut nous quitter, les gens peuvent nous délaisser, même sans le vouloir. Il n'y a pas de garantie.

Gloups!

— Je te promets de faire attention.

Mais je ne suis même pas sûre de comprendre ce qu'elle veut dire. Comment être prudente alors que je l'aime déjà tellement ?

IV

MARGOT EST ALLÉE s'acheter de nouvelles bottes avec son amie Casey, papa est au travail et Kitty et moi regardons la télé quand mon téléphone se met à vibrer. C'est un SMS de Peter.

Ciné ce soir ?

Je lui réponds que oui, point d'exclamation, puis je supprime le point, qui risque de faire paraître le oui trop empressé. Mais sans lui, mon oui semble un peu blasé. Je me décide pour un smiley et j'envoie le message avant de me mettre à trop réfléchir pour si peu.

— Avec qui tu textotes ? demande Kitty, affalée sur le sol du salon où elle avale une part de pudding. Jamie essaie d'en voler une lichette, mais elle agite la main en grondant.

— Tu sais que tu n'as pas droit au chocolat !

— C'est Peter. Tu sais, ce n'est peut-être même pas du vrai chocolat. C'est peut-être une imitation, regarde sur l'étiquette.

De nous tous, Kitty est la plus ferme avec Jamie. Elle ne le prend pas dans ses bras dès qu'il pleure pour être porté et elle lui envoie un peu d'eau à la tête s'il n'est pas sage. Des conseils que lui a donnés notre voisine d'en face, Mme Rothschild, qui se révèle très douée avec les chiens. Elle en avait trois, mais, quand elle a divorcé d'avec son mari, elle a gardé Simone, le golden retriever, et il a pris les deux autres chez lui.

— Est-ce que Peter est de nouveau ton petit copain ? demande Kitty.

— Hum, je ne sais pas trop.

Après ce qu'a dit Margot la nuit dernière, m'encourageant à aller doucement et à prendre soin de mon cœur pour ne pas risquer le point de non-retour, il est peut-être plus sage que je reste incertaine pendant quelque temps. Et puis, c'est difficile de définir quelque chose qui n'avait pas de définition claire au début. On faisait mine de s'aimer, d'être un couple, et maintenant, où en est-on ? Comment les choses se seraient-elles passées si on ne s'était pas amusés à faire semblant ? Est-ce qu'on se serait quand même plu et qu'on aurait fini en couple ? Je ne le saurai sans doute jamais.

— Comment ça, tu ne sais pas trop ? insiste Kitty. Tu dois bien savoir si tu es la petite copine d'un garçon ou pas.

— On n'en a pas encore discuté. Enfin, pas clairement.

Kitty change de chaîne.

— Tu devrais le faire.

Je roule sur le côté et me redresse sur un coude.

— Est-ce que ça changera vraiment quelque chose ? Je veux dire, on s'aime bien, quelle différence si on met ou non une étiquette sur nos sentiments ?

Qu'est-ce qui changerait concrètement ? (Kitty ne répond pas.) Allô ?

— Désolée. Tu pourras recommencer pendant la pub ? J'essaie de regarder mon émission.

Je lui jette un oreiller à la tête.

— Je gagnerais du temps à parler de tout ça avec Jamie. (Je tape des mains.) Jamie, viens là !

Le chiot lève la tête pour me regarder mais se recouche, niché contre Kitty, et je devine qu'il espère toujours récolter un peu de pudding.

La nuit dernière, dans la voiture, Peter ne semblait pas se préoccuper de l'état officiel de notre relation. Il semblait joyeux et insouciant, comme toujours. Je suis vraiment quelqu'un qui s'inquiète trop des moindres détails. Je ferais bien de m'inspirer un peu de la philosophie de Peter, en me laissant porter par les événements.

— Tu veux m'aider à choisir ce que je vais mettre ce soir pour aller au ciné avec Peter ?

— Je peux venir aussi ?

— Non !

Kitty commence à bouder, et je me rattrape.

— La prochaine fois, peut-être.

— D'accord. Montre-moi deux possibilités et je te dirai laquelle est le meilleur choix.

Je me précipite dans l'escalier pour aller ouvrir ma penderie. Ce sera notre premier rendez-vous officiel, et je veux qu'il soit épaté. Malheureusement, Peter m'ayant déjà vue dans mes tenues fétiches, mon seul espoir est de fouiller dans la commode de Margot. Elle a une robe-pull crème qu'elle a achetée en Écosse, qui rendrait bien avec des collants et mes bottines marron. Il y a aussi ce pull jacquard pervenche que j'ai toujours admiré ; je le verrais bien avec ma jupe jaune et un nœud assorti dans mes cheveux. Je les friserai, Peter aime bien quand ils sont bouclés.

— Kitty ! Viens voir mes deux options !

— Pendant la pause pub ! hurle-t-elle depuis le salon.

J'envoie un SMS à Margot.

Est-ce que je peux emprunter ton pull jacquard ou ta robe-pull crème ?

Oui[5].

Kitty vote pour le pull pervenche. Elle trouve que j'ai l'air d'une patineuse artistique, ce qui me paraît une bonne idée.

— Tu pourras le mettre si on va faire du patin, dit-elle, toi et moi... et Peter.

Je ris.

— D'accord.

---

[5] *En français dans le texte.*

V

Je fais la queue avec Peter pour prendre du pop-corn avant le film. Même ce geste sans importance me paraît le geste sans importance le plus génial qui me soit arrivé. Je cherche dans ma poche pour m'assurer que j'ai toujours le talon du ticket. Je compte bien le garder en souvenir.

Je regarde Peter et murmure :

— C'est mon premier rendez-vous.

J'ai l'impression d'être dans un film, la gamine empotée qui se retrouve avec le mec le plus cool du lycée, mais ça m'est égal. Complètement égal.

— Comment veux-tu que ce soit ton premier rendez-vous, on est sortis ensemble plein de fois.

— C'est mon premier rendez-vous pour de vrai. Les autres fois, on faisait semblant, cette fois, c'est pour de bon.

Il fronce les sourcils.

— Attends, c'est pour de vrai ? Je n'avais pas pris cons-cience de ça.

Je lui donne une tape sur le bras. Il rit et saisit ma main pour nouer ses doigts avec les miens. J'ai l'impression de sentir mon cœur battre dans ma paume. C'est la première fois qu'on se tient la main pour de vrai, et ça n'a rien à voir avec les autres fois, quand on faisait semblant. C'est comme un courant électrique, dans le bon sens du terme. Le meilleur sens qui soit.

On avance dans la file et je m'aperçois que je suis nerveuse, ce qui est étrange puisque… c'est Peter. Mais c'est un Peter différent, et je suis une autre Lara Jean Song Covey, parce que cette fois on sort ensemble pour de bon.

— Alors, dis-je pour faire la conversation, quand tu vas au ciné, tu es plutôt chocolat ou bonbons mous ?

— Aucun. Je ne veux que du pop-corn.

— Alors, on est fichus ! Tu n'en veux aucun, moi j'aime chacun… ou plutôt les deux.

Quand on arrive devant le comptoir, je cherche mon porte-monnaie et Peter se met à rire.

— Tu crois peut-être que je vais laisser une fille payer à son premier rendez-vous ?

Il gonfle la poitrine pour s'adresser au vendeur.

— Un pop-corn moyen avec supplément de beurre, en couches si c'est possible. Et avec ça, un paquet de super-frites acidulées et un paquet de Mi-cho-ko. Et aussi un petit cherry coke.

— Comment tu as su que c'était ce que je voulais ?

— Je suis beaucoup plus attentif que tu le crois, Covey.

Alors qu'il passe un bras autour de mes épaules avec un petit sourire satisfait, il heurte maladroitement mon sein droit.

— Oh !

Il rit d'un air embarrassé.

— Oups. Désolé. Tu vas bien ?

Je lui donne un bon coup d'épaule dans les côtes, mais il continue à rire en se dirigeant vers la salle... jusqu'à ce qu'on voie Genevieve et Emily sortir des toilettes. La dernière fois que j'ai vu Genevieve, elle racontait à tout le monde dans le bus du voyage aux sports d'hiver que Peter et moi avions fait l'amour dans le Jacuzzi. Je sens une bouffée de panique s'emparer de moi, une envie de me battre ou de fuir.

Peter ralentit un instant, et je me demande ce qui va se passer. Faut-il aller dire bonjour ? Faut-il continuer à avancer ? Son bras se resserre autour de moi et je sens qu'il hésite aussi. Il est partagé.

Puis Genevieve résout le problème pour tout le monde. Elle entre dans la salle comme si elle ne nous avait pas vus. La même salle que la nôtre. Je ne regarde pas Peter. Il ne dit rien. Apparemment, on est partis pour faire comme si elle n'était pas là. Il me guide et choisit nos sièges, au fond à gauche. Genevieve et Emily sont assises au milieu. Je vois sa tête blonde et le col de son manteau gris tourterelle. Je m'oblige à détourner le regard. Si Gen se retourne, je ne veux pas qu'elle me surprenne en train de la dévisager.

On s'assoit et, tandis que je retire mon manteau et m'installe confortablement dans le fauteuil, le téléphone de Peter vibre. Il le sort de sa poche puis le remet, et je devine que c'est Gen. Pourtant, il me semble que je ne peux pas le lui demander directement. Sa présence appose sa marque dans notre nuit, comme deux crocs de vampire laissant deux trous rouges.

La lumière diminue et Peter m'enlace de son bras. Je me demande s'il compte rester ainsi pendant tout le film. Je me sens raide, et j'essaie de respirer normalement. Il me chuchote à l'oreille :

— Du calme, Covey.

Je fais de mon mieux, mais c'est impossible de se détendre à la demande dans de telles circonstances. Peter me presse gentiment l'épaule, puis se penche pour me caresser le cou du bout du nez.

— Tu sens bon, dit-il à voix basse.

Je ris, un peu trop fort, et l'homme assis devant nous se retourne brusquement pour me fusiller du regard. Je suis mortifiée.

— Désolée, dis-je à Peter, je suis chatouilleuse.

— Pas de souci.

Il ne retire pas son bras.

Je souris et hoche la tête, mais je me demande tout de même s'il s'attend à ce qu'on fasse des choses pendant le film. Est-ce la raison de son choix, des places tout au fond alors qu'il reste des sièges au milieu ? La panique commence à me gagner. Genevieve est là ! Et plein d'autres gens ! Je l'ai peut-être embrassé dans un Jacuzzi, mais il n'y avait personne aux alentours. Et puis, j'avoue, j'ai juste envie de voir le film. Je me penche légèrement en avant pour boire un peu de soda, mais en réalité, c'est une manière subtile de m'écarter de lui.

Après le film, on n'a même pas eu besoin de parler pour se précipiter tous les deux hors de la salle afin de ne pas croiser de nouveau Genevieve. On a poussé les portes comme si le diable nous poursuivait, ce qui n'était pas totalement faux. Peter a faim, mais j'ai avalé trop de sucreries pour vouloir un vrai repas. Je lui propose d'aller dans un snack où je partagerai ses frites. Mais Peter n'est pas convaincu.

— J'ai envie d'aller dans un vrai restaurant, puisque c'est ton premier rendez-vous.

— Je n'aurais pas cru que tu avais ce côté romantique, dis-je d'un ton moqueur, même si je le pense vraiment.

— Eh bien, fais-toi à l'idée, réplique-t-il d'un ton fier, parce que je sais comment gâter ma nana.

Il m'emmène chez *Biscuit Soul Food*, un restaurant de plats noirs américains qu'il me présente comme son préféré. Je le regarde avaler son poulet frit nappé de miel chaud et de Tabasco, et je me demande combien de fois Genevieve s'est retrouvée dans la même situation que moi. Notre ville n'est pas si immense, il nous reste peu d'endroits où aller qu'il n'ait pas déjà visités avec elle. Je me lève pour aller aux toilettes, puis je me demande s'il répond à ses SMS, mais je repousse cette idée de mon esprit, tout de suite[6].

Et alors ? Ils sont toujours amis. Il a le droit de lui envoyer des textos. Je ne vais pas laisser Gen gâcher ma nuit. Je veux profiter du moment, savourer le fait qu'on soit juste tous les deux, pour notre premier rendez-vous.

Je me rassois tandis que Peter termine son poulet. Il a empilé des serviettes sales devant lui car il a l'habitude de s'essuyer les doigts après chaque bouchée. Il a du miel sur la joue et une croûte de pain collée contre, mais je ne le lui dis pas parce que c'est amusant à voir.

— Alors, comment était ton premier rendez-vous ? me demande-t-il en s'étirant sur sa chaise. Dis-le-moi comme si tu n'y étais pas allée avec moi.

— J'ai bien aimé que tu devines les sucreries dont j'avais envie pour le film. (Il m'adresse un hochement de tête encourageant.) Et… le film était bien.

---

[6] *En français dans le texte.*

— Oui, j'ai cru comprendre. Tu n'arrêtais pas de me faire chut en montrant l'écran.

— Le spectateur de devant commençait à s'énerver.

J'hésite. Je ne suis pas sûre de devoir dire ce que j'ai envie d'ajouter, ce qui m'a trotté dans la tête pendant toute la soirée.

— Je ne sais pas... Est-ce que c'est moi ou...

Il se penche vers moi et je vois que, cette fois, j'ai toute son attention.

— Quoi ?

Je prends une profonde inspiration.

— Est-ce que ce n'est pas un peu bizarre ? Je veux dire, d'abord on faisait semblant, ensuite non, puis on s'est disputés, et maintenant nous voilà à table ensemble pendant que tu manges du poulet frit. C'est comme si on avait tout fait dans le désordre, et c'est sympa, mais c'est... un peu sens dessus dessous.

Et aussi... est-ce que tu essayais de me tripoter pendant le film ?

— Oui, c'est peut-être un peu bizarre, admet-il.

Je sirote mon thé glacé, soulagée de ne pas avoir l'air étrange moi-même parce que j'ai parlé de cette bizarrerie.

Il me sourit.

— Il nous faut peut-être un nouveau contrat.

Je ne sais pas s'il plaisante ou s'il est sérieux, alors je joue le jeu.

— Et qu'est-ce que tu y mettrais ?

— Sans réfléchir... je pense qu'il faudrait m'engager à t'appeler tous les soirs avant que tu dormes. En retour, tu assisterais à mes matchs de crosse. À quelques entraînements aussi. Il faudrait que je vienne dîner chez toi. Et tu m'accompagnerais à des fêtes.

Je fais la grimace à cette dernière suggestion.

— Et si on se contentait de ce qu'on a envie de faire ? Comme avant.

Soudain, j'entends la voix de Margot dans ma tête.

On va… s'amuser !

Il hoche la tête, et cette fois c'est son tour d'avoir l'air rassuré.

— Ouais !

J'aime qu'il ne prenne pas les choses trop au sérieux. Chez un autre, ça pourrait être agaçant, mais pas avec lui. Je crois même que c'est l'une de ses plus grandes qualités. Avec son visage parfait… Je pourrais le contempler toute la journée. Je bois mon thé à la paille et le regarde. Un contrat ne serait peut-être pas une si mauvaise idée. Il nous aiderait à écarter les problèmes éventuels et à respecter nos engagements. Je pense que Margot serait fière que j'aie cette idée.

Je sors un petit carnet de mon sac, et un crayon. J'écris « Nouveau contrat entre Lara Jean et Peter » en haut de la page.

À la première ligne, je note : « Peter sera à l'heure ».

Il se tord le cou pour lire à l'envers.

— Attends… Tu as vraiment écrit « Peter sera à l'heure » ?

— Si tu dis que tu vas venir, il faut venir.

Peter fait la grimace.

— J'ai manqué un seul rendez-vous, et tu m'en veux encore…

— Mais tu es toujours en retard.

— Ce n'est pas la même chose !

— Être constamment en retard est un manque de respect pour la personne qui t'attend.

— Je te respecte ! Je te respecte plus que toute autre fille que je connais !

Je tends un doigt accusateur vers lui.

— Fille ? Juste les filles ? Quel autre garçon respectes-tu plus que moi ?

Peter laisse tomber la tête en arrière en grognant si fort que c'est un rugissement. Je me lève et je me penche par-dessus la table et la nourriture. Je le saisis par le col et je l'embrasse avant qu'on se dispute encore. Mais je dois admettre que c'est ce genre de disputes, des chamailleries qui ne blessent pas sérieusement, qui font qu'on se sent vraiment *nous* pour la première fois de la soirée.

On finit par se mettre d'accord sur :

Peter n'aura pas plus de cinq minutes de retard.

Lara Jean n'obligera pas Peter à faire quoi que ce soit de manuel.

Peter n'est pas obligé d'appeler Lara Jean avant d'aller dormir, mais il le peut s'il en a envie.

Lara Jean n'ira aux fêtes que si elle en a envie.

Peter transportera Lara Jean en voiture quand elle le voudra.

Lara Jean et Peter se diront toujours la vérité.

J'aimerais ajouter quelque chose au contrat, mais je suis nerveuse à l'idée d'aborder le sujet maintenant que la situation est calmée.

« Peter peut être encore ami avec Genevieve du moment qu'il est franc avec Lara Jean sur ce point », ou peut-être « Peter ne mentira pas à Lara Jean à propos de Genevieve ». Mais ce serait redondant, puisqu'on est déjà convenus de toujours se dire la vérité. De toute façon, ça ne serait pas la vérité. Ce que je veux vraiment noter, c'est « Peter choisira toujours Lara Jean plutôt que Genevieve. » Mais je ne peux pas proposer ça. Bien sûr que non. Je ne suis pas spécialiste des relations avec les garçons, mais je sais qu'une fille d'une jalousie maladive n'a rien d'attirant.

Alors je ravale ce que j'ai en tête. Il reste encore une chose capitale dont je veux être sûre.

— Peter ?
— Ouais ?
— Je ne veux pas qu'on se brise le cœur.

Il rit d'un air léger et pose la main sur ma joue.

— Tu as prévu de me briser le cœur, Covey ?
— Non. Et je suis certaine que tu ne veux pas briser le mien non plus. Personne ne prévoit de le faire.

— Alors, ajoute-le au contrat. Peter et Lara Jean pro-mettent de ne pas se briser le cœur.

Je lui souris, incroyablement soulagée, et j'écris :

Lara Jean et Peter promettent de ne pas se briser le cœur.

VI

LA VEILLE DE la rentrée, je suis allongée sur mon lit avec Kitty et on regarde des vidéos d'animaux rigolos sur mon ordinateur. Jamie Fox-Pickle est roulé en boule à nos pieds. Kitty l'a enveloppé de sa vieille couverture de bébé toute rêche, et seule sa tête est visible. Il rêve, il frissonne et sursaute de temps en temps.

— Tu crois qu'on devrait faire des vidéos de Jamie ? me demande Kitty. Il est suffisamment mignon pour ça, non ?

— C'est sûr qu'il est craquant, mais il n'a pas de talent remarquable ou d'habitude farfelue.

Dès que je prononce ce mot, je pense à Peter et à la fois où il m'a dit qu'il me trouvait « mignonne dans le genre farfelu ». Je me demande s'il me voit encore comme ça. J'ai entendu dire que plus on aime quelqu'un, plus on le trouve beau, même si au début on ne lui trouvait pas de charme particulier.

— Jamie a ce petit truc, quand il caracole comme un faon, me rappelle Kitty.

— Mmh. Je ne suis pas certaine que ça suffise. Ce n'est pas à la hauteur d'un chat qui se jette dans des boîtes, joue du piano ou a une tête vraiment bougonne.

— Mme Rothschild va m'aider à le dresser. Elle pense qu'il a des dispositions pour faire des tours.

Kitty clique sur la vidéo suivante, un chien qui hurle quand il entend *Thriller* de Michael Jackson.

Après la vidéo d'une femme dont le chat s'enroule autour de son cou comme une écharpe, une idée me traverse l'esprit.

— Attends une minute… Tu as fait tes devoirs ?
— J'ai juste un livre à lire.
— Et tu l'as lu ?
— Pratiquement, répond-elle d'un air évasif en se pelotonnant contre moi.
— Tu as eu toutes les vacances de Noël pour le lire, Kitty !

J'aimerais qu'elle ait le goût de la lecture, comme Margot et moi, mais elle est plus accro à la télé. J'arrête la vidéo et referme mon portable d'un air dramatique.

— Plus de vidéos d'animaux pour toi. Tu vas finir ton livre.

J'essaie de la chasser du lit et elle s'accroche à ma jambe.

— Ô, ma sœur bien-aimée, ne me rejetez pas, ajournez cette lecture d'un mois, d'une semaine[7] ! Inspiré par Shakespeare, ajoute-t-elle d'un air fier, *Roméo et Juliette*, au cas où tu ne l'aurais pas lu.

— Ne te la joue pas cultivée, comme si tu lisais Shakespeare. Je t'ai vue regarder le film à la télé, l'autre jour.

— Quelle importance que je le lise ou que j'aie vu le film ? Le message reste le même.

---

[7] *Basé sur la traduction de F.-V. Hugo, Le Livre de Poche.*

Elle rampe de nouveau pour se coller contre moi et je lui tapote la tête.
— Et quel est ce message ?
— Ne te suicide pas pour un garçon.
— Ou une fille.
— Ou une fille, admet-elle.
Elle ouvre l'ordinateur.
— Encore une vidéo de chat et je vais lire.
Mon téléphone vibre, c'est un SMS de Chris.

Regarde le compte Instagram d'Anonypute, MAINTENANT.

Anonypute est un compte Instagram anonyme qui diffuse des photos et des vidéos scandaleuses de couples intimes ou de fêtards ivres morts de la ville. Personne ne sait qui est derrière ce site, qui se contente de diffuser ses persiflages. La photo d'une fille d'un autre lycée est devenue virale sur Internet l'an dernier : elle montrait ses seins à une voiture de police. J'ai entendu dire qu'elle s'était fait renvoyer à cause du scandale qui s'était ensuivi.

Mon téléphone vibre encore.

MAINTENANT !

— Attends, Kitty, je dois d'abord vérifier un truc, dis-je en mettant sa vidéo sur pause.

Je tape l'adresse en précisant :
— Si tu veux rester, ferme les yeux jusqu'à ce que je te dise de les rouvrir.

Kitty obéit.

Le post le plus récent d'Anonypute est la vidéo d'un garçon et d'une fille qui s'embrassent dans un Jacuzzi extérieur, sur fond de forêt. Ce compte est célèbre pour les vidéos de ce genre. Il les marque #sexycuzzi. L'image est un peu pixelisée, comme si la vidéo était prise de loin avec beaucoup de zoom. Je démarre la vidéo. La fille a passé les jambes autour des hanches du garçon, le corps pressé contre le sien, les bras noués à son cou. Elle porte une robe de chambre rouge qui se gonfle autour d'elle comme une voile sur l'eau. L'arrière de sa tête cache le garçon. Elle a des cheveux longs dont la pointe plonge dans l'eau chaude comme un pinceau de calligraphie frôlant l'encre. Le garçon fait glisser la main le long de son dos comme si elle était un violoncelle dont il effleurerait les cordes.

Je suis tellement subjuguée que je ne remarque pas tout de suite que Kitty regarde aussi. On a toutes les deux penché la tête pour essayer de comprendre exactement ce qu'on regarde.

— Tu ne devrais pas regarder ça, dis-je.
— Est-ce qu'ils le font ? demande-t-elle.
— Difficile à dire avec sa robe.

Peut-être.

Puis la fille touche la joue du garçon, et il y a quelque chose dans ce geste, comme si elle lisait du braille, qui me semble familier. Un frisson glacé me saisit la nuque et, en même temps que je réalise ce que je vois, l'humiliation me frappe comme une bourrasque.

La fille, c'est moi. C'est Peter et moi, dans le Jacuzzi, pendant le voyage aux sports d'hiver.

Oh, mon Dieu.

Je hurle.

Margot accourt dans la chambre avec l'un de ces masques de beauté coréens fendus au niveau des yeux, du nez et de la bouche.

— Quoi ? Quoi ?

J'essaie de cacher l'écran de la main, mais elle me repousse et elle se met à crier aussi. Son masque tombe.

— Oh, mon Dieu ! Est-ce que c'est toi ?

Oh, mon Dieu, oh, mon Dieu, oh, mon Dieu !

Je m'exclame :

— Ne laisse pas Kitty regarder !

Ma petite sœur a les yeux écarquillés.

— Lara Jean, je croyais que tu étais une gentille fille sage.

— Je le suis !

Margot déglutit.

— On... On dirait que...

— Je sais, n'en dis pas plus.

— Ne t'en fais pas, Lara Jean, me rassure Kitty, j'ai vu bien pire à la télé, sans même aller sur des chaînes du câble.

— Kitty, file dans ta chambre ! hurle Margot.

Kitty geint et se serre contre moi.

Je n'arrive pas à croire ce que je regarde. La légende sous la vidéo annonce : « Lara Jean, la petite fille modèle, en pleine action avec Kavinsky dans le Jacuzzi. Est-ce que les capotes fonctionnent sous l'eau ? On le saura bientôt ! ;) »

Il y a beaucoup d'émoticones aux yeux exorbités dans les commentaires, et des LOL. Une certaine Veronica Chen écrit : « Quelle salope ! Est-elle asiatique ? » Je ne connais même pas cette fille !

— Qui a bien pu me faire ça ?

Je gémis et me prends la tête entre les mains.

— Je ne sens plus mes joues. Est-ce que mon visage est encore là ?

— Merde, c'est qui, Anonypute ? demande Margot.

— Personne ne sait.

Je suis la seule à percevoir le rugissement dans ma tête, qui m'assourdit au point de ne plus entendre ma propre voix.

— Les gens se contentent de relayer ses posts.

Je suis sous le choc. Je ne sens plus mes mains ni mes pieds. Je vais m'évanouir. Est-ce que c'est vraiment en train d'arriver ? Est-ce que c'est ma vie ?

— Il faut faire retirer ça tout de suite. Il n'y a pas une option de signalement pour contenu inapproprié ? Il faut le signaler !

Margot s'empare de l'ordinateur. Elle clique sur le bouton de signalement. Puis elle parcourt les commentaires et fulmine.

— Les gens sont des connards ! On aura peut-être besoin d'un avocat. La vidéo ne sera pas retirée tout de suite.

Je hurle :

— Non ! Je ne veux pas que papa voie ça !

— Lara Jean, c'est sérieux. Imagine que les universités où tu postules tapent ton nom sur Google et tombent sur cette vidéo ! Ou même tes futurs employeurs...

— Gogo ! Tu me fais encore plus paniquer !

Je saisis mon téléphone. Peter. Il saura quoi faire. Il est dix-sept heures, il doit encore être à son entraînement de crosse. Je ne peux même pas l'appeler. Je lui envoie un SMS.

Appelle-moi dès que tu peux.

J'entends alors la voix de papa dans l'escalier.

— Ces pommes de terre ne vont pas se broyer toutes seules en purée ! Qui vient m'aider ?

Oh, mon Dieu ! Il va falloir supporter le dîner et regarder papa en face en sachant que cette vidéo traîne sur Internet. Ma vie ne peut pas se passer comme ça !

Margot et Kitty se regardent, puis se tournent vers moi. Je siffle entre mes dents :

— Personne ne dit un mot de tout ça à papa ! Et je parle pour toi, Kitty !

Elle m'adresse un regard offensé.

— Je sais quand je dois me taire.

Je marmonne :

— Désolée, désolée.

Mon cœur bat si fort que j'en ai mal à la tête. Je n'arrive plus à penser.

Pendant le dîner, j'ai l'estomac noué et je n'arrive même pas à avaler une bouchée de pomme de terre. Heureusement, Margot et Kitty font diversion en papotant comme des pies pour que je n'aie pas à prendre part à la discussion. Je repousse discrètement ma nourriture de côté dans mon assiette et je la donne petit à petit à Jamie Fox-Pickle, sous la table. Dès le repas fini, je me précipite à l'étage pour regarder mon téléphone. Pas de nouvelles de Peter, juste d'autres messages de Chris et un de Haven :

OMG ! C'est toi ??!

Je ne sais pas qui est cette fille sur la vidéo. Je n'arrive pas à me reconnaître. Je ne me vois pas du tout comme ça. C'est comme quelqu'un d'autre, sans rapport avec moi. Je ne suis pas du genre à entrer dans un Jacuzzi avec un garçon, à m'asseoir sur ses genoux et à l'embrasser passionnément, nos corps drapés d'une robe de chambre humide. Et pourtant, je l'étais cette nuit-là. Mais la vidéo ne traduit pas toute la vérité.

Je ne cesse de me répéter que ce n'est pas comme si nous le faisions vraiment. Je ne suis pas nue. Pourtant, les images donnent cette impression. Je ne peux me retirer de la tête que tous les élèves du lycée doivent avoir vu la vidéo qui me montre dans l'un des instants les plus intimes et romantiques de ma vie. Et pire encore, quelqu'un l'a filmé. Quelqu'un était là. Ce souvenir était censé n'appartenir qu'à Peter et à moi, mais maintenant je sais que quelqu'un y a assisté, caché dans les bois. Cet instant ne nous appartient plus vraiment. Cela le rend vulgaire. Et la scène a l'air de mauvais goût. Sur le coup, je m'étais sentie libre, aventureuse, peut-être même sexy. Je n'ai pas souvenir de m'être sentie sexy à un autre moment de ma vie. Maintenant, je voudrais juste disparaître.

Je suis allongée sur le lit et je regarde fixement le plafond, mon téléphone près de moi. Margot et Kitty m'ont interdit de revoir la vidéo. Elles ont essayé de prendre mon téléphone, mais je leur ai expliqué que j'en avais besoin pour quand Peter m'appellerait. Je suis quand même retournée jeter un œil sur la vidéo, et il y a maintenant une centaine de commentaires, et pas un seul de positif.

Kitty joue par terre avec Jamie Fox-Pickle et Margot envoie un e-mail au service clientèle d'Instagram quand Chris tape à la fenêtre. Margot lui ouvre et elle grimpe dans la chambre en frissonnant, les joues rouges.

— Elle va bien ?
— Je crois qu'elle est sous le choc, répond Kitty.
Je proteste :
— Je ne suis pas sous le choc.

Mais peut-être que si. C'est peut-être ça, l'état de choc. Un sentiment bizarre, surréaliste, comme un engourdissement mais avec tous les sens en éveil.

— Pourquoi tu ne passes pas par la porte de devant, comme une personne normale ? demande Margot à Chris.

— Personne ne répondait.

Chris retire ses bottes et s'assoit par terre près de Kitty. Elle caresse Jamie en poursuivant :

— Bon, d'abord, on voit à peine que c'est toi. Ensuite, c'est hyper-chaud, et tu n'as pas de raison d'avoir honte. Je veux dire, tu es super-canon.

Margot affiche un rictus de dégoût.

— Ça n'a tellement rien à voir que je ne sais pas com-ment répondre.

— Je suis honnête, c'est tout ! Objectivement, c'est chiant, mais tout aussi objectivement, Lara Jean est super-canon sur la vidéo.

Je rampe sous ma couette.

— Je croyais que tu voyais à peine que c'était moi ! Je savais que je n'aurais pas dû aller à ce voyage aux sports d'hiver. Pourquoi diable entrer volontairement dans un Jacuzzi alors que je déteste ça ?

— Eh, ne te plains pas, tu étais en pyjama, rétorque Chris. Tu aurais pu être nue !

J'ai l'impression que ma tête éclate sous la couverture et je lui lance un regard assassin.

— Je ne suis jamais nue !

Chris me répond avec dérision.

— Jamais nue... Tu sais que c'est un vrai truc ? Des gens se font appeler les Jamais-nus, et ils portent tout le temps des vêtements, même sous la douche. Genre, un short en jean.

Je me tourne sur le côté pour ne plus la voir.

Je sens le matelas bouger quand Margot me rejoint.

— Tout va bien se passer, dit-elle en repoussant la couverture. On va leur faire retirer la vidéo.

— Ça ne changera rien. Tout le monde l'a déjà vue. Tout le monde me prend pour une salope.

Chris plisse les yeux.

— Alors tu crois que si une nana s'envoie en l'air dans un Jacuzzi, c'est forcément une salope ?

— Non ! Ce n'est pas ce que je veux dire, c'est ce que disent les autres.

— Et toi, tu en penses quoi ?

Je regarde Kitty, qui coiffe les cheveux de Chris en mininattes. Elle reste hyper-tranquille pour qu'on oublie sa présence et qu'on ne la mette pas dehors.

— Je crois que si tu es prête, que c'est ce que tu veux et que tu te protèges, il n'y a pas de problème et tu peux faire ce qui te plaît.

— L'idée que c'est honteux d'être une femme qui apprécie le sexe mais qu'un homme qui a la même conduite doit être applaudi est bien trop ancrée dans notre société, renchérit Margot. Je veux dire, tous les commentaires traitent Lara Jean de salope, mais personne ne dit rien de Peter, alors qu'il est là, avec elle. C'est un préjugé injuste et ridicule.

Je n'y avais pas pensé.

Chris regarde son téléphone.

— Il y a déjà trois personnes qui m'ont envoyé la vidéo pendant qu'on parlait.

Je laisse échapper un sanglot.

— Chris, la gronde Margot, tu n'aides pas du tout. Si les gens te disent quoi que ce soit, reprend-elle à mon intention, montre-toi totalement blasée, comme si tu étais au-dessus de ça.

— Ou alors, tu joues le jeu genre décontracte, ajoute Chris.

Derrière elle, Kitty intervient :

— Personne ne lui dira rien, parce qu'elle est la copine de Peter. Donc elle est sous sa protection, comme dans *les Sopranos*.

Margot est atterrée.

— Oh, mon Dieu, tu as regardé *les Sopranos* ? Comment as-tu pu voir *les Sopranos* ? Ça ne passe même plus à la télé.

— Je les regarde en vidéo à la demande. J'en suis à la saison trois.

— Kitty ! Tu dois arrêter de regarder ça ! s'exclame Margot en fermant les yeux et en secouant la tête. Peu importe, on réglera ça plus tard. Kitty, Lara Jean n'a pas besoin d'un garçon pour la protéger.

— Non, Kitty a raison, souligne Chris. L'important n'est pas que ce soit un garçon. Enfin, pas totalement. Ce qui compte, c'est qu'il est populaire et pas elle. C'est là que l'idée de protection entre en jeu. Ne le prends pas mal, LJ.

— Il n'y a pas de mal.

C'est un peu insultant, mais c'est vrai, et ce n'est pas le moment de me vexer sur un détail pareil alors qu'on parle de la diffusion de ce qui ressemble à une vidéo porno.

— Qu'a dit Kavinsky de tout ça ? demande Chris.

— Rien pour le moment. Il est à l'entraînement de crosse.

Mon téléphone se met à vibrer à cet instant et on se regarde toutes, les yeux écarquillés. Margot jette un coup d'œil à l'écran.

— C'est Peter !

Elle m'envoie le téléphone comme une patate chaude.

— Laissons-les parler en privé, dit-elle en essayant d'entraîner Chris, qui la repousse d'un haussement d'épaules.

Je les ignore et décroche.

— Allô, dis-je d'une voix aussi fluette qu'un roseau.

Peter se met à parler très vite.

— Bon, j'ai vu la vidéo, et avant toute chose écoute-moi : ne panique pas.

Il a le souffle court, comme s'il courait.

— Ne panique pas ? Comment veux-tu ? C'est horrible. Tu as vu ce qu'on dit de moi dans les commentaires ? Que je suis une salope ! Les gens croient qu'on fait l'amour sur cette vidéo, Peter.

— Ne jamais lire les commentaires, Covey ! C'est la première règle du…

— Si tu me dis « du Fight Club », je te raccroche au nez.

— Désolé. OK, je sais que c'est chiant, mais…

— Non, ce n'est pas chiant, c'est littéralement un cau-chemar. Mon instant le plus intime exposé aux yeux de tous. Je suis totalement humiliée. Les choses que les gens disent…

Ma voix se brise. Kitty, Margot et Chris me regardent d'un air navré et je me sens encore plus triste.

— Ne pleure pas, Lara Jean. S'il te plaît, ne pleure pas. Je te promets d'arranger les choses. Je vais obliger le ou la responsable d'Anonypute à enlever cette vidéo.

— Comment ? Personne ne sait qui c'est ! Et puis je parie que tout le lycée l'a déjà vue. Les profs aussi. Je sais de source sûre qu'ils regardent ce compte. J'étais en salle des profs une fois et j'ai entendu M. Filipe et Mme Ryan parler de la mauvaise réputation que ça donnait au lycée. Et les comités d'université. Et nos futurs employeurs ?

Peter éclate d'un rire moqueur.

— Nos futurs employeurs ? Covey, j'ai vu bien pire. Tiens, il y a eu des photos de moi sur ce compte. Tu te rappelles la photo où j'ai la tête dans les toilettes alors que je suis à poil ?

Je frémis.

— Je n'ai jamais vu cette photo. Et puis, c'est toi, pas moi. Je ne fais pas ce genre de choses.

— Fais-moi confiance, c'est tout, tu veux ? Je te promets de m'en occuper.

Je hoche la tête, même si je sais qu'il ne peut pas me voir. Peter a de l'influence. Si quelqu'un peut se charger de ça, c'est bien lui.

— Je dois y aller. L'entraîneur va me tuer s'il me voit téléphoner. Je t'appelle ce soir, d'accord ? Ne t'endors pas tout de suite.

Je ne veux pas raccrocher, je voudrais lui parler plus longtemps. Malgré tout, je murmure :

— D'accord.

Lorsque je raccroche, Margot, Chris et Kitty ont toutes les trois les yeux rivés sur moi.

— Alors ? m'encourage Chris.

— Il dit qu'il va s'en occuper.

Kitty se redresse fièrement.

— Je te l'avais dit.

— Qu'est-ce que ça veut dire, qu'il va s'en occuper ? coupe Margot. On ne peut pas dire qu'il se soit affirmé comme un modèle de responsabilité.

— Ce n'est pas sa faute, déclare Kitty au même moment que moi.

— Oh, je sais parfaitement qui est responsable de tout ça, affirme Chris. Ma cousine démoniaque.

J'en ai le souffle coupé.

— Quoi ? Pourquoi ?

Elle m'adresse un regard incrédule.

— Parce que tu lui as pris son mec !

— C'est Genevieve qui a trompé Peter. C'est pour ça qu'ils ont rompu. Ce n'était pas à cause de moi !

— Quelle importance ! reprend Chris en secouant la tête. Réfléchis, Lara Jean. Tu oublies ce qu'elle a fait à Jamila Singh ? Elle a raconté à tout le monde que sa famille exploitait un esclave indonésien juste parce qu'elle avait eu l'audace de sortir avec Peter après leur rupture. J'dis ça, j'dis rien, mais elle n'est pas du genre à laisser passer un coup de pute pareil.

Lors de l'excursion aux sports d'hiver, Genevieve avait dit qu'elle était au courant pour notre baiser, Peter avait donc dû le lui avouer pendant leur relation, quoique je doute qu'il ait admis que c'était lui qui m'avait embrassée et pas l'inverse ! Tout de même, j'ai du mal à croire qu'elle puisse me jouer un tour aussi cruel. Jamila Singh et elle ne s'étaient jamais appréciées, alors que Gen et moi avions été meilleures amies autrefois. Bien sûr, on ne s'est pas beaucoup parlé ces dernières années, mais Gen a toujours été loyale envers ses amis.

Il doit s'agir d'un de ces garçons qui traînaient dans la salle de jeux, ou peut-être... Je n'en sais rien. Ça pouvait être n'importe qui !

— Je ne lui ai jamais fait confiance, déclare Margot. Ne le prends pas mal, dit-elle à Chris, je sais que c'est ta cousine.

Chris répond en même temps qu'elle renifle d'un air méprisant.

— Pourquoi ça me vexerait ? Je la déteste.

— Je suis presque certaine que c'est elle qui a éraflé la portière de la voiture de grand-mère avec son vélo, reprend Margot. Tu te rappelles, Lara Jean ?

En fait, c'était Chris, mais je ne dis rien. Elle se mord les ongles en me regardant d'un air paniqué. Je finis par reprendre :

— Je ne pense pas que Genevieve ait posté la vidéo. N'importe qui a pu nous voir cette nuit-là.

Margot m'enlace d'un bras.

— Ne t'en fais pas, Lara Jean. On les forcera à retirer la vidéo. Tu es mineure.

— Remets-la, dis-je.

Kitty charge la page et appuie sur lecture. Je sens le même sentiment qui me plombe l'estomac chaque fois que je regarde. Je ferme les yeux pour ne plus voir. Dieu merci, on n'entend que la rumeur des bois et le bouillonnement de l'eau.

— Est-ce... est-ce aussi terrible que dans mon souvenir ? Je veux dire, on a vraiment l'impression qu'on fait l'amour, non ? Soyez honnêtes.

J'ouvre les yeux. Margot regarde attentivement, la tête inclinée.

— Non, vraiment pas. On dirait juste...

— Un baiser carrément chaud, suggère Chris.

— Exact. Un baiser carrément chaud.

— Vous me le jurez ?

— On le jure ! déclarent-elles d'une seule voix.

— Kitty ?

Elle se mord la lèvre.

— Moi, je trouve que ça ressemble à du sexe, mais je suis la seule avec toi qui ne l'a jamais fait, alors qu'est-ce que j'y connais ?

Margot laisse échapper un hoquet.

— Désolée, reprend Kitty, je lis ton journal intime.

Margot essaie de la frapper, mais Kitty décampe avec la vivacité d'un crabe.

Je prends une profonde inspiration.

— Bon, je peux survivre à ça. Qui se soucie d'un simple baiser, pas vrai ? Ça fait partie de la vie, non ? Et on distingue à peine mon visage. Il faut vraiment me connaître pour savoir que c'est moi. Mon nom n'apparaît pas en entier, juste Lara Jean. Il doit y avoir des tonnes de filles qui s'appellent comme ça, pas vrai ? Pas vrai ?

Margot m'adresse un hochement de tête impressionné.

— Je n'ai jamais vu quelqu'un passer si rapidement d'une étape de chagrin à une autre. Tu as une sacrée capacité à rebondir.

— Merci, dis-je avec une pointe de fierté.

Mais une fois dans le noir, quand mes sœurs et Chris sont parties et que Peter m'a souhaité une bonne nuit en m'assurant pour la millième fois que tout allait s'arranger, je regarde de nouveau Instagram et les commentaires. Je suis mortifiée.

J'ai demandé à Peter s'il pensait savoir qui avait fait ça, et il m'a répondu que non. Je ne lui ai pas posé la question qui me trotte toujours dans la tête. Est-ce Genevieve ? Me déteste-t-elle vraiment au point de vouloir me blesser si durement ?

Je me souviens du jour où nous avons échangé des bracelets d'amitié.

— C'est la preuve qu'on est les meilleures amies, m'avait-elle dit. On est plus proches l'une de l'autre que de n'importe qui d'autre.

— Et Allie ?

On avait toujours été un trio, même si Genevieve avait pris l'habitude de venir plus souvent chez moi, surtout parce que la mère d'Allie interdisait strictement la présence de garçons et contrôlait sévèrement notre utilisation d'Internet.

« Elle est sympa, m'avait-elle dit alors, mais c'est toi que je préfère. » Je m'étais sentie coupable mais flattée. Genevieve me préférait, moi. On était proches, plus proches que de n'importe qui d'autre.

Les bracelets le prouvaient. Qu'il était simple de m'acheter alors, avec un simple bracelet en fils torsadés…

VII

LE LENDEMAIN, JE m'habille pour le lycée avec un soin tout particulier. Chris me conseille d'y aller sans complexe, ce qui implique un style voyant et provocateur. Margot m'a dit d'agir comme si j'étais au-dessus de ce scandale, ce qui impliquerait une tenue mature comme une jupe droite ou peut-être mon blazer en velours côtelé vert. Mais mon instinct me dicte de me fondre dans la masse, me fondre, me fondre, complètement. Un grand pull qui m'enveloppe comme une couverture, un legging, les bottes marron de Margot. Si je pouvais porter une casquette de base-ball au lycée, je le ferais, mais les chapeaux sont interdits.

Je me prépare un bol de céréales avec une banane cou-pée, mais je dois me forcer pour avaler quelques bouchées. Je suis trop nerveuse. Margot le remarque et glisse une barre aux noix de cajou dans mon sac pour une éventuelle fringale. J'ai de la chance qu'elle soit encore là pour me chouchouter. Elle retourne en Écosse dès demain.

Papa me touche le front.

— Es-tu malade ? Déjà hier soir tu as à peine touché à ton assiette.

Je secoue la tête.

— Sans doute quelques crampes. Mes règles sont pour bientôt.

Il me suffit de dire le mot magique, « règles », et je sais qu'il n'insistera pas.

— Ah, dit-il en hochant la tête d'un air sage. Remplis-toi un peu l'estomac et avale deux ibuprofène.

— D'accord.

Je me sens mal de lui mentir, mais ce n'est pas si grave, et c'est pour son propre bien. Il ne doit pas découvrir cette histoire de vidéo, jamais de la vie !

Peter se gare devant la maison juste à l'heure, pour une fois. Il suit notre contrat à la lettre. Margot m'accompagne à la porte.

— Garde la tête haute, d'accord ? Tu n'as rien fait de mal, me rappelle-t-elle.

Dès que je monte dans la voiture, Peter se penche et m'embrasse sur la bouche, ce qui me surprend encore, curieusement. Je suis prise de court, et je toussote accidentellement contre ses lèvres.

— Désolée.

— Pas de problème.

Il est toujours aussi calme. Il passe le bras à l'arrière de mon siège et fait une marche arrière, puis il me lance son téléphone.

— Regarde le compte d'Anonypute.

J'ouvre la page Instagram. Le post sous le nôtre, la photo d'un garçon évanoui avec des pénis dessinés sur le visage au feutre indélébile, est maintenant en première place. J'ai un hoquet de surprise. La vidéo du Jacuzzi a disparu !

— Peter, comment as-tu fait ?

Peter sourit, fier comme un coq.

— La nuit dernière, j'ai envoyé un message à Anonypute et je leur ai balancé que, s'ils ne retiraient pas la vidéo, on leur ferait un procès. J'ai ajouté que mon oncle est avocat, et j'ai précisé qu'on est mineurs tous les deux.

Il termine en me pressant gentiment le genou.

— Ton oncle est vraiment avocat ?

— Non, il vend des pizzas dans le New Jersey.

On rit tous les deux, et je me sens soulagée.

— Ne te préoccupe de rien aujourd'hui, ajoute-t-il. Si quelqu'un ose te dire quoi que ce soit, je lui botterai le cul.

— J'aimerais savoir qui a fait ça. J'aurais juré qu'on était seuls cette nuit-là.

Peter secoue la tête.

— On n'a pourtant rien fait de mal ! Enfin, qui se soucie qu'on s'embrasse dans un foutu Jacuzzi ? Qu'est-ce que ça serait si on avait fait l'amour !

Je fronce les sourcils, et il se reprend aussitôt.

— Je sais, je sais, tu ne veux pas que les gens pensent qu'on a fait quelque chose alors qu'il ne s'est rien passé. On n'a rien fait du tout, et c'est ce que j'ai dit à cette garce d'Anonypute.

— C'est pas la même chose pour les garçons que pour les filles, Peter.

— Je sais, ne te fâche pas. Je trouverai le responsable.

Il me regarde droit dans les yeux, sérieux comme je ne l'ai jamais vu, et toutes les bonnes intentions qu'il laisse transparaître donnent de la noblesse à son allure.

Oh, Peter, pourquoi faut-il que tu sois si craquant ? Si tu n'avais pas été si beau, je ne serais jamais allée t'embrasser dans ce Jacuzzi. C'est entièrement ta faute. Sauf que... non. C'est moi qui ai retiré mes chaussures et mes chaussettes pour le rejoindre. Je le voulais aussi, mais j'apprécie qu'il prenne le problème tellement au sérieux et écrive des e-mails en notre nom. Je sais que Genevieve se moquerait de ce genre d'attentions, elle n'a jamais eu de problème à assumer les démonstrations d'affection en public ou le fait d'attirer tous les regards. Moi, je ne m'en moque pas ; je pense au contraire que c'est très important.

Il me regarde dans le fond des yeux et me dévisage.

— Tu ne regrettes pas, n'est-ce pas, Lara Jean ?

Je secoue la tête.

— Non, pas du tout.

Il me sourit si tendrement que je ne peux m'empêcher de sourire aussi.

— Merci d'avoir fait retirer la vidéo pour moi.

— Pour nous, corrige-t-il. Je l'ai fait pour nous.

Il noue ses doigts avec les miens.

— Pour toi et moi.

Je resserre les doigts. Il me semble que, si on se tient suffisamment fort, tout ira bien.

* * *

Quand on passe dans le couloir tous les deux, des filles chuchotent sur notre passage et des garçons ricanent. L'un des membres de son équipe de crosse accourt en invitant Peter à un claquement de paume, mais Peter l'esquive avec un grognement.

Lucas vient me trouver alors que je suis seule, pendant que je prends des livres dans mon casier.

— Je ne vais pas tourner autour du pot, annonce-t-il. Je vais te le demander franchement. Est-ce que c'est vraiment toi sur cette vidéo ?

Je prends une profonde inspiration pour rester calme.

— C'est moi.

Lucas émet un sifflement sourd.

— Mince.

— Je sais.

— Alors… vous avez…

— Non, on n'a pas.

— Pourquoi ?

La question m'embarrasse, même si je sais que je n'ai aucune raison d'être gênée. Mais c'est la première fois que je suis appelée à parler de ma vie intime, car avant personne n'aurait eu l'idée de me poser des questions à ce sujet.

— On n'a rien fait parce qu'on n'a rien fait. Il n'y a pas de raison particulière, simplement, je ne suis pas encore prête et je ne sais pas s'il l'est. On n'en a pas encore parlé.

— Ce n'est pas comme s'il était vierge, tant s'en faut. (Lucas écarquille ses grands yeux bleus angéliques pour appuyer l'importance de son propos.) Je sais que tu es innocente, Lara Jean, mais Kavinsky ne l'est pas. Je te le dis en homme.

— Je ne vois pas le rapport avec moi.

Pourtant, je me suis déjà posé la question et inquiétée de la réponse. Peter et moi en avons parlé une fois : un garçon et une fille qui sortent ensemble pendant un moment doivent-ils forcément coucher ensemble ? Il ne me semble pas qu'il se soit clairement prononcé sur la question. J'aurais peut-être dû insister.

— Écoute, ce n'est pas parce que Genevieve et lui le faisaient… comme des lapins, ou je ne sais quoi… (Lucas rit d'un air moqueur et je le pince.) Ce n'est pas parce qu'ils le faisaient qu'on le fait forcément, ni même qu'il en a nécessairement envie.

C'est ce que je dis, mais quelle est la vérité ?
— Il le veut, c'est sûr.
Gloups.
— Eh bien, dommage, c'est triste si c'est le cas. Mais honnêtement, je ne le crois pas.

À cet instant précis, je décrète que Peter et moi aurons une relation équivalente à la cuisson d'une poitrine de bœuf. Lente, à feu doux. On finira par être à point, mais ça prendra du temps. Je retrouve un peu de confiance pour reprendre :

— Peter et moi, on a une relation totalement différente de celle qu'il avait avec Genevieve. On ne fait pas ce qu'ils faisaient. Enfin… bref, l'important, c'est qu'il ne faut pas comparer nos histoires, compris ?

Même si je le fais constamment dans ma tête…

En cours de français, j'entends Emilie Nussbaum chuchoter avec Genevieve.

— Si elle finit enceinte, tu crois que Kavinsky paiera pour l'avortement ?

— Sûrement pas, répond Gen. Il est trop radin. Peut-être la moitié.

Tout le monde se met à rire.

Je suis mortifiée, les joues brûlantes. Je voudrais leur hurler : « On n'a pas fait l'amour ! On est une poitrine de bœuf ! » Mais elles seraient trop contentes de me mettre hors de moi, de savoir qu'elles m'ont touchée. C'est du moins ce que me dirait Margot. Alors je redresse davantage le menton, si haut que j'en ai mal au cou.

Peut-être que Gen l'a vraiment fait. Peut-être qu'elle me hait suffisamment.

Alors que je vais dans la salle suivante, Mme Davenport m'intercepte. Elle passe un bras autour de mes épaules.

— Lara Jean, est-ce que tu tiens le coup ?

Je sais qu'elle ne se préoccupe pas de moi, pas vraiment. Elle veut des ragots, c'est tout. De tous les professeurs, elle est la pire colporteuse de rumeurs, peut-être même pire que les élèves. Hors de question que j'alimente les discussions à l'heure du café.

— Je vais bien, dis-je d'un ton léger.

Le menton haut, bien haut.

— J'ai vu la vidéo, murmure-t-elle en s'assurant du regard que personne n'écoute. Avec Peter et toi, dans le Jacuzzi.

J'ai les mâchoires si serrées que j'en ai mal aux dents.

— Tu dois être terriblement touchée par les commentaires, et je te comprends.

Cette femme a besoin d'une vie, si elle passe ses congés de Noël à regarder des comptes Instagram concernant des lycéens !

— Les jeunes peuvent être si cruels. Crois-moi, je le sais par expérience personnelle. Je ne suis pas beaucoup plus âgée que mes élèves !

— Je vais bien, vraiment, mais merci d'avoir demandé.

Rien à voir, circulez, merci.

Elle fait la moue.

— Enfin, si tu as besoin de parler à quelqu'un, tu sais que je suis là. Je veux t'aider. Tu peux passer me voir quand tu veux, je te ferai un mot d'excuse.

— Merci, madame Davenport.

Je me dégage souplement de son bras.

Mme Duvall, la conseillère d'orientation, m'arrête avant le cours d'anglais.

— Lara Jean, commence-t-elle, puis sa voix tremblote. Tu es une jeune fille si brillante et douée. Tu n'es pas du genre à faire de telles frasques. Je ne voudrais pas que tu te laisses aller sur un chemin douteux.

Je sens les larmes qui commencent à monter et ma gorge qui se serre. Je respecte Mme Duvall. Je veux qu'elle pense du bien de moi. Je me contente de hocher la tête.

Elle me redresse le menton d'un petit geste gentil. Elle sent les pétales de rose séchés. C'est une femme âgée, qui travaille au lycée depuis toujours. Elle se soucie vraiment des lycéens. Quand les anciens élèves reviennent de l'université pendant les fêtes, c'est elle qu'ils viennent saluer.

— Maintenant, il est temps de te reprendre et de songer sérieusement à ton avenir, pas à ces bêtises de lycée. Ne donne aucune raison aux universités de refuser ta candidature, d'accord ?

Je hoche encore la tête.

— Tu es une brave petite. Je sais que tu vaux mieux que cela.

Ses mots résonnent dans ma tête. *Tu vaux mieux que cela*. Mieux que quoi ? Mieux que qui ?

PENDANT LE REPAS, je m'esquive dans les toilettes des filles pour ne pas avoir à parler aux autres. Bien sûr, je tombe sur Genevieve, devant le miroir, qui se remet du baume à lèvres. Nos regards se croisent par glace interposée.

— Eh, salut.

Sa façon de le dire... méprisante et sûre d'elle...
— C'était toi ?

Les murs renvoient l'écho de ma voix.

Genevieve s'interrompt. Puis elle se reprend et rebouche le stick.

— Qu'est-ce qui était moi ?
— As-tu envoyé cette vidéo à Anonypute ?

— Non, répond-elle d'un ton moqueur.

Sa bouche se soulève à droite, un frisson à peine visible. Mais moi, je sais aussitôt qu'elle ment. Je l'ai vue raconter des histoires à sa mère suffisamment de fois pour savoir reconnaître quand elle ment. Même si je la soupçonnais, même si je le savais au fond de moi, cette confirmation me coupe le souffle.

— Je sais qu'on n'est plus amies, mais on l'était. Tu connais mes sœurs, mon père. Tu me connais. Tu savais très bien que cela me ferait beaucoup de mal.

Je serre les poings pour ne pas pleurer.

— Comment as-tu pu me faire une chose pareille ?

— Lara Jean, je suis désolée de ce qui t'est arrivé, mais, honnêtement, ce n'était pas moi.

Elle m'adresse un haussement d'épaules censé paraître compatissant, mais je le vois encore : le coin de sa bouche qui se relève.

— C'était toi. Je le sais. Quand Peter l'apprendra…

Elle lève un sourcil.

— Quoi ? Il me bottera le cul ?

Je suis tellement furieuse que mes mains tremblent.

— Non, parce que tu es une fille. Mais il ne te le pardonnera pas. Je suis contente que tu aies provoqué ça, si c'est ce qu'il faut pour lui prouver quel genre de fille tu es vraiment.

— Il sait très bien quel genre de fille je suis. Et tu sais quoi ? Il m'aime toujours, plus qu'il ne pourra jamais t'apprécier. Tu verras.

Sur ces mots, elle tourne les talons et s'éloigne.

Alors je comprends. Elle est jalouse, jalouse de moi. Elle ne supporte pas que Peter soit avec moi et plus avec elle. Eh bien, elle a joué les mauvaises cartes, parce que Peter ne la regardera plus jamais comme avant.

Lorsque les cours sont finis, je file rejoindre Peter sur le parking, où il m'attend au chaud dans sa voiture. J'ouvre la porte côté passager et je hoquette aussitôt :

— C'était Genevieve !

Je monte fébrilement.

— C'est elle qui a envoyé la vidéo à Anonypute. Elle me l'a avoué !

— Elle a dit qu'elle avait filmé la scène ? demande-t-il d'un ton neutre. Elle a dit ces mots exactement ?

— Eh bien... non.

Quels ont été ses mots exacts ? Je l'ai quittée avec l'impression qu'elle s'était confessée, mais, maintenant que j'y repense, elle n'a rien admis directement.

— Elle n'a pas vraiment avoué, mais c'est tout comme. Elle a fait ce truc avec sa bouche ! dis-je en reproduisant son geste coupable. Tu vois ? C'est sa faute !

Il lève un sourcil.

— Arrête, Covey.

— Peter !

— D'accord, d'accord, je lui parlerai.

Il met le contact. Je connais déjà la réponse, mais il faut que je demande.

— Est-ce que les profs t'ont parlé de la vidéo ? Peut-être l'entraîneur White ?

— Non. Pourquoi ? Ils t'en ont parlé ?

C'est ce que disait Margot, l'inégalité, le préjugé. Les garçons font ce qu'ils veulent, mais les filles doivent être sages et prudentes pour préserver leur corps, leur futur, l'image qu'elles offrent et que les autres jugent. Je lui demande brusquement :

— Quand vas-tu parler à Genevieve ?

— J'y vais ce soir.
— Tu vas chez elle ?
— Eh bien, oui. Je dois la voir en face pour savoir si elle ment. Je dois vérifier cette confession qui te met dans tous tes états.

Peter meurt de faim. On s'arrête en chemin pour prendre des hamburgers et des milk-shakes. Quand on arrive chez moi, Margot et Kitty m'attendent.

— Raconte-nous tout, presse Margot en me servant une tasse de chocolat chaud.

Je vérifie qu'elle a mis des petits marshmallows dedans, et elle n'a pas oublié.

— Est-ce que Peter s'est occupé de tout ? veut savoir Kitty.

— Oui ! Il a forcé Anonypute à retirer la vidéo. Il leur a dit qu'il avait un oncle super-avocat, alors qu'il vend des pizzas dans le New Jersey.

Margot sourit, mais elle se rembrunit aussitôt.

— Est-ce que les autres t'en ont fait baver ?

Je réponds d'un air insouciant.

— Non, ce n'était pas si terrible.

Je me sens très fière du visage courageux que j'arbore devant mes sœurs.

— Mais je suis presque certaine de savoir qui a fait ça.

— Qui ? demandent-elles d'une même voix.

— Genevieve, comme le pensait Chris. Je l'ai interrogée dans les toilettes et elle a nié, mais elle a fait ce truc avec la bouche, ce truc qu'elle fait toujours quand elle ment.

J'imite son tic au coin des lèvres.

— Gogo, tu te souviens de ce truc ?

— Je crois bien ! s'exclame-t-elle, mais je sens bien que non. Qu'a dit Peter quand tu lui as appris que c'était Genevieve ? Il t'a crue, non ?

— Pas exactement, dis-je d'un ton évasif en soufflant sur mon cacao. Enfin, il va lui parler pour tirer tout ça au clair.

Margot fronce les sourcils.

— Il devrait te soutenir en toutes circonstances.

— Il me soutient, Gogo !

Je lui prends la main et noue mes doigts avec les siens.

— Il a fait ça. Il a dit « pour toi et moi ». C'était vraiment très romantique !

Elle glousse.

— Tu es désespérante, mais ne change surtout pas.

— J'aimerais que tu ne partes pas demain.

Je soupire. J'ai déjà le mal du pays à sa place. Quand Margot est là pour m'aider à évaluer la situation et me donner de sages conseils, je me sens en sécurité. Elle me donne de la force.

— Lara Jean, tu vas t'en sortir.

J'écoute attentivement, je la regarde en quête d'un doute ou d'un signe de mensonge de sa part, pour voir si elle dit ça uniquement pour me remonter le moral. Mais je ne vois rien. Rien que de la confiance.

VIII

C'EST LE DERNIER dîner avec Margot avant qu'elle ne reparte pour l'Écosse demain. Papa prépare des côtelettes à la coréenne et un gratin de pommes de terre, entièrement cuisinés maison. Il mitonne même un gâteau au citron.

— Il a fait si gris et froid, explique-t-il, je crois que nous avons bien le droit à un peu de soleil sous forme d'un moelleux au citron !

Il passe un bras autour de ma taille et me tapote les côtes, et même s'il ne pose pas de questions, je sais qu'il se doute que j'ai des problèmes plus sérieux que mes règles.

On a à peine commencé le repas que papa demande :

— Est-ce que ce *galbijjim* a le même goût que celui de grand-mère ?

— En gros, dis-je.

Papa se rembrunit, et je m'empresse de corriger.

— Je veux dire, c'est peut-être meilleur.

— J'ai attendri la viande comme elle me l'a expliqué, reprend papa, mais la viande ne se détache pas des os comme quand c'est elle qui le fait. Il n'y a pas besoin de couteau pour manger un *galbijjim* bien préparé.

Margot, qui allait attaquer un morceau de viande au cou-teau à steak, s'interrompt en constantant que papa reprend :

— La première fois que j'ai goûté ce plat, c'était avec votre mère. Elle m'avait invité dans un restaurant coréen pour notre premier rendez-vous, et elle a commandé toute la carte, en coréen, avant de me présenter chaque plat. Elle m'avait émerveillé cette nuit-là. Mon seul regret est qu'aucune de vous n'ait continué les cours de coréen.

Il affiche un air triste un moment, mais très vite il retrouve son sourire.

— Mangez, les filles !

J'interviens :

— Papa, l'université de Virginie propose des cours de coréen. Si je suis prise, je te jure que je prendrai cette option !

— Ta mère aurait adoré cette idée, dit-il avec une ombre de tristesse dans le regard.

— Ton *galbijjim* est délicieux, papa, s'empresse d'ajouter Margot. On ne trouve pas de bonne cuisine coréenne en Écosse.

— Prends quelques algues dans tes bagages, lui suggère papa. Et un peu de ce thé au ginseng que grand-mère nous a ramené de Corée. Tu devrais prendre le cuiseur à riz.

Kitty fronce les sourcils.

— Et nous, comment on mangerait du riz ?

— On pourrait en acheter un nouveau. Ce que je voudrais vraiment, ajoute-t-il d'un ton rêveur, c'est emmener toute la famille en vacances là-bas. Ce serait génial, non ? Votre maman a toujours eu envie de vous emmener en Corée. Vous avez encore de la famille là-bas.

— Grand-mère pourrait venir avec nous ? demande Kitty.

Elle n'arrête pas de passer des morceaux de viande à Jamie, qui s'est assis près d'elle et la regarde avec des yeux débordant d'espoir.

Papa manque s'étouffer avec une pomme de terre.

— Quelle bonne idée, elle nous ferait une visite guidée.

Margot et moi échangeons un petit sourire. Grand-mère le rendrait fou au bout d'une semaine. Moi, ce qui m'enthousiasme, c'est l'idée de faire les boutiques.

— Oh, mon Dieu, imagine toute la belle papeterie que je trouverais. Et les vêtements. Et les pinces à cheveux. Et les baumes anti-imperfections. Je devrais faire une liste.

— Papa, tu pourrais prendre un cours de cuisine coréenne, propose Margot.

— C'est vrai ! J'y penserai pour cet été, déclare papa.

Je sens qu'il est déjà tout excité à cette idée.

— Bien sûr, tout dépend de l'emploi du temps de chacun. Margot, tu rentres tout l'été, non ?

C'est ce qu'elle a annoncé la semaine dernière, mais elle baisse le nez sur son assiette.

— Je ne suis pas certaine, je n'ai encore rien décidé.

Papa semble perplexe, et Kitty et moi échangeons un regard. Aucun doute, il y a un rapport avec Josh, et je ne lui en veux pas.

— Il y a une chance que j'obtienne un stage à l'Institut royal d'anthropologie de Londres.

— Mais je croyais que tu voulais reprendre ton travail à Montpelier, s'étonne papa, le front plissé par la confusion.

— Je réfléchis encore. Comme je l'ai dit, je n'ai encore rien décidé.

— Si tu fais ton stage au truc royal, intervient Kitty, tu vas rencontrer des gens de la famille royale ?

Je lève les yeux au ciel, et Margot lui adresse un regard de reconnaissance.

— J'en doute, Kitty, mais qui sait...

— Et toi, Lara Jean ? demande Kitty avec de grands yeux innocents. Tu ne dois pas faire des activités pendant l'été pour faire bien dans ton dossier pour les universités ?

Je lui lance un regard assassin.

— J'ai largement le temps de réfléchir.

Je la pince méchamment sous la table et elle glapit.

— Tu es censée chercher un stage pour le printemps, me rappelle Margot. Je te le répète, Lara Jean, si tu ne te dépêches pas, toutes les bonnes places seront prises. As-tu contacté Noni pour te préparer à ton examen d'admission en fac ? Il faut voir avec elle si elle donne des cours d'été ou si elle rentre chez elle.

— D'accord, d'accord, je le ferai.

— Je pourrais te trouver une place à la boutique de cadeaux de l'hôpital, propose papa. On irait au travail ensemble, on prendrait la pause repas tous les deux. Ce serait drôle de passer la journée avec ton vieux père !

— Papa, tu n'as pas d'amis au travail ? demande Kitty. Tu manges tout seul à la pause déjeuner ?

— Oh, non, pas tous les jours. Parfois je mange seul à mon bureau, mais c'est parce que je dois me dépêcher. Mais si Lara Jean travaillait à la boutique cadeaux, je prendrais le temps. (Il tapote ses baguettes contre son assiette d'un air absent.) Il pourrait y avoir une place pour elle chez McDonald's, mais je dois d'abord vérifier.

— Eh, si tu travailles chez McDonald's, je parie qu'ils te laisseront manger toutes les frites que tu veux, renchérit Kitty.

Je fronce les sourcils. Je vois déjà le genre d'été qu'ils me préparent, et ça ne me plaît pas du tout.

— Je ne veux pas travailler chez McDonald's. Et, papa, ne le prends pas mal, mais je ne veux pas non plus travailler à la boutique cadeaux. (Je réfléchis fébrilement.) J'avais pensé faire quelque chose de plus officiel à Belleview. Je pourrais être stagiaire de la section activités. Ou assistante. Margot, qu'est-ce qui est le plus impressionnant ?

— Assistante de section activités, déclare Margot.

— Oui, ça paraît plus professionnel. J'ai des tonnes d'idées. Peut-être que je passerai cette semaine les sou-mettre à Janette.

— Comme quoi ? me demande papa.

— Une classe de scrapbooking. (J'improvise.) Les pensionnaires ont rassemblé tant de photos et de babioles au fil du temps, ce serait une bonne idée de compiler tout ça dans un album avant d'en perdre. (Je m'enflamme d'un coup pour cette idée.) Ensuite, on pourrait faire une petite exposition avec tous les albums de scrapbooking, et les gens pourraient les feuilleter, voir les vies défiler. Je pourrais faire des gougères au fromage et on servirait du vin blanc…

— C'est une idée géniale, affirme Margot avec un hochement de tête approbateur.

— Vraiment super, s'enthousiasme papa. Bien sûr, pas de vin blanc pour toi, mais j'approuve les gougères au fromage !

On proteste en chœur :
— Oh, papa !

Il adore quand on fait ça. Il joue les papas ringards et on grogne comme si on était exaspérées en gémissant « Oh, papa ! ».

Pendant qu'on fait la vaisselle, Margot m'encourage à concrétiser mon idée pour Belleview.

— Ils ont besoin de quelqu'un comme toi pour prendre les choses en main, déclare-t-elle en faisant mousser l'eau d'une marmite. De l'énergie fraîche pour de nouvelles idées. Les gens s'épuisent à travailler dans les maisons de retraite. Janette sera soulagée d'avoir deux bras robustes pour l'aider.

J'ai lancé ces idées pour Belleview afin d'éviter d'être harcelée avec ces histoires de travail d'été, mais maintenant je suis convaincue que je vais effectivement en parler à Janette.

Une fois à l'étage, je vois que j'ai manqué un appel de Peter. Je le rappelle et j'entends la télé en fond sonore.

— Tu lui as parlé ?

J'espère, j'espère, j'espère vraiment que, cette fois, il me croit.

— Je lui ai parlé.

Mon cœur s'emballe.

— Et ? Elle a avoué ?

— Non.

— Non...

Je soupire. Je vois... Il fallait s'y attendre. Gen n'est pas du genre à se laisser faire, elle est du genre coriace, qui résiste.

— Elle peut bien raconter ce qu'elle veut, je sais que c'est elle.

— Covey, tu ne peux pas en être certaine d'un seul et unique coup d'œil.

— Ce n'est pas juste un coup d'œil. Je la connais. Elle était ma meilleure amie. Je connais sa façon de penser.

— Je la connais mieux que toi, et, je t'assure, je ne crois pas que c'était elle. Fais-moi confiance.

Il la connaît mieux, bien sûr qu'il la connaît mieux. Mais de fille à fille, d'ex-amie à ex-amie, je sais que c'était elle. Je me moque des années passées sans nous voir. Il y a certaines choses qu'une fille sait, qu'elle sent dans ses tripes et dans ses os.

— Je te fais confiance. Mais pas à elle. Ça fait partie de son plan, Peter.

Un long silence s'installe. J'entends mes derniers mots, et même moi je les trouve cinglés.

Peter reprend d'une voix chargée de patience.

— Elle est stressée en ce moment, des histoires de famille ; elle n'a pas le temps de préparer des coups tordus contre toi.

Des histoires de famille ? Vraiment ? Je me sens brusquement coupable en repensant à Chris, qui a dit que leur grand-mère s'était cassé la hanche et que la famille se demandait s'il fallait ou non la mettre dans un institut. Genevieve a toujours été très proche de sa grand-mère, elle lui disait qu'elle était sa petite-fille préférée parce qu'elle lui ressemblait... autrement dit, parce qu'elle était ravissante !

Ou peut-être s'agit-il de ses parents. Gen s'inquiétait souvent du risque qu'ils divorcent.

Ou peut-être n'est-ce qu'un mensonge. Je m'apprête à lui asséner cette possibilité quand il reprend d'un ton las :

— Ma mère m'appelle en bas. On pourra en parler demain ?

— Bien sûr.

Oui, je sais, il peut s'agir de n'importe quoi. Peter a raison. Peut-être que je la connaissais bien avant, mais plus maintenant. Peter est celui qui la connaît le mieux à présent. D'ailleurs, n'est-ce pas ainsi que les filles perdent leur copain, en se comportant comme des jalouses paranoïaques et soupçonneuses ? Je pense pouvoir affirmer que ça ne rend personne attirant.

Une fois que j'ai raccroché, je me jure d'oublier cette histoire de vidéo une bonne fois pour toutes. Ce qui est fait est fait. J'ai un petit copain, peut-être un nouveau travail (pas payé, bien sûr, mais tout de même), et des études auxquelles je dois me consacrer. Je ne peux pas me laisser distraire par ça. Et de toute façon, on ne voit même pas mon visage sur cette vidéo.

IX

L E LENDEMAIN, AVANT d'aller au lycée, on charge la voiture pour que papa conduise Margot à l'aéroport. Je ne cesse de regarder la fenêtre de la chambre de Josh et je me demande s'il va descendre lui dire au revoir. Ce serait la moindre des choses. Mais sa lumière est éteinte, et il doit toujours dormir.

Mme Rothschild vient avec son chien pendant que Margot fait ses adieux à Jamie Fox-Pickle. Dès qu'il la voit, il saute des bras de Margot et traverse la rue en courant. Papa lui court après. Jamie aboie en sautant sur la vieille chienne de notre voisine, Simone, qui l'ignore. Le chiot est si excité qu'il fait pipi sur les bottes en plastique vert de la voisine et papa s'excuse, mais elle rit.

— Je les nettoierai d'un coup d'eau.

Margot est jolie, ses cheveux châtains remontés en queue-de-cheval, avec un legging et un blouson bouffant que j'ai déjà vu sur Genevieve.

— Dépêche-toi, papa! s'impatiente Margot. Je dois être à l'aéroport avec trois heures d'avance.

— Trois, c'est beaucoup. Deux doivent suffire, dis-je.

Papa essaie d'attraper Jamie, qui fait de son mieux pour lui échapper. Mme Rothschild finit par s'emparer du chiot d'une main et lui pose un baiser sur le sommet du crâne.

— Pour les vols internationaux, il faut arriver trois heures avant. J'ai des bagages à enregistrer, Lara Jean.

Kitty ne dit rien, elle regarde la scène avec les chiens, en face.

Papa revient avec Jamie qui se tortille entre ses bras.

— On devrait y aller avant que ce chiot ne cause d'autres problèmes.

On se serre très fort dans les bras les unes des autres et Margot me répète d'être forte. Je hoche la tête, puis papa et elle partent pour l'aéroport.

Il est encore très tôt, plus tôt que l'heure à laquelle je me lève pour aller en cours, alors je cuisine des pancakes à la banane pour Kitty et moi. Elle est toujours perdue dans ses pensées. Je dois me répéter pour savoir si elle veut un ou deux pancakes. J'en fais un peu plus, que j'enveloppe dans du papier d'aluminium pour partager avec Peter sur le chemin du lycée. Je fais la vaisselle, j'envoie même un e-mail pour présenter mon idée pour Belleview à Janette, et elle me répond aussitôt. La remplaçante de Margot a démissionné il y a un mois, alors je tombe à pic. Elle m'invite à passer samedi pour parler de mes futures responsabilités.

J'ai l'impression que les choses s'organisent enfin. J'ai trouvé ma voie, je peux y arriver.

Alors que je marche vers le lycée par ce froid matin de janvier, en tenant la main de Peter, l'estomac bien rempli de pancake à la banane, emmitouflée dans le pull jacquard que Margot m'a laissé, je me sens bien. Très bien, même.

Peter veut passer par la salle informatique pour imprimer son devoir d'anglais, c'est donc notre première étape. Il se connecte et je pousse un hoquet de stupeur en découvrant le fond d'écran.

Quelqu'un a pris une capture d'écran de la vidéo du Jacuzzi, avec moi sur les genoux de Peter dans ma robe de chambre de flanelle rouge, la jupe remontée sur les cuisses. Au-dessus de l'image, je lis « Sexe dans le Jacuzzi ». Et dessous : « Tu t'y prends mal ? »

— Qu'est-ce que c'est que ce… ? marmonne Peter en regardant autour de nous.

Personne ne lève la tête. Il va voir sur l'écran d'à côté, où se trouve la même image, mais avec d'autres légendes : « Elle ne sait rien du rétrécissement » en haut, « Il se contente de ce qu'il trouve » en bas.

On est devenus un mème.

Pendant les jours qui suivent, les images circulent et se multiplient. On en trouve sur les comptes Instagram, sur les pages Facebook.

Sur l'une d'elles, des requins sont ajoutés dans le bassin. Sur une autre, on a des têtes de chat.

Il y en a même une avec pour seule légende « Bikini amish ».

Les amis de crosse de Peter trouvent la farce hilarante, mais ils jurent ne pas être responsables. À la pause déjeuner, Gabe proteste :

— Je ne sais même pas me servir de Photoshop !

Peter avale d'un coup la moitié de son sandwich.

— D'accord, mais alors qui a fait ça ? Jeff Bardugo ? Carter ?

— Mec, j'en sais rien, se défend Darrell. C'est un mème. Il y a des tas de gens qui peuvent être dans le coup.

— Tu reconnaîtras quand même que celle avec les têtes de chat est marrante, reprend Gabe.

Il se tourne vers moi.

— Désolé, Large.

Je ne dis rien. C'est vrai, les têtes de chat étaient plutôt drôles. Pourtant, toute cette histoire ne me fait pas rire. Peter a essayé de tourner la première en dérision, mais après plusieurs jours je vois bien que tout ça l'agace. Il n'a pas l'habitude d'être le sujet des moqueries. Moi non plus, d'ailleurs, puisque je ne suis pas habituée à ce que les autres prêtent autant d'attention à ce que je fais. Mais depuis que je suis avec Peter, ils commencent à s'intéresser à moi. Personnellement, je m'en passerais.

X

CET APRÈS-MIDI, NOUS avons une réunion d'élèves dans l'auditorium du lycée. Notre présidente de classe, Reena Patel, est sur scène et présente un PowerPoint sur l'état des finances de notre section : combien d'argent on a rassemblé pour le bal de fin d'année, la destination de notre futur voyage scolaire. Je suis presque intégrée à ma chaise, soulagée de ce répit, heureuse que les gens cessent de me regarder en chuchotant leurs jugements.

Le drame se produit quand Reena clique sur la dernière fiche.

La chanson provocatrice *Me So Horny* éclate dans les haut-parleurs et ma vidéo, celle de Peter et moi, s'affiche en grand sur l'écran. Quelqu'un l'a récupérée sur Instagram pour monter sa propre bande-son. Le rythme a également été accéléré au triple, ce qui donne l'impression que je rebondis frénétiquement sur les genoux de Peter.

Oh, non, non, non, non, pitié, non !

Tout se bouscule ensuite. L'assistance se met à crier et à rire en pointant la vidéo du doigt avec de grands oooh!. M. Vasquez bondit pour débrancher le projecteur, puis Peter se précipite sur scène et prend le micro des mains d'une Reena statufiée par la surprise.

— Quiconque a fait ça n'est qu'une grosse merde. Ça ne regarde personne, mais Lara Jean et moi, on n'a pas fait l'amour dans le Jacuzzi.

J'ai les oreilles qui tintent comme des cloches, les gens se tordent sur leur chaise pour regarder Peter, puis moi.

— On s'est juste embrassés, alors allez vous faire foutre!

M. Vasquez, notre conseiller de classe, essaie de lui retirer le micro des mains, mais Peter tient bon.

— Je vais trouver celui qui a fait ça, hurle-t-il, et je lui botterai le cul!

Il lâche le micro dans la pagaille générale. Les gens rient et le saluent à grands cris enthousiastes. Peter est évacué de scène et fouille frénétiquement l'assistance du regard. Il me cherche.

La foule se disperse et tout le monde commence à quitter la salle, mais je reste prostrée à ma place. Chris vient me voir, le regard étincelant. Elle me prend par les épaules.

— Hummm, c'était dingue! Deux gros mots dans un seul discours, c'est de la bombe!

Il me semble que je suis encore en état de choc. Une vidéo de Peter et moi dans une posture hyperchaude vient d'apparaître sur grand écran, et tout le monde l'a vue. M. Vasquez, M. Glebe, âgé de soixante-dix ans et qui ne sait même pas ce qu'est Instagram... Le seul baiser passionné de ma vie, et tout le monde l'a vu.

Chris me secoue par les épaules.

— Lara Jean ! Tout va bien ?

Je hoche la tête en silence, et elle me lâche.

— Il va botter le cul du coupable ? Je veux bien voir ça !

Elle renifle et rejette la tête en arrière comme un poney sauvage.

— Ce mec est un crétin s'il ne croit pas que Gen a posté cette vidéo. Je veux dire, il faut déjà de sacrées œillères pour refuser d'admettre… (Chris s'interrompt et m'observe.) Tu es sûre que ça va ?

— Tout le monde nous a vus.

— Ouais, c'est nul. Je suis certaine que c'était un coup de Gen. Elle a dû charger l'un de ses petits laquais minables de l'ajouter au PowerPoint de Reena. (Elle secoue la tête d'un air dégoûté.) Quelle pute ! Mais je suis contente que Peter ait mis tout ça au clair. Je ne suis pas dingue de lui, mais c'était carrément chevaleresque. Aucun mec n'a jamais mis les choses au clair comme ça pour moi.

Je sais qu'elle pense à ce garçon de troisième qui a raconté à tout le monde que Chris et lui avaient couché dans les vestiaires. Je repense à Mme Duvall, à ce qu'elle m'a dit. Elle classerait sans doute Chris parmi les fêtardes, les filles qui couchent sans réfléchir, les filles qui ne « valent pas mieux que cela ». Elle aurait tort. Nous sommes toutes dans le même bateau.

Je sors de mon dernier cours quand mon téléphone vibre. C'est Peter.

Libéré sur parole. Rejoins-moi à la voiture !

Je me précipite pour retrouver Peter sur le parking où il m'attend, le chauffage en route. Il sourit.

— Tu n'embrasses pas ton mec ? Je viens de sortir de prison !

— Peter ! Ce n'est pas drôle. Es-tu renvoyé ?

Il m'adresse un sourire goguenard.

— Nan. Je leur ai fait un numéro de charme. Le principal Lochlan m'aime bien. Mais ça aurait pu m'arriver. Si j'avais été quelqu'un d'autre…

Oh, Peter.

— Ne te vante pas dans un moment pareil !

— Quand je suis sorti du bureau de Lochlan, il y avait un groupe de deuxième année qui attendaient pour m'acclamer. Elles étaient toutes là : « Kavinsky, tu es si romantique. »

Il hulule de satisfaction et je lui adresse un regard de reproche. Il m'attire contre lui.

— Eh, elles savent que je suis pris. Il n'y a qu'une fille que j'ai envie de voir en bikini amish.

Je ris, je ne peux pas m'en empêcher. Peter adore être le centre de l'attention, et je n'aime pas être l'une de ces filles qui satisfont son ego, mais parfois c'est dur de lui résister. Et, j'avoue, c'était assez romantique.

Il m'embrasse sur la joue et s'attarde contre mon visage.

— Je t'avais bien dit que je m'occuperais de tout, Covey.

— C'est vrai, dois-je reconnaître en lui tapotant les cheveux.

— Alors, j'ai fait du bon boulot ?

— Oui.

Il ne lui en faut pas plus pour être heureux, savoir que je trouve qu'il a fait du bon travail. Il sourit pendant tout le trajet, mais je pense toujours à ce qui s'est passé.

Je me désiste pour la fête de l'équipe de crosse où je devais accompagner Peter ce soir. Je prétends que je dois me préparer pour mon entretien avec Janette demain, mais on sait tous les deux que c'est autre chose. Il pourrait me le reprocher, me rappeler qu'on a promis de se dire toute la vérité, mais il se tait. Il me connaît assez pour savoir que j'ai juste besoin de me glisser dans mon trou de Hobbit et que, quand je serai prête, je ressortirai rétablie.

Ce soir-là, je cuisine des cookies parfumés aux épices et glacés à la cannelle. Parce qu'ils sont comme des câlins qui fondent dans la bouche. La pâtisserie me calme, elle m'oblige à me poser. C'est ce que je fais quand je veux ne penser à rien. C'est une activité peu exigeante, il suffit de suivre les indications et, à la fin, on a créé quelque chose. Les ingrédients sont devenus un dessert. C'est comme de la magie. Abracadabra, un délice !

Après minuit, les cookies refroidissent sur une grille et je mets mon pyjama de chat. Puis je monte me coucher avec un livre. Soudain, quelqu'un tape à ma fenêtre. Je pense à Chris et je vais voir si j'ai fermé, mais c'est Peter ! J'ouvre la fenêtre.

— Oh, mon Dieu, Peter ! Qu'est-ce que tu fais ici ? je murmure, le cœur battant. Papa est là !

Peter entre dans la chambre. Il porte un bonnet bleu marine et un maillot chaud sous une veste en doudoune. Il se découvre et sourit.

— Chut, tu vas le réveiller.

Je cours fermer ma porte.

— Peter ! Tu ne peux pas rester là !

Je suis à la fois paniquée et tout excitée. Je ne crois pas qu'un garçon soit déjà entré dans ma chambre, pas depuis Josh, et c'était il y a longtemps.

Il retire déjà sa veste.

— Accorde-moi juste quelques minutes.

Je croise les bras, surtout parce que je ne porte pas de soutien-gorge.

— S'il ne s'agit que de quelques minutes, pourquoi enlèves-tu tes chaussures ?

Il élude la question et se laisse tomber sur mon lit.

— Eh, pourquoi tu ne portes pas ton bikini amish ? Il est super-sexy.

Je m'approche, bien décidée à le punir d'une tape sur la tête, mais il me prend par la taille et me serre contre lui. D'une voix étouffée, il murmure :

— Je suis désolé que tout ça te tombe dessus à cause de moi.

Je pose la main sur sa tête, et je sens ses cheveux doux et soyeux.

— Ce n'est pas grave, Peter. Je sais que ce n'est pas ta faute. (Je regarde mon réveille-matin vintage.) Tu peux rester un quart d'heure, mais ensuite il faudra que tu partes.

Peter acquiesce et me lâche. Je m'assois près de lui et pose la tête sur son épaule. J'espère que les minutes passeront lentement.

— Comment était la fête ?
— Ennuyeuse, sans toi.
— Menteur.

Il rit, de cette façon légère qui lui ressemble tant.

— Qu'est-ce que tu as cuisiné ce soir ?
— Comment tu sais ?

Il prend une grande inspiration.

— Tu sens le sucre et le beurre.
— Des cookies glacés à la cannelle.
— Je peux en prendre quelques-uns ?

Je hoche la tête et on s'appuie contre le mur. Il m'enlace d'un bras et je me sens en sécurité.

— Il reste douze minutes, dis-je dans son épaule.

Même sans le voir, je sens qu'il sourit.

— Alors il faut en tirer le meilleur.

On s'embrasse, alors que je n'ai encore jamais embrassé un garçon dans mon lit. C'est une sensation nouvelle. Je crois que je ne verrai plus jamais mon lit de la même manière. Entre deux baisers, il demande :

— Combien de temps avant que je parte ?

Je regarde le réveil. Sept minutes.

Je devrais peut-être lui accorder un bonus de cinq minutes…

— On peut s'allonger, alors ? propose-t-il.

— Peter !

Je lui frappe l'épaule.

— Je veux juste te tenir contre moi ! Si je voulais essayer davantage, il me faudrait plus de sept minutes, crois-moi.

On s'allonge, et je pose le dos contre sa poitrine alors qu'il se pelotonne tout contre moi, les bras enlacés avec les miens. Il glisse le menton dans le creux entre mon cou et mon épaule. C'est certainement ce que je préfère de tout ce qu'on a fait ensemble. Ça me plaît tellement que je dois sans cesse veiller à rester vigilante pour qu'on ne s'endorme pas. Je voudrais fermer les yeux, mais je les garde bien ouverts en fixant l'heure sur mon réveil.

— Les câlins, y a rien de meilleur, soupire-t-il.

J'aurais préféré qu'il ne dise rien, parce que ça me fait penser à toutes les fois où il a tenu Genevieve de cette manière.

Au bout du quart d'heure autorisé, je m'assois si vivement qu'il sursaute. Je lui donne une tape sur l'épaule.

— C'est l'heure d'y aller, mon gars.

Il se rembrunit.

— Oh, allez, Covey !

Je secoue la tête d'un air déterminé.

Si tu ne m'avais pas fait penser à Genevieve, je t'aurais accordé cinq minutes de plus.

Une fois Peter parti avec un sachet de cookies, je me rallonge et je ferme les yeux en imaginant que ses bras sont toujours autour de moi, et sur cette pensée je m'endors.

XI

LE LENDEMAIN, JE vais voir Janette à Belleview, armée d'un carnet de notes et d'un stylo.

— J'ai une idée d'activité, dis-je. Scrapbooking pour les seniors.

Janette m'encourage d'un hochement de tête et je continue.

— J'apprendrai aux résidents à décorer leurs albums façon scrapbooking, et on pourra regarder leurs vieilles photos et leurs souvenirs, et les écouter raconter des histoires de leur vie.

— Cela semble prometteur, apprécie-t-elle.

— Alors, je pourrai assurer cette classe et m'occuper des soirées cocktail du vendredi ?

Janette mord dans son sandwich au thon et avale une bouchée.

— Nous allons arrêter les soirées cocktail.

— Arrêter ?

Je suis stupéfaite. Elle hausse les épaules.

— Il y a de moins en moins de personnes depuis que nous proposons des cours d'informatique.

Les résidents ont appris à utiliser Netflix et ils découvrent un nouveau monde.

— Et si j'en faisais vraiment un événement marquant ? Quelque chose de plus spécial.

— Nous n'avons pas franchement de budget pour des soirées de gala, Lara Jean. J'imagine que Margot t'a expliqué qu'il fallait souvent nous débrouiller avec l'essentiel. Nous avons de toutes petites rentrées d'argent.

— Non, non, je pensais vraiment à du système D. De petites touches suffisent à faire la différence. Par exemple, on pourrait décréter que les hommes doivent porter une veste. Et est-ce qu'on ne pourrait pas emprunter des verres de la salle à manger au lieu des gobelets en plastique ? (Je m'assure que Janette m'écoute toujours et je continue.) Pourquoi proposer des cacahuètes dans la boîte quand on pourrait simplement les verser dans un joli bol ?

— Les cacahuètes ont un goût de cacahuètes, qu'elles soient dans leur boîte ou dans un bol.

— Un bol de cristal devrait ajouter une note d'élégance délicieuse !

J'en ai trop fait. Janette trouve que toutes ces histoires vont demander trop d'efforts, je le sens.

— Nous n'avons pas de bols de cristal, Lara Jean, répond-elle.

— Je suis sûre que je peux en récupérer un à la maison.

— C'est beaucoup d'organisation pour chaque vendredi soir.

— Eh bien... on pourrait limiter à une soirée par mois. La soirée semblerait d'autant plus spéciale. Pourquoi ne pas faire une pause et ramener l'idée en force dans un mois, le temps que l'événement manque aux résidents ? L'attente ferait monter l'impatience, et ensuite on passerait une vraiment bonne soirée.

Janette acquiesce de mauvaise grâce, et j'en profite avant qu'elle ne change d'avis.

— Considère-moi comme ton assistant, Janette. Laisse-moi faire. Je me charge de tout.

Elle hausse les épaules.

— Fais-toi plaisir.

Je passe l'après-midi dans ma chambre avec Chris quand Peter appelle.

— Je passe près de chez toi, tu veux faire quelque chose ?

— Non ! crie mon amie. Elle est occupée.

Il grogne et je m'excuse :

— Désolée, Chris est là.

Il m'annonce qu'il me rappellera plus tard, et j'ai à peine raccroché que Chris se met à râler.

— S'il te plaît, ne fais pas comme ces nanas qui laissent tomber toutes leurs copines dès qu'elles ont un copain !

Je vois très bien de quoi elle parle, Chris disparaît à chaque fois qu'elle rencontre quelqu'un. Mais avant que je puisse le lui rappeler, elle reprend :

— Ne joue pas non plus les groupies. Je déteste ces filles en admiration devant leur mec. Enfin, quoi, il n'y a pas mieux pour jouer les groupies ? Un groupe de rock ? Oh, mon Dieu, je serais tellement géniale comme groupie d'un vrai groupe ! Un genre de muse, tu sais ?

— Et ton idée de lancer ton propre groupe ?

Elle hausse les épaules.

— Le joueur de basse s'est blessé la main en skate, et ça a démotivé tout le monde. Eh, tu es partante pour aller à Washington demain soir voir le groupe Felt Tip ? Frank va emprunter le van de son père, alors il devrait y avoir de la place.

J'ignore qui est Frank, et Chris ne le connaît sans doute que depuis deux minutes. Elle parle toujours des gens comme si j'étais censée les connaître.

— Impossible... il y a cours le lendemain.

Elle grimace.

— Tu vois, c'est ce que je voulais dire. Tu deviens déjà l'une de ces nanas.

— Ça n'a aucun rapport, Chris. Déjà, mon père ne me laisserait jamais partir pour Washington alors que j'ai lycée le lendemain. Ensuite, je ne sais pas qui est Frank et je ne monterai pas à l'arrière du van d'un inconnu. Enfin, j'ai dans l'idée que Felt Tip n'est pas mon genre de musique. Je me trompe ?

— Non, admet-elle. Très bien, mais la prochaine fois que je te demande quelque chose, tu devras dire oui. Pas de raisonnement logique à la noix.

— D'accord.

Mon estomac se noue un peu car, avec Chris, on ne sait jamais à quoi s'attendre. Cela dit, il est probable qu'elle a déjà oublié ce qu'on vient de dire.

On s'assoit par terre pour reprendre le thème du jour : manucure ! Chris prend l'un de mes pinceaux à ongles dorés et entreprend de tracer des petites étoiles sur son pouce. J'ai opté pour une base lavande avec des fleurs violet plus sombre et un cœur orange.

— Chris, tu peux faire mes initiales sur ma main droite ? (Je la lui tends.) De l'annulaire au pouce, LJSC.

— Style fantaisie ou basique ?

Je la regarde comme si elle racontait n'importe quoi.

— Enfin, pour qui tu me prends ?

— Fantaisie ! s'exclame-t-on d'une seule voix.

Chris est douée pour tracer les lettres. Tellement douée que, tandis que j'admire son travail, je propose :

— Eh, j'ai une idée. Et si on lançait une activité manucure à Belleview ? Les résidentes adoreraient.

— À quel tarif ?

— Gratuitement ! Ce serait une sorte de travail d'inté-rêt général, mais pas obligatoire. Ce serait juste par bonté d'âme. Certaines résidentes n'arrivent plus à bien se couper les ongles. Elles ont les mains qui se tordent, et les pieds aussi. Les ongles s'épaississent et…

J'interromps ma phrase en découvrant son expression dégoûtée.

— On pourrait préparer une boîte pour les pourboires.

— Je ne couperai pas les ongles de pied de personnes âgées gratuitement. Pas moins de cinquante dollars par personne, au moins. J'ai vu les pieds de mon grand-père, il a des ongles dignes des serres d'un aigle.

Elle reprend son travail et inscrit un C en écriture cursive avec une jolie fioriture.

— Et voilà. Bon sang, c'est vrai que je suis douée. (Elle rejette la tête en arrière et se met à hurler.) Kitty ! Ramène ton p'tit derrière !

Kitty accourt dans la chambre.

— Quoi ? J'étais occupée.

— J'étais occupée, répète Chris d'un ton moqueur. Si tu m'apportes un cola light, je te ferai les ongles comme ceux de Lara Jean.

Je présente mes mains en prenant la pose comme un mannequin. Chris calcule sur ses doigts.

— Kitty Covey, il y a juste le compte.

Kitty part en trombe et j'ai juste le temps de m'exclamer :

— Apporte-moi aussi un soda !

— Avec des glaçons ! renchérit Chris à pleins poumons.

Elle soupire avec nostalgie.

— J'aimerais bien avoir une petite sœur. Je serais super-douée pour faire ma chef avec elle.

— Kitty n'obéit pas toujours aussi facilement. C'est juste parce qu'elle t'admire.

— C'est vrai, hein ?

Chris retire une peluche de sa chaussette en souriant avec satisfaction.

Kitty admirait aussi Genevieve, avant. Elle était comme émerveillée.

— Eh, dis-je soudain, comment va ta grand-mère ?

— Pas mal, elle est solide.

— Et comment va... le reste de ta famille ? Tout est normal ?

Chris hausse les épaules.

— Ouais, tout va bien.

Hmm. Si Chris ne sait rien, que peut-il y avoir de si grave dans la famille de Genevieve ? Sûrement rien, ou seulement l'une des tromperies de Gen. Lorsqu'on était petites, elle mentait déjà beaucoup pour se tirer d'affaire quand sa mère la grondait – elle rejetait alors la faute sur moi –, ou pour s'attirer la compassion des adultes.

Chris m'observe.

— À quoi tu penses si fort ? Tu te prends toujours la tête pour cette *sex tape* ?

— Sur une *sex tape*, les gens font l'amour ; sur cette vidéo, on ne fait rien !

— Calme-toi, Lara Jean. Je suis sûre que la gueulante de Peter a convaincu les autres de te laisser tranquille. Ils doivent déjà être passés à autre chose.

— J'espère que tu as raison.

— Crois-moi, d'ici à la semaine prochaine, il y aura un nouveau truc ou une nouvelle personne pour occuper le devant de la scène.

La prédiction de Chris s'est réalisée : les gens étaient passés à autre chose. Le lundi, un élève de deuxième année nommé Clark a été surpris en train de se masturber dans le vestiaire des garçons et tout le monde ne parle plus que de ça. Quelle chance !

XII

D'APRÈS STORMY, IL Y A deux catégories de filles dans ce monde : celles qui brisent les cœurs et celles qui se font briser le cœur. Inutile de demander dans quel groupe elle se place !

Je suis assise en tailleur sur sa méridienne en velours et je regarde des photos, principalement en noir et blanc, dans une boîte à chaussures qui en est pleine. Elle a accepté de participer à mon activité de scrapbooking, et on commence l'organisation. J'ai déjà prévu plusieurs piles. Stormy : les jeunes années, l'adolescence, ses premier, deuxième et quatrième mariages (rien pour le troisième, une escapade avec son amant).

— Je suis une briseuse de cœurs, mais toi, Lara Jean, tu es de celles qui ont le cœur brisé.

Elle lève les sourcils en me regardant pour appuyer ses paroles. Je crois qu'elle a oublié de les passer au crayon aujourd'hui.

Je réfléchis. Je ne veux pas être une fille au cœur brisé, mais je ne veux pas vraiment briser le cœur des garçons.

— Stormy, avais-tu beaucoup de petits copains au lycée ?

— Oh, bien sûr. Une dizaine. C'était l'usage, à l'époque. Ciné-parc avec Burt le vendredi et bal des débutantes avec Sam le samedi. Nous devions rester ouvertes à toutes les possibilités. Une fille ne se décidait que si elle était complètement et totalement certaine.

— Certaine de l'aimer ?

— Certaine de vouloir l'épouser. Sinon, pourquoi mettre fin à cette joyeuse période ?

Je prélève une photo de Stormy en robe de soirée couleur d'écume, sans manches, avec une longue jupe. Elle pourrait être la cousine rusée de Grace Kelly, avec ses cheveux blond pâle et ses sourcils levés. Un garçon se tient près d'elle, ni très grand ni particulièrement beau, mais il dégage quelque chose. Il y a comme une étincelle dans son regard.

— Stormy, quel âge avais-tu sur celle-ci ?

Elle se penche vers la photo.

— Seize ou dix-sept ans. À peu près comme toi.

— Qui est ce garçon ?

Elle regarde mieux, le visage ridé comme un abricot sec. Elle tapote l'image de son ongle rouge.

— Walter ! Nous le surnommions Walt. C'était un sacré charmeur.

— Il était ton petit copain ?

— Non, juste un garçon que je voyais de temps en temps. (Elle m'adresse un petit haussement de sourcils.) Nous étions allés nous baigner nus dans le lac et la police nous a surpris. Cela a fait scandale[8] ! J'ai été reconduite chez moi dans une voiture de police, seulement enveloppée d'une couverture.

— Et... il y a eu des commérages sur vous ?

---

[8] *En français dans le texte.*

— Bien sûr[9].
— J'ai vécu aussi une sorte de scandale[10], dis-je.

Je lui raconte l'épisode du Jacuzzi, la vidéo, les conséquences. Je dois lui expliquer ce qu'est un mème. Elle est ravie, je la sens presque vibrer d'excitation face aux détails grivois.

— Excellent ! croasse-t-elle. Je suis soulagée d'apprendre que tu as un peu de mordant. Une fille avec une réputation un peu douteuse est tellement plus intéressante qu'une demoiselle modèle.

— Stormy, c'est diffusé sur Internet. Une fois sur Internet, c'est pour toujours. Ce ne sont pas que des rumeurs de lycée. Et puis, je suis plutôt une demoiselle modèle.

— Non, ta sœur Margaret est une demoiselle modèle.

— Margot.

— Si tu veux, mais elle ressemble à une Margaret. Franchement, passer tous ses vendredis soir dans une maison de retraite ! Je me serais ouvert les veines si j'avais dû gâcher ma beauté d'adolescente dans une fichue maison de retraite ! Excuse mon langage, ma chère. (Elle tapote les coussins derrière elle pour les regonfler.) Les aînés sont toujours ennuyeux et arrivistes. Mon fils Stanley est terriblement ennuyeux. Le pire qui soit ! Il est pédicure-podologue, tu te rends compte ? J'imagine que c'est ma faute, pour l'avoir appelé Stanley. Mais je n'ai pas vraiment eu mon mot à dire. Ma belle-mère voulait absolument lui donner le prénom de son mari décédé. Mon Dieu, quelle mégère ! (Stormy boit une gorgée de thé glacé.) Les enfants du milieu sont censés s'amuser, vois-tu ? Toi et moi avons cela en commun. J'étais contente que

---

[9] *En français dans le texte.*

[10] *En français dans le texte.*

tu viennes moins que ta sœur. J'espérais que tu aies quelques histoires croustillantes. Finalement, c'est fait. Enfin, tu aurais pu venir un peu plus souvent.

Stormy sait parfaitement comment susciter la culpabilité. Elle est passée maîtresse dans l'art du reniflement de la personne blessée.

— Maintenant que j'ai un véritable travail ici, tu me verras beaucoup plus.

— Oui, mais pas trop, se reprend-elle. Et la prochaine fois, viens avec ce garçon. Un peu de sang frais serait le bienvenu, histoire de réveiller l'ambiance. Est-il séduisant ?

— Oui, il est très séduisant. Le plus beau des beaux garçons.

Stormy applaudit.

— Alors tu dois vraiment me le présenter. Mais préviens-moi à l'avance, pour que je me mette à mon avantage. Qui d'autre as-tu sous la main en attente ?

Je ris.

— Personne ! Je te l'ai dit, j'ai un petit ami, et un seul.

— Hmm.

C'est tout ce qu'elle dit. *Hmm.*

— J'ai un petit-fils qui doit avoir ton âge, reprend-elle. En tout cas, il est toujours au lycée. Je pourrais lui proposer de passer te voir. Une fille se doit d'avoir du choix.

Je me demande à quoi ressemble un petit-fils de Stormy. Sans doute un sacré numéro, comme elle. J'ouvre la bouche pour répondre que non, merci, mais elle me fait taire d'un « chut » impératif.

— Quand nous aurons fini mon scrapbook, je te transmettrai mes mémoires et tu les taperas à l'ordinateur pour moi. J'envisage de les intituler

L'Œil de la tempête, ou *Tempête en approche*, d'après mon surnom, Stormy, « la tempête ». (Elle se met à chantonner sur l'air de *Stormy Weather*). *Depuis que mon homme m'a quitté... Il pleut sans s'arrêter...* (Elle s'interrompt brusquement.) Nous devrions organiser une soirée cabaret ! Imagine, Lara Jean. Toi, en smoking. Moi, en élégante robe rouge, drapée sur le piano. M. Morales en ferait une attaque.

Je glousse à cette idée.

— Évitons la crise cardiaque ! Quelques frissons suffiront.

Elle hausse les épaules et reprend sa chanson avec un petit déhanchement.

— *Stormy Weather...*

Elle est partie pour un moment si je la laisse faire.

— Stormy, raconte-moi où tu étais quand John F. Kennedy est mort.

— C'était un vendredi. Je cuisinais un gâteau retourné à l'ananas pour mon club de bridge. Je l'ai mis au four, et puis j'ai vu les nouvelles, et j'ai oublié le gâteau, ce qui a failli mettre le feu à la maison. Il a fallu repeindre la cuisine à cause de toute la suie, précise-t-elle avant de rajuster sa coiffure. C'était un saint, cet homme. Un prince. Si je l'avais rencontré dans mon bel âge, nous aurions pu prendre du bon temps. Tu sais, j'ai été courtisée par un Kennedy, un jour, dans un aéroport. Il m'a abordée au bar et m'a offert un gin martini très sec. Les aéroports étaient tellement plus glamour autrefois. Les gens s'habillaient élégamment pour voyager. Aujourd'hui, les jeunes portent ces horribles bottes en peau de mouton et ces pantalons comme des pyjamas qui sont une insulte au bon goût. Je ne sortirais pas dans un tel état pour aller chercher mon courrier.

— Quel Kennedy était-ce ?
— Hmm ? Oh, je l'ignore. Mais il avait clairement le menton des Kennedy.

Je me mords la lèvre pour ne pas sourire. Stormy et ses frasques…

— Je pourrais avoir ta recette de gâteau retourné à l'ananas ?
— Bien sûr, ma belle. Prépare un gâteau tout prêt, dispose des ananas en boîte dessus, puis saupoudre de sucre brun avant de finir avec une cerise au marasquin. Prends des ananas en tranches, pas coupés en petits morceaux.

Sa description ne fait pas envie. J'essaie de répondre d'un hochement de tête diplomatique, mais Stormy me perce à jour.

— Tu crois vraiment que j'avais le temps de cuisiner un gâteau maison, depuis le début, comme une femme au foyer ennuyeuse ? me lance-t-elle d'un ton sec.
— Tu ne peux pas être ennuyeuse.

C'est vrai, et c'est ce qu'elle veut entendre.

— Tu pourrais d'ailleurs cuisiner moins et profiter davantage de la vie, insiste-t-elle d'un air irrité, alors qu'elle n'est jamais irritée avec moi. Les jeunes d'aujourd'hui ne savent plus profiter de leur jeunesse. (Elle fronce les sourcils.) J'ai mal aux jambes. Va me chercher un cachet de paracétamol, tu veux ?

Je me lève d'un bond, pressée de rentrer dans ses bonnes grâces.

— Où est-ce ?
— Dans le tiroir de la cuisine, près de l'évier.

Je fouille, mais je ne trouve pas ses cachets. Des piles, du talc, des serviettes estampillées McDonald's, des paquets de sucre, et une banane noire. Je jette discrètement le fruit pourri.

— Stormy, je ne vois pas le paracétamol. Est-ce qu'il pourrait être ailleurs ?

— Oublie ça, coupe-t-elle en entrant derrière moi et en me repoussant de côté. Je vais trouver toute seule.

— Veux-tu que je te prépare du thé ?

Stormy est âgée, elle agit comme ça. Elle n'est pas dure volontairement avec moi. Je sais que c'est inconscient.

— Le thé, c'est pour les vieilles femmes. Je veux un cocktail.

— C'est parti !

XIII

Mes cours de scrapbooking pour les seniors ont officiellement débuté. Je ne vais pas mentir, je suis déçue par les résultats. Pour le moment, ma classe se compose de Stormy, Alicia Ito (alerte et bien arrangée, petite, les ongles courts et polis, avec une coupe pixie en petites mèches pétillantes) et ce malin de M. Morales qui, je pense, a un faible pour Stormy. Ou pour Alicia. Difficile à dire, il les courtise toutes les deux et a dédié à chacune une page entière de scrapbooking. Il a intitulé son album « Le bon vieux temps ». La page de Stormy est ornée de notes de musique et de clés de portée, autour d'une photo d'elle et lui dansant à la soirée disco de l'an dernier. Il travaille encore à la page d'Alicia, mais le centre est une image d'elle assise sur un banc de la cour, le regard perdu dans le vague. Il a commencé à coller des petites fleurs autour. Très romantique.

Je n'ai guère de budget, alors j'ai apporté mon propre matériel. J'ai conseillé à mes trois apprentis de récupérer des pages de magazines et autres babioles et boutons. Stormy est comme moi : elle garde tout, et elle a des tonnes de petits trésors. Des rubans des robes de baptême de ses enfants, une boîte d'allumettes d'un motel où elle a rencontré son mari (« ne me demande pas », a-t-elle ordonné), les talons de tickets d'un cabaret où elle est allée à Paris. J'ai laissé échapper : « Paris ? Dans les années vingt ? As-tu rencontré Hemingway ? » Mais elle m'a interrompue d'un regard signifiant qu'elle n'était évidemment pas aussi âgée et que je ferais bien de prendre des cours d'histoire. Alicia a un style plus minimaliste et épuré. Avec mon stylo noir à calligraphie, elle note des descriptions en japonais sous chaque image.

— Qu'est-ce que ça veut dire ?

Je montre la légende d'une photo d'Alicia et de son mari, Phil, aux chutes du Niagara. Ils se tiennent les mains sous des ponchos en plastique jaune.

Alicia sourit.

— J'ai écrit : « Le jour où nous avons été surpris par la pluie. »

Alicia est aussi une romantique.

— Il doit beaucoup te manquer.

Phil est mort un an plus tôt. Je ne l'ai croisé qu'une ou deux fois, lorsque j'aidais Margot pour les soirées cocktail du vendredi. Phil était atteint de démence, et il parlait peu. Il restait assis dans son fauteuil roulant dans la salle commune et souriait à ceux qui passaient. Alicia ne le quittait jamais.

— Il me manque chaque jour, répond-elle, des larmes dans la voix.

Stormy nous bouscule et s'installe entre nous deux, un crayon à paillettes vertes sur l'oreille.

— Alicia, déclare-t-elle, tu dois réveiller un peu tes pages.

Elle lui lance un feuillet d'autocollants en forme de parapluie.

— Non, merci, répond sèchement Alicia en le lui renvoyant. Nous n'avons pas le même style.

Stormy plisse les yeux à cette remarque.

Je bondis pour monter le volume de la musique et alléger l'ambiance. Stormy vient vers moi en dansant et chante la vieille chanson de Shelley Fabares :

— *Johnny Angel, Johnny Angel. You're an angel to me.*

Tête contre tête, on entonne le refrain :

— *I dream of him and me and how it's gonna be…*

Lorsque Alicia va aux toilettes, Stormy fait la grimace :

— Pouah, quelle rabat-joie !

— Je ne trouve pas.

Stormy me désigne d'un ongle manucuré rose vif.

— Ne t'avise pas de l'aimer plus que moi parce qu'elle est asiatique comme toi.

À force de fréquenter la maison de retraite, je me suis habituée à ces remarques vaguement racistes que les vieilles personnes disent sans y penser. Au moins, Stormy a cessé d'utiliser le terme « oriental ».

— Je vous aime toutes les deux aussi fort, dis-je pour l'apaiser.

— Impossible, rétorque-t-elle en reniflant avec mépris. On ne peut pas aimer deux personnes exactement de la même manière.

— N'aimes-tu pas tes enfants autant les uns que les autres ?

— Bien sûr que non.

— Je croyais que les parents n'avaient pas de préférés.

— Bien sûr que si. Mon préféré est mon cadet, Kent, parce que c'est le petit gars à sa maman. Il vient me rendre visite chaque samedi.

Loyale envers ma famille, je proteste.

— Eh bien, je ne crois pas que mes parents avaient une préférée.

Je le dis parce que ça me semble approprié, mais est-ce que c'est vrai ? Je veux dire, si quelqu'un me collait un pistolet contre la tempe et m'ordonnait de dire la vérité, est-ce que je ne dirais pas que papa a une fille préférée ? Margot, sans doute. Elle lui ressemble le plus. Elle adore les documentaires et observer les oiseaux, comme lui. Kitty est la plus petite, ce qui lui donne automatiquement un bonus. Alors, où est-ce que j'en suis, moi, la fille Song du milieu ? Peut-être que j'étais la préférée de maman. J'aimerais en être sûre. Je pourrais demander à papa, mais je doute qu'il soit franc. Margot me répondrait peut-être.

Je serais incapable de choisir l'une de mes sœurs. Mais si, admettons, elles se noyaient toutes les deux et que je ne puisse envoyer qu'un gilet de sauvetage, je donnerais sans doute la préférence à Kitty. Sinon, Margot ne me le pardonnerait jamais. C'est notre responsabilité à toutes les deux de prendre soin de Kitty.

CETTE IDÉE QUE je pourrais perdre Kitty me donne envie de la gâter et, la nuit venue, quand elle dort, je lui prépare une fournée de *snickerdoodles*, ses cookies préférés. J'ai des sachets de pâte à biscuits dans le congélateur, en boules parfaitement cylindriques : si l'une de nous a une soudaine envie de cookies, elle peut en faire en vingt minutes chrono. Ça lui fera une bonne surprise quand elle ouvrira son sac à repas demain.

Je donne un cookie à Jamie, même si je sais que je ne devrais pas. Mais il me regarde avec de grands yeux si tristes que je ne peux pas résister.

XIV

— À QUOI RÊVES-TU ?
Peter me tapote le front d'une cuillère pour attirer mon attention. On s'est installés au Starbucks pour faire nos devoirs après les cours.

Je verse deux sachets de sucre roux dans mon gobelet et je remue. Je bois une longue gorgée et je sens les grains de sucre qui craquent sous les dents, un bonheur !

— Je me disais que ce serait bien que les gens de notre âge puissent être amoureux comme dans les années cinquante.

Je regrette aussitôt d'avoir dit « être amoureux » parce que Peter n'a jamais abordé le sujet avec moi, mais c'est trop tard, c'est dit, alors je continue en espérant qu'il ne s'arrête pas à ce détail.

— Dans les années cinquante, les jeunes sortaient ensemble, et c'était simple. Une nuit au ciné-parc avec Burt, et la nuit d'après, Walter qui t'emmène au baloche.

— Au quoi ? demande Peter avec de grands yeux.

— Au bal, danser, comme dans *Grease*.

Pas de réaction.

— Tu n'as jamais vu *Grease* ? C'était à la télé hier soir. Peu importe. Ce que je veux dire, c'est qu'on était la nana de personne tant qu'on n'avait pas reçu sa broche.

— Une broche ? répète Peter.

— Oui, un garçon donnait à une fille sa broche de confrérie étudiante, et ça voulait dire qu'ils étaient un couple officiel. Mais avant, il n'y avait rien d'arrêté.

— Mais je ne suis dans aucune confrérie. Je ne sais même pas à quoi ressemble ce genre de broche.

— Exactement.

— Attends... Alors quoi, tu veux une broche ou pas ?

— Aucun des deux, je dis juste que ce serait sympa de revenir à ce système, tu ne crois pas ? C'est un truc de vieux, mais c'est presque... (Je cherche le mot fétiche de Margot.) Post-féministe.

— Attends. Tu as envie de sortir avec d'autres mecs, c'est ça ?

Il n'a pas l'air particulièrement contrarié, plutôt perplexe.

— Non ! Simplement... C'était juste une remarque. Je pensais que ce serait une bonne idée de revenir aux sorties moins formelles. Ça a quelque chose de mignon, tu ne trouves pas ? Ma sœur m'a dit qu'elle regrettait d'avoir laissé son histoire devenir si sérieuse avec Josh. Et tu as dit, toi aussi, que tu n'aimais pas la tournure trop sérieuse de ton histoire avec Genevieve. Si on devait rompre, je ne voudrais pas que ça rende les choses si difficiles qu'on ne supporterait pas d'être dans la même pièce. Je veux qu'on puisse rester amis quoi qu'il arrive.

Peter écarte mes arguments.

— Entre Gen et moi, c'est compliqué à cause de la personnalité de Gen. Ça n'a rien à voir avec ce qu'il y a entre toi et moi. Tu es... différente.

Je sens que je rougis. J'essaie de ne pas avoir l'air trop fébrile.

— Différente comment ?

Je sais que je réclame un compliment, mais je m'en moque.

— C'est plus facile d'être avec toi. Tu ne me rends pas dingue, épuisé par tes caprices. Tu es...

Peter laisse sa phrase en suspens en découvrant mon expression.

— Quoi ? Qu'est-ce que j'ai dit ?

Je me sens toute raide, de la tête aux pieds. Aucune fille n'a envie d'entendre ça. Pas une seule. Une fille a envie de rendre dingue son copain, de l'épuiser par ses caprices... n'est-ce pas le prix à payer quand on est amoureux ?

— Il faut le prendre comme un compliment, Lara Jean. Tu m'en veux ? Ne sois pas fâchée.

Il se passe la main sur le visage d'un air fatigué.

J'hésite. On doit se dire la vérité, c'est comme ça depuis le début. J'aimerais que ça reste vrai, dans les deux sens. Pourtant, en surprenant l'inquiétude soudaine dans son regard, l'incertitude, je m'aperçois que ça ne lui ressemble pas et que je n'aime pas le voir comme ça. On ne s'est remis ensemble que depuis quelques semaines, et je ne veux pas commencer une dispute alors qu'il ne pensait pas à mal. Je réponds, presque sans en avoir conscience :

— Non, je ne suis pas fâchée.

Et par ces simples mots, je fais retomber tout mon agacement. Après tout, c'est moi qui m'inquiétais d'aller trop loin, trop vite, avec Peter. C'est peut-être une bonne chose qu'il ne devienne pas dingue et épuisé par ma faute.

Le nuage inquiet sur son visage se dissipe aussitôt, et le soleil revient sur ses traits. Voilà le Peter que je connais. Il boit une gorgée de thé.

— Voilà ce que je voulais dire, Lara Jean. C'est pour ça que je t'aime bien. Tu comprends les choses.

— Merci.

— De rien.

XV

TÔT LE LENDEMAIN, Josh gratte la glace sur son pare-brise quand je me précipite vers ma voiture. Papa a déjà retiré la glace dessus, fait démarrer le moteur et mis le chauffage. À voir la voiture de Josh, il ne sera jamais à l'heure au lycée.

On l'a à peine revu depuis Noël, après l'histoire bizarre avec moi et sa rupture avec Margot. Il est comme un fantôme entre ses murs. Il part un peu plus tôt pour le lycée et rentre un peu plus tard. Il ne m'a pas parlé de toute cette affaire de vidéo, mais, d'une certaine manière, ça m'a soulagée. Je ne voulais pas l'entendre dire qu'il m'avait prévenue de qui était Peter.

Je recule dans l'allée mais, à la dernière seconde, je m'arrête, ouvre la fenêtre et me penche vers lui.

— Je t'emmène ?

Il écarquille les yeux, stupéfait.

— Heu, oui, bien sûr.

Il jette sa raclette dans sa voiture, prend son sac à dos et accourt.

— Merci, Lara Jean, dit-il en montant.

Pendant qu'il se réchauffe les mains au-dessus des grilles de chauffage, je démarre et conduis prudemment dans les rues du quartier, car le sol est glacé depuis la nuit.

— Tu t'es drôlement améliorée en conduite, remarque Josh.

— Merci.

Je me suis entraînée, seule ou avec Peter. Je suis encore nerveuse, par moments, mais à chaque fois que je prends la voiture je le suis un peu moins, parce que je sais que je suis capable de conduire. On n'est sûr de pouvoir faire quelque chose qu'en le faisant régulièrement.

Nous ne sommes plus qu'à quelques minutes du lycée quand Josh demande :

— Quand est-ce qu'on va se parler de nouveau ? Dis-moi juste une idée générale.

— On se parle, là, non ?

— Tu sais de quoi je parle. Ce qui s'est passé entre Margot et moi ne regarde que nous. Est-ce que toi et moi on ne pourrait pas être amis comme avant ?

— Bien sûr qu'on restera amis. Mais Margot et toi avez rompu il y a moins d'un mois.

— Non, on a rompu en août. Elle a décidé qu'elle voulait qu'on se revoie il y a trois mois, mais j'ai refusé.

Je soupire.

— Pourquoi as-tu refusé ? À cause de la distance ?

Il soupire à son tour.

— Les relations, c'est difficile. Tu verras. Quand tu auras été avec Kavinsky plus longtemps, tu comprendras ce que je veux dire.

— Oh, mon Dieu, quel monsieur-Je-sais-tout. Le pire que j'aie rencontré, avec ma sœur.

— Laquelle ?

Je retiens tout juste un éclat de rire.
— Les deux. Ce sont deux je-sais-tout.
— Encore une chose. (Il hésite, puis reprend.) J'avais tort à propos de Kavinsky. Quand je vois sa façon de gérer toute cette histoire de vidéo, je me dis que c'est un mec bien.
— Merci, Joshy. C'est le cas.

Il hoche la tête, et le silence s'installe, mais sans malaise. Je suis contente du mauvais temps de cette nuit, de la gelée matinale sur son pare-brise.

XVI

L E LENDEMAIN, APRÈS les cours, je suis assise sur un banc pour attendre Peter quand Genevieve franchit les doubles portes, son téléphone à l'oreille.

— Si tu ne le dis pas à cette fille, je le ferai. Je te le jure.

Mon cœur s'arrête. À qui parle-t-elle ? Pas à Peter.

Ses amies Emily et Judith surgissent derrière elle et elle raccroche précipitamment.

— Vous étiez où, les pétasses ? lance-t-elle sèchement.

Elles échangent un regard.

— Gen, détends-toi, intervient Emily.

Je sais qu'elle est sur la corde raide. Elle résiste, mais reste prudente pour ne pas accentuer la colère de Gen.

— On a encore largement le temps d'aller faire du shopping.

Genevieve remarque ma présence et son expression irritable disparaît. Elle m'adresse un signe de la main.

— Eh, Lara Jean. Tu attends Kavinsky ?

Je hoche la tête, puis je souffle sur mes doigts pour m'occuper. Et aussi parce qu'il fait froid.

— Ce mec est toujours en retard. Dis-lui que je l'appellerai plus tard ce soir, d'accord ?

J'acquiesce sans réfléchir et le trio me passe devant, bras dessus, bras dessous.

Pourquoi ai-je acquiescé ? C'est quoi, mon problème ? Pourquoi n'ai-je jamais une bonne réplique à lui balancer ? Je suis encore occupée à me faire des reproches quand Peter arrive. Il se glisse sur le banc près de moi et m'entoure les épaules d'un bras. Il m'ébouriffe les cheveux comme je l'ai vu faire avec Kitty.

— Quoi d'neuf, Covey ?

— Merci de m'avoir fait attendre dans le froid.

Je lui colle mes doigts glacés sur le cou. Il pousse un glapissement et s'écarte d'un bond.

— Tu aurais pu attendre à l'intérieur !

Il n'a pas tort. Mais ce n'est pas pour ça que je lui en veux.

— Gen m'a dit de te prévenir qu'elle t'appellerait ce soir.

Il lève les yeux au ciel.

— Quelle fouteuse de merde. Ne la laisse pas t'atteindre, Covey. Elle est jalouse, c'est tout. (Il se lève et me tend une main, que j'accepte de mauvaise grâce.) Permets-moi de t'offrir un chocolat chaud pour réchauffer ton pauvre petit corps gelé.

— On verra.

Dans la voiture, il continue à m'adresser des petites piques pour voir si je suis toujours fâchée. Je ne garde pas très longtemps ma façade glaciale, ça demande trop d'efforts. Je le laisse m'acheter un chocolat chaud, et je le partage même avec lui. Mais je le préviens. Interdit de toucher à l'une des petites guimauves.

***

Le soir, mon téléphone vibre sur ma table de nuit et je sais sans même regarder que c'est Peter qui appelle pour être rassuré. Je retire mes écouteurs et je réponds.

— Salut.

— Qu'est-ce que tu fais ? demande-t-il d'une voix basse, et je devine qu'il est allongé.

— Mes devoirs, et toi ?

— Je suis au lit. J'appelais juste pour dire bonne nuit. Eh, reprend-il après une pause, comment se fait-il que tu n'appelles jamais pour me souhaiter bonne nuit ?

— Je ne sais pas, je n'y pense jamais. Tu voudrais que je le fasse ?

— Eh bien, rien ne t'oblige… Je me demandais juste pourquoi.

— Je croyais que tu détestais ce principe du dernier coup de fil. Tu te rappelles, tu l'avais mis dans le contrat. Tu disais que Genevieve insistait pour que tu sois son dernier coup de fil de la journée, et que ça t'agaçait.

Il grogne.

— Est-ce qu'on pourrait ne pas parler d'elle ? Et puis, c'est quoi cette mémoire ? Tu ne peux pas oublier un peu ?

— C'est une bénédiction et une malédiction.

Je souligne un paragraphe en tâchant de garder le téléphone calé contre mon épaule, mais il glisse sans cesse.

— Alors, tu veux que je t'appelle tous les soirs ou non ?

— Argh, oublie ça, grommelle-t-il.
— Argh, d'accord.
Je l'entends sourire.
— Salut.
— Salut.
— Attends, tu pourras m'apporter l'une de ces boissons au yaourt pour le repas, demain ?
— Dis s'il te plaît.
— S'il te plaît.
— Non, supplie-moi.
— Salut.
— Saluuut.

Il me faut encore deux heures pour finir mon travail, mais, quand je m'endors, je m'endors avec le sourire.

XVII

JE CROIS QUE papa a un rendez-vous avec une femme. Il a dit qu'il sortait avec un ami, mais il s'est rasé et a mis une belle chemise, pas l'un de ses vieux sweats. Il était pressé de partir, alors je n'ai pas demandé qui était son « amie ». Sans doute quelqu'un de l'hôpital. Papa n'a pas vraiment un cercle social très étendu. Il est timide. Mais qu'importe la personne, ça me semble une bonne chose.

Dès qu'il est parti, je me tourne vers Kitty, allongée sur le canapé pour regarder la télé en léchant des bonbons acides. Jamie dort en boule près d'elle.

— Kitty, tu crois que papa...
— ... sort avec une femme ? Évidemment.
— Et ça ne te gêne pas ?
— Nan. Mais je préférerais quelqu'un que je connais déjà et que j'aime bien.
— Et s'il se remarie ? Ça ne te dérange pas ?
— Nan. Tu peux arrêter de faire ta tête de grande sœur soucieuse.

J'essaie de reprendre un air neutre et je continue d'une voix sereine.

— Donc, tu es d'accord si papa se remarie ?

— C'est juste un rendez-vous, Lara Jean. Papa ne va pas se remarier après un malheureux rendez-vous.

— Oui, mais il pourrait, après plusieurs fois.

Une trace d'inquiétude passe sur son visage.

— Mieux vaut attendre de voir, dit-elle. Pas la peine de s'énerver pour le moment.

Je ne suis pas exactement énervée, mais je suis curieuse.

Quand j'ai dit à grand-mère que papa pouvait fréquenter d'autres femmes, je le pensais, mais j'aimerais savoir si l'une d'elles est à la hauteur. Je décide de changer de sujet.

— Qu'est-ce que tu veux pour ton anniversaire ?

— Je prépare une liste. Un nouveau collier pour Jamie. En cuir. Avec des pointes. Un tapis de course.

— Un tapis de course !

— Oui, je vais lui apprendre à courir dessus.

— Je doute que papa soit d'accord pour un tapis de course, Kitty. C'est très cher, et puis où le mettrais-tu ?

— C'est bon, oublie le tapis de course. Je veux aussi des lunettes à infrarouge.

— Je te conseille de les demander à Margot.

— Qu'est-ce que je peux demander de spécial qu'on ne trouve qu'en Écosse ?

— Des vrais biscuits *shortbread* écossais. Un kilt original. Un tee-shirt à l'effigie du monstre du loch Ness. Peut-être un poster qui brille dans le noir.

— N'en dis pas plus. On tient quelque chose. Je vais ajouter ça à ma liste.

Une fois Kitty au lit, je nettoie la cuisine, je décrasse même le four avec une éponge spéciale et j'organise le frigo, histoire de me sentir libre d'interroger papa à la seconde où il rentrera. Je suis en train de remplir le pot de farine quand il passe la porte. Je prends un air détaché.

— Comment était ton rendez-vous galant ?

Il fronce les sourcils, surpris.

— Galant ? Je suis allé à l'opéra avec ma collègue Marjorie. Son mari a attrapé la grippe et elle ne voulait pas gâcher son ticket.

Je me dégonfle intérieurement.

— Oh.

Il se sert un verre d'eau en fredonnant.

— Je devrais aller plus souvent voir des concerts. Cela te dirait, Lara Jean ?

— Hum… peut-être.

Je me prépare une fournée de *snickerdoodles* et je file dans ma chambre m'installer à mon bureau. Je grignote un biscuit et j'ouvre mon ordinateur. Je tape « rendez-vous galant & pères » et pouf ! je tombe sur un site de rencontres entre parents célibataires.

J'ébauche une page de présentation. D'abord, il me faut une bonne photo de profil. Je parcours mes photos de lui. Il est rarement seul. Je finis par en sélectionner deux : une à la plage l'été dernier, en pied comme le demande le site, et une lors du Noël précédent, où il porte le pull scandinave que je lui ai offert. Il découpe la dinde rôtie et dégage l'image du père parfait, peut-être un peu trop à la façon d'une pub pour café, mais il faut bien ça. Sous la lumière douce de la salle à manger, il n'a presque pas de rides visibles, à peine quelques pattes au coin des yeux. Ça me fait penser qu'il ne faut pas que j'oublie de lui dire de mettre de la protection solaire chaque jour. Une trousse de soins pour la peau, spécialement pour hommes, serait un super-cadeau pour la fête des Pères. Je le note pour ne pas oublier.

Papa a juste la quarantaine. Il a encore largement le temps de rencontrer quelqu'un et de tomber amoureux, peut-être même deux ou trois fois.

XVIII

QUAND MA PETITE sœur est née, j'ai dit que sa bouille de chaton la faisait ressembler à Kitten, le chat de la voisine, plus qu'à une Katherine. Le nom est resté. Après être allées les voir, maman et elle, à l'hôpital, Margot et moi avions préparé une grande banderole sur laquelle nous avions écrit « Joyeux anniversaire Kitten » pour passer le temps. On avait sorti toutes nos peintures et notre matériel de dessin, et grand-mère s'était plainte du bazar dans la cuisine, des couleurs tombées sur le sol, des traces de mains laissées partout. On a une photo de maman sous notre bannière, Kitty dans les bras, le jour de son retour à la maison. Elle a les yeux fatigués mais étincelants. Elle est heureuse.

Depuis, la tradition veut qu'on place la banderole au-dessus de la porte de Kitty le jour de son anniversaire, pour que ce soit la première chose qu'elle voie en se réveillant. Je me lève tôt pour qu'elle soit en place avant son réveil et, pour le petit déjeuner, je lui prépare une omelette au munster. Avec la bouteille de ketchup, je dessine une tête de chat entourée d'un cœur. On a un «tiroir à fêtes» avec plein de choses dedans, des bougies, des chapeaux en papier, des serviettes décorées, des cartes d'anniversaire en cas d'oubli. Je sors les chapeaux et j'en mets un, un peu de travers pour faire plus gai. J'en dépose un près de l'assiette de papa et de celle de Kitty, et j'en enfile un à Jamie Fox-Pickle. Il n'est pas trop d'accord, mais j'ai le temps de le prendre en photo avant qu'il ne le retire d'un coup de patte.

Papa a préparé le repas préféré de Kitty pour l'école : un sandwich au brie avec des chips et un cupcake *red velvet* avec un nappage au fromage frais.

Kitty s'émerveille des décorations et de la tête de chat sur son omelette. Elle tape des mains et rit comme une hyène quand l'élastique du chapeau de papa claque et que le cône de papier s'envole. Il n'y a pas de fille plus joyeuse à son anniversaire que Kitty.

— Je peux porter ton pull avec les marguerites ? me demande-t-elle, la bouche pleine.

Je regarde l'heure.

— Je vais le chercher, mais dépêche-toi de manger. Il sera là dans une minute.

Quand l'heure de partir arrive, on met nos chaussures, on embrasse papa et on sort sur le perron. Peter nous attend près de sa voiture, avec un bouquet d'œillets roses enveloppés de cellophane.

— Bon anniversaire, Kitty, dit-il.

— C'est pour moi ? demande Kitty, les yeux exorbités.

Il rit.

— Pour qui d'autre ? Monte vite en voiture.

Kitty me regarde, les yeux brillants, souriant de toutes ses dents.

— Tu viens aussi, Lara Jean ?

Je secoue la tête.

— Non, il n'y a de la place que pour deux.

— Et aujourd'hui, ma nana, c'est toi, déclare Peter.

Kitty se précipite vers lui et lui arrache les fleurs des mains. Il lui ouvre galamment la portière. Il referme et se tourne vers moi avec un clin d'œil.

— Ne sois pas jalouse, Covey.

Je ne l'ai jamais autant aimé.

***

Kitty n'organisera sa fête d'anniversaire avec toutes ses amies que dans quelques semaines. Elle a absolument voulu les inviter à dormir, et papa est de garde pour toutes les fins de semaine de février. Ce soir, on fera une fête en famille.

L'un des incontournables de papa pour les grandes occasions, c'est le poulet rôti. Il l'appelle la «spécialité de la maison». Il le badigeonne de beurre, glisse un oignon et une pomme dedans, le saupoudre d'un mélange d'herbes et le met au four. Il y a en général des pommes de terre en accompagnement, sous une forme ou une autre. Ce soir, ce sont des patates douces en purée, assaisonnées de sucre roux et de cannelle, qu'il place sous le gril pour qu'elles dorent comme des crèmes brûlées[11].

Kitty est chargée de mettre la table et de disposer les condiments. Papa aime la sauce piquante au piment de Cayenne, Kitty préfère la moutarde, je craque pour la purée de framboises. Si Margot était là, elle opterait pour un chutney.

— Quelle sauce mettait maman sur son poulet? demande subitement Kitty.

— Je... je ne sais plus, répond papa.

---

[11] *En français dans le texte.*

On le regarde toutes les deux pendant qu'il surveille la cuisson.

— La moutarde, comme moi ?

Papa referme le four.

— Hmm. Eh bien, je sais qu'elle aimait le vinaigre balsamique. Vraiment, vraiment beaucoup.

— Seulement sur le poulet ?

— Sur tout, en fait. Sur les avocats, sur un toast beurré, sur des tomates, sur un steak.

J'enregistre l'information dans ma mémoire, dans le petit dossier consacré à maman.

— Vous êtes prêtes à manger ? Je veux sortir le poulet tant qu'il est tendre et juteux.

— Dans une minute, déclare Kitty.

Une minute plus tard exactement, la sonnette retentit. Kitty bondit. Elle revient avec Mme Rothschild, notre voisine d'en face. Cette dernière porte un jean moulant et un pull noir à col montant. Ses cheveux acajou sont à demi remontés. Elle tient un cadeau emballé. Il semble que les petites pattes de Jamie Fox-Pickle ne trottent pas assez vite pour lui alors qu'il se précipite vers elle en glissant sur le sol et en agitant la queue.

Elle rit.

— Eh, bonjour Jamie. (Elle pose son cadeau sur le plan de travail et s'agenouille pour caresser le chiot.) Comment va tout le monde ?

— Bonjour, madame Rothschild, dis-je.

— Trina ! s'exclame papa avec surprise.

Notre voisine rit d'un air gêné.

— Tu ne savais pas que je venais ? Kitty m'a invitée quand elle est passée avec Jamie aujourd'hui… (Elle rougit.) Kitty, la gronde-t-elle gentiment.

— Je lui ai dit… mais papa a la tête ailleurs, se défend Kitty.

— Hm, se contente de dire Mme Rothschild en lui adressant un regard entendu que Kitty fait mine de ne pas voir. Enfin, bref, merci !

Jamie se met à bondir autour d'elle, une autre de ses mauvaises habitudes. Elle redresse un genou et le chiot se calme aussitôt.

— Assis, Jamie.

Et, surprise, il lui obéit ! Papa et moi échangeons un regard impressionné. De toute évidence, Jamie gagne à être au contact de Mme Rothschild.

— Trina, qu'est-ce que tu bois ? demande papa.

— Un verre de ce qui est ouvert.

— Il n'y a rien d'ouvert pour le moment, tu peux choisir ce que tu veux…

— Mme Rothschild aime le pinot gris, déclare Kitty. Avec un glaçon.

La voisine la regarde, encore plus rouge.

— Mon Dieu, Kitty ! Je ne suis pas une ivrogne ! Il m'arrive d'en boire un tout petit verre, nous explique-t-elle, mais pas tous les soirs.

Papa se met à rire.

— Je vais mettre du vin blanc au frais, cela ne prendra pas longtemps.

Kitty semble ravie et, quand papa et la voisine se dirigent vers la salle à manger, je l'attrape par le col et chuchote furieusement.

— Qu'est-ce que tu manigances ?

— Rien, dit-elle en se tortillant pour m'échapper.

— C'est un piège ?

— Et alors ? Ils iraient bien ensemble.

Quoi ?

— Qu'est-ce qui te fait dire ça ?

Kitty compte ses arguments sur ses doigts.

— Elle aime les animaux, elle est canon, elle gagne sa vie et je l'aime bien.

Hmm. C'est vrai que le résumé sonne bien. Et elle vit dans la maison d'en face, c'est pratique.

— Tu crois qu'elle regarde des documentaires ?

— Qui te parle de vieux documentaires pourris ? Il les regardera avec Margot et toi. Ce qui compte, c'est l'alchimie entre eux. (Elle tressaute pour m'échapper.) Lâche-moi, que j'aille voir si le courant passe !

Je la libère.

— Non, n'y va pas tout de suite.

Kitty soupire avec agacement et commence une sortie théâtrale, mais je la retiens d'une réplique imparable.

— Laisse-les mitonner un peu.

Elle s'arrête aussitôt et m'adresse un hochement de tête appréciateur.

— Laissons-les mitonner, répète-t-elle en savourant ces mots.

***

Kitty est occupée à trancher consciencieusement un blanc de poulet, le seul morceau qu'elle accepte de manger et qu'elle aime coupé en lamelles fines comme chez le traiteur. Papa a bien essayé de le faire à sa place, mais il finit toujours avec de la viande vaguement hachée et pas très appétissante. Je me dis que je devrais peut-être lui offrir un couteau à découper électrique pour son anniversaire. Personnellement, je prends toujours une cuisse, mon morceau préféré.

Quand Mme Rothschild verse un peu de sauce piquante sur sa viande, les yeux de Kitty étincellent comme des lucioles. Je remarque que la voisine rit sans se forcer aux plaisanteries banales de papa.

J'ai mis au four quelques gâteaux surgelés pendant que celui-ci préparait le café et j'apprécie l'enthousiasme débordant de notre voisine face à mes *snickerdoodles*.

— J'adore ces biscuits, croustillants et moelleux. Et tu les as faits toi-même ?

— Toujours.

— Eh bien, il faudra me donner la recette ! (Elle rit.) Non, ce serait du gâchis. Je connais mes points forts, et la cuisine n'en fait pas partie.

— On peut partager… On a toujours des tas de gâteaux et de biscuits, affirme Kitty.

C'est un peu gonflé de sa part, elle n'aide jamais. Elle ne se montre que pour la partie intéressante, décorer et déguster.

Je jette un regard vers papa, qui boit sereinement son café. Je soupire. Il passe complètement à côté.

Tout le monde participe à la vaisselle et à l'emballage des restes, et ça semble parfaitement naturel. Sans que personne le lui dise, Mme Rothschild a l'idée de laver à la main les verres à vin, et non pas de les mettre dans le lave-vaisselle, et elle trouve du premier coup le papier d'aluminium et le tiroir à sacs plastique. C'est peut-être plus un signe des talents d'organisation de Margot que de l'intuition de notre voisine, mais tout de même. Je la verrais bien s'intégrer dans notre petite famille. Et puis, comme je l'ai dit, elle habite en face, c'est pratique. On dit que l'absence rend un être plus cher, mais je ne le crois pas. C'est la proximité qui renforce les liens.

Dès que Mme Rothschild est repartie et que papa est dans son bureau, Kitty vient me trouver dans ma chambre, où je prépare ma tenue pour le lycée le lendemain. Pull bleu marine orné d'un renard que je gardais pour les jours de pluie, jupe jaune moutarde et chaussettes montantes.

— Alors ? me demande-t-elle, Jamie Fox-Pickle dans les bras.

— J'ai bien aimé quand elle a recouvert les restes de film plastique, c'était une bonne initiative, dis-je en fixant un ruban couleur écaille de tortue dans mes cheveux pour juger de l'effet dans le miroir. Elle a aussi fait beaucoup de compliments sur mes *snickerdoodles*, ce que j'ai apprécié. Mais je ne suis pas sûre qu'il y ait eu une étincelle entre elle et papa. Enfin, il t'a paru intéressé ?

— Je crois qu'il pourrait, si elle lui donnait sa chance. Elle sortait avec un gars de son bureau, mais ça n'a pas marché parce qu'il lui rappelait trop son ex-mari.

Je lève les sourcils.

— Eh bien, on dirait que vous avez déjà pas mal discuté du sujet.

Kitty se redresse fièrement.

— Elle ne me traite pas comme une gamine.

Si Kitty est tellement accro à la voisine, c'est déjà tout un programme.

— Eh bien, elle n'est peut-être pas le genre de papa, mais si on continue à organiser des rencontres, qui sait ?

— Comment ça, pas son genre ?

— Elle a un style très différent de maman. Elle fume, non ? Papa déteste ça.

— Elle essaie d'arrêter. Elle est passée à la cigarette électronique.

— On va continuer à l'inviter comme ça, et on verra s'il se passe quelque chose.

Je prends ma brosse à cheveux.

— Eh, si je te mets une vidéo pendant ce temps-là, tu pourrais me faire une tresse africaine ?

— Je peux essayer, accepte Kitty. Commence par boucler les pointes et viens me trouver quand j'aurai regardé mes émissions.
— Entendu.

XIX

Dès que je refais un chat vidéo avec Margot, je lui annonce la nouvelle. Elle est assise à son bureau, avec un pull jacquard bleu pâle et vert chasseur, et elle a les cheveux mouillés. Elle boit du thé dans un mug aux couleurs de Saint Andrews.

— Sympa, ton pull, dis-je en posant mon ordinateur sur mes genoux avant de me caler confortablement contre mes coussins. Eh, devine avec qui Kitty veut caser papa.

— Qui ?

— Mme Rothschild.

Margot manque s'étouffer avec une gorgée de thé.

— La voisine d'en face ? Tu plaisantes ? C'est l'idée la plus dingue que j'aie entendue !

— Vraiment ? Tu trouves ?

— Oui ! Pas toi ?

— Je ne sais pas. Kitty a passé beaucoup de temps avec elle, elle lui apprend à dresser Jamie. Elle semble gentille.

— Oui, d'accord, elle est gentille, mais elle porte trop de maquillage et elle renverse toujours son café chaud dans son décolleté en glapissant comme une *banshee*[12]. Tu te rappelles, quand elle était avec son ex-mari, comme ils se criaient dessus dans la cour ? (Margot frissonne.) De quoi parlerait-elle avec papa ? On dirait l'une de ces femmes de la télé-réalité *Real Housewives*. Sauf que ces femmes-là sont encore mariées.

— Elle a avoué que *Real Housewives* était son émission préférée, dois-je admettre, bien que j'aie l'impression de moucharder. Mais elle-même dit que c'est un plaisir honteux !

— Elle regarde l'émission de quelle ville ?

— Toutes, je crois.

— Lara Jean, promets-moi de ne pas la laisser poser ses griffes sur papa. Il ne sait même pas comment fonctionne un couple du vingt et unième siècle, et elle le dévorerait tout cru. Il lui faut une femme mature, avec de la sagesse au fond des yeux.

Je ne peux retenir un reniflement de mépris.

— C'est-à-dire ? Une grand-mère ? Si tu veux, je connais des célibataires à Belleview que je pourrais lui présenter.

— Non, mais au moins quelqu'un de son âge ! Elle devra être raffinée, mais aussi aimer la nature et les randonnées, ce genre de choses.

— Quand est-ce que papa est allé randonner pour la dernière fois ?

— Il y a des années, mais ce n'est pas la question. Il lui faut une femme qui encourage ce genre d'activités, qui l'oblige à rester actif, physiquement et mentalement.

Je glousse avant d'ajouter :

— Et... sexuellement ?

---

[12] Une banshee est une créature surnaturelle du folklore irlandais qui gémit et crie quand quelqu'un est sur le point de mourir.

Je ne peux pas résister à cette blague, une bonne occasion de dégoûter Margot.

— Beurk! s'exclame-t-elle. Quelle dépravée!

— Je plaisante!

— Je vais raccrocher.

— Non, attends. Mme Rothschild n'est pas la bonne, mais je me disais qu'il pourrait essayer par Internet. J'ai trouvé un site de rencontres qui lui irait très bien. C'est un bel homme, tu sais. Et, à Thanksgiving, grand-mère le taquinait sur le fait qu'il devrait essayer de rencontrer quelqu'un. Elle a dit que ce n'était pas bon pour un homme de rester seul.

— Il est parfaitement heureux comme ça, affirme-t-elle avant de marquer une pause. Pas vrai?

— Je crois qu'il est parfaitement... satisfait... Mais ce n'est pas la même chose qu'être heureux. Gogo, je n'aime pas le savoir seul... Et vu l'insistance de Kitty à le caser avec Mme Rothschild, je pense qu'elle a besoin d'une figure maternelle.

Margot soupire et boit une gorgée de thé.

— D'accord, prépare son profil et envoie-moi les références que je puisse peser le pour et le contre. On pourrait choisir quelques candidates et lui présenter une sélection stricte pour qu'il ne se sente pas débordé.

Je ne peux me retenir:

— Pourquoi ne pas attendre de voir ce que ça donne avec Mme Rothschild? On pourrait au moins lui donner une chance, non? Pour Kitty.

Margot soupire encore.

— Quel âge crois-tu qu'elle a?

— Je ne sais pas, trente-cinq ans? Quarante?

— Eh bien, elle s'habille comme si elle avait moins.

— On ne peut pas lui reprocher ça.

Je dois avouer m'être sentie un peu mal à l'aise quand elle avait dit qu'on achetait nos vêtements dans la même boutique. Est-ce qu'elle s'habille trop jeune ou est-ce que je m'habille trop vieille ? Chris a qualifié mon style de « chic façon mamie-fillette » et de « Lolita va à la bibliothèque ». D'ailleurs, ça me fait penser...

— Eh, si tu vois un joli kilt, tu peux m'en ramener un ? En tartan rouge, peut-être avec une grosse épingle...

— J'ouvrirai l'œil, promet-elle. J'en trouverai peut-être trois assortis pour nous toutes. Enfin, pour nous quatre. On pourrait en faire la carte de Noël de l'an prochain.

L'idée me paraît saugrenue.

— Papa en kilt !

— On ne sait jamais, ça pourrait lui plaire. Il parle toujours de ses vingt-cinq pour cent de sang écossais. On pourrait le prendre au mot. (Elle saisit son mug à deux mains et boit une gorgée.) Devine quoi. J'ai rencontré un mec mignon. Il s'appelle Samuel et il est dans mon cours de pop culture britannique.

— Ooh ! Est-ce qu'il a un accent distingué ?

— Indubitablement, déclare-t-elle avec un accent très chic.

On glousse toutes les deux.

— Je dois le retrouver au pub ce soir. Souhaite-moi bonne chance.

Je m'exclame :

— Bonne chance !

J'aime bien voir Margot comme ça, légère et joyeuse, moins sérieuse. Je pense que ça veut dire que, cette fois, elle a vraiment tourné la page Josh.

XX

— Ne reste pas devant la télé, lance sèchement Kitty.

J'époussette les étagères de livres avec un nouveau plumeau que j'ai commandé sur Internet. Je ne sais pas depuis combien de temps personne n'a nettoyé ici. Je me retourne.

— Pourquoi est-ce que tu te conduis comme une petite peste aujourd'hui ?

— Je ne suis pas d'humeur, marmonne-t-elle en étirant ses pattes de mouche devant elle. Shanae devait venir, et puis, finalement, non.

— Eh bien, ne me le reproche pas.

Kitty se gratte le genou.

— Eh, tu crois que je devrais envoyer une carte de Saint-Valentin à Mme Rothschild au nom de papa ?

— Surtout pas! dis-je en la menaçant de mon plumeau. Il faut cesser de te mêler de la vie des autres, Katherine. Ça n'a rien de mignon.

Kitty lève ouvertement les yeux au ciel.

— Oh, je n'aurais pas dû t'en parler.

— Trop tard. Écoute, quand deux personnes sont destinées à se rencontrer, elles trouvent toujours comment faire.

— Est-ce que Peter et toi auriez trouvé comment vous rencontrer si je n'avais pas envoyé tes lettres ? réplique-t-elle d'un air de défi.

Un point pour elle.

— Sans doute pas, dois-je admettre.

— Non, je t'assure que non. Tu avais besoin d'un petit coup de pouce.

— Ne fais pas comme si envoyer mes lettres avait été un acte d'altruisme de ta part. Tu sais très bien que tu l'as fait par dépit.

Kitty ignore totalement ma remarque.

— Ça veut dire quoi, « altruisme » ?

— C'est le contraire d'égoïsme ; ça veut dire par charité, par générosité... ton opposé absolu, quoi.

Kitty pousse un cri et se jette sur moi, et on lutte un court moment en haletant et en riant, tout en bousculant les étagères. Avant, je pouvais la maîtriser sans effort, mais elle résiste de mieux en mieux. Elle a des jambes fortes, et elle sait parfaitement se tortiller comme un ver pour m'échapper. Je finis par lui mettre les bras dans le dos et elle crie :

— Je me rends, je me rends !

Je la lâche et elle bondit pour m'attaquer de nouveau en me chatouillant les bras et en remontant vers mon cou. Je pousse un cri strident.

— Pas le cou ! Pas le cou !

C'est mon point faible, et tout le monde le sait dans la famille. Je tombe à genoux en riant si fort que j'en ai mal.

— Stop, stop ! S'il te plaît !

Elle arrête ses chatouillis.

— Et voilà comment on est altru... altruistique... C'est mon altruicité.

— Altruisme, dis-je en haletant.

— Je crois qu'on peut dire aussi « altruicité ».

Si Kitty n'avait pas envoyé ces lettres, est-ce que Peter et moi nous serions tout de même rencontrés ? Ma première réaction est de me dire que non, mais on aurait pu suivre des chemins différents pour finalement se retrouver à un autre carrefour de la vie. Ou peut-être pas. Quoi qu'il en soit, on s'est trouvés.

XXI

— Dis-m'en plus sur ton jeune ami, encourage Stormy.

On est assises en tailleur par terre, pour trier des photos et des souvenirs pour son album de scrapbooking. Elle est la seule à être venue au cours d'aujourd'hui, alors on est allées dans son appartement. Je m'étais inquiétée que Janette remarque le peu de succès de mon atelier, mais, depuis que j'ai commencé, elle n'est pas passée voir une seule fois. Tant mieux.

— Que veux-tu savoir ?
— Est-ce qu'il fait du sport ?
— Il joue à la crosse.
— La crosse ? répète-t-elle. Pas de football ou de base-ball ou de basket-ball ?
— Non, mais il est très doué. Plusieurs universités le réclament pour leur équipe.
— Tu as une photo de lui ?

Je sors mon téléphone pour lui montrer une image de nous deux dans sa voiture. Il porte un pull vert foncé dans lequel je le trouve particulièrement craquant. J'aime bien quand il met un pull. J'ai envie de me blottir contre lui et de le câliner comme un ours en peluche.

Stormy l'observe soigneusement.

— Ah oui, concède-t-elle, il est très beau. Mais je ne suis pas sûre qu'il rivalise avec mon petit-fils. Il ressemble à Robert Redford jeune.

Ouah!

— Je vais te montrer si tu ne me crois pas.

Elle se lève et fouille partout, en quête d'une photo. Elle ouvre ses tiroirs, déplace des papiers. N'importe quelle grand-mère de Belleview aurait une photo de son petit-fils adoré encadrée quelque part, au-dessus de la télé ou sur la cheminée, mais pas Stormy. Elle n'a encadré que des photos d'elle. Il y a une immense photo de mariée en noir et blanc qui occupe presque tout le mur d'entrée. J'imagine que, si j'avais été aussi sublime qu'elle, j'aimerais que ça se sache…

— Ah, je ne trouve pas de photo.

— Tu me montreras la prochaine fois.

Stormy se rassoit sur le canapé.

Elle pose les pieds sur l'ottomane.

— Où vont les jeunes d'aujourd'hui pour avoir un peu d'intimité? Y a-t-il une sorte de panorama romantique?

Elle cherche, elle creuse en quête d'informations. Stormy est un chien de chasse à l'affût quand elle sent une histoire juteuse, mais je ne laisse rien filtrer. De toute façon, je n'ai rien de très croustillant à cacher.

— Hum, je ne sais pas… Je ne crois pas.

Je me concentre sur le classement d'une pile de découpages. Elle commence à découper quelques décorations de bordure.

— Je me souviens du premier garçon avec qui je suis allée sur un parking. Ken Newbery. Il conduisait une Chevrolet Impala. Mon Dieu, quelle excitation de sentir les mains d'un garçon sur soi pour la première fois ! Il n'y a rien de tel, pas vrai, ma chère ?

— Hm, hmm. Où est la pile de vieilles affiches de Broadway que tu avais ? Il faudrait en faire quelque chose.

— Elles doivent être dans mon coffre.

Quelle excitation de sentir les mains d'un garçon sur soi pour la première fois.

J'ai un frisson dans l'estomac. Je connais cette sensation. Je m'en souviens parfaitement, et je la garderai en tête même sans caméra pour me la montrer. J'apprécie de repenser à ce baiser comme à un souvenir, pas comme à une vidéo embarrassante, avec tout le scandale qui a suivi.

Stormy se penche vers moi.

— Lara Jean, n'oublie pas, la fille doit toujours garder le contrôle et décider jusqu'où elle veut aller. Les garçons pensent avec leur tu-sais-quoi. Il faut que tu gardes la tête froide et que tu protèges ce qui est à toi.

— Tout de même, Stormy, n'est-ce pas un peu sexiste ?

— La vie est sexiste. Si tu tombes enceinte, c'est ta vie qui change. Pour le garçon, il n'y a guère de bouleversement. Les gens chuchotent sur ton passage. J'ai vu ce reportage, sur les mères adolescentes. Tous ces garçons ne valent rien. Des ordures !

— Tu veux dire que je ne devrais pas faire l'amour ?

Depuis le temps qu'elle m'incite à cesser d'être trop sage, à vivre ma vie pleinement, à aimer des garçons... Et maintenant, ceci ?

— Je te dis juste de prendre garde. Sois prudente comme si ta vie en dépendait, parce que c'est le cas. (Elle m'adresse un regard profond.) Et ne te fie jamais au garçon pour apporter les préservatifs. Une dame doit toujours avoir les siens.

Je toussote, gênée.

— Ton corps t'appartient, et tu dois le protéger autant que tu dois en profiter. (Elle lève les sourcils pour donner plus d'emphase à son discours.) C'est toi qui choisis avec qui tu vas t'amuser, mais tu dois choisir avec sagesse. Chaque homme que j'ai autorisé à me toucher recevait un honneur. C'était un privilège.

Stormy me désigne d'un geste vague de la main.

— Tout ceci? Un privilège dans un temple qu'il faut adorer et respecter. Tu comprends ce que je veux dire? Le trône ne peut pas accueillir n'importe quel jeune crétin. Souviens-toi de ces mots, Lara Jean. Tu décides qui, jusqu'où, quand, et déjà s'il se passe quelque chose ou non.

— Je ne t'aurais pas crue si féministe.

— Féministe? répète Stormy d'une voix rauque teintée d'horreur. Je ne suis pas féministe. Lara Jean, voyons!

— Stormy, ne te fâche pas. Ça veut juste dire que tu estimes que les hommes et les femmes sont égaux, et qu'on devrait avoir les mêmes droits.

— Je ne considère aucun homme comme mon égal. Les femmes sont bien supérieures, ne l'oublie jamais. N'oublie aucune des choses que je t'ai dites. D'ailleurs, tu devrais sans doute les écrire pour être sûre.

Elle se met à fredonner *Stormy Weather*.

Quand on faisait semblant, il n'y avait aucun risque que les choses aillent trop loin. Mais maintenant, je comprends à quel point les choses changent sans même qu'on s'en rende compte. On peut passer d'un baiser à une main sous la jupe en deux secondes, et tout devient fiévreux et fébrile. J'ai l'impression qu'on est dans un train qui fonce à toute allure, et ça me plaît, oui, mais j'aime bien aussi quand le train me laisse le temps de regarder par la fenêtre, pour apprécier le paysage, regarder les bâtiments et les montagnes. Je ne veux pas manquer les petites étapes, je veux faire durer le plaisir, et la seconde d'après, je veux grandir plus vite, tout de suite, et être prête, comme tout le monde. Pourquoi les autres sont-ils toujours prêts pour tout ?

Je suis encore surprise par ce que je ressens en accueillant un garçon dans mon espace personnel. Je suis encore nerveuse quand il passe un bras autour de ma taille ou me touche la main. Je crois que je ne sais pas comment sortir avec un garçon dans les années 2010. Je suis perplexe. Je ne veux pas une histoire comme celle de Margot et Josh, ou de Peter et Genevieve, je veux quelque chose de différent.

Je suis peut-être un peu en retard, mais il n'y a pas de dates imposées, chacun grandit à son rythme. Il n'y a pas une seule façon d'avoir seize ans et d'être amoureuse.

Mon corps est un temple où je ne laisse pas n'importe quel garçon entrer.

Je n'ai pas à accepter davantage que ce que je veux.

XXII

Peter est assis au Starbucks près de moi et on révise notre examen de chimie. Il passe négligemment un bras derrière ma chaise pour enrouler mes cheveux autour de son crayon et les laisser glisser comme un ruban. Je l'ignore. Il approche sa chaise de la mienne et me colle un baiser dans le cou qui me fait glousser. Je m'écarte.

— Je ne peux pas me concentrer quand tu fais ça.

— Tu as dit que tu aimais que je joue avec tes cheveux.

— Oui, mais là j'essaie d'étudier. (Je regarde autour de nous et chuchote.) En plus, on est en public.

— Il n'y a presque personne !

— Il y a le serveur, et ce type près de la porte.

J'essaie de le désigner discrètement de mon stylo. Les moqueries se sont calmées au lycée, la dernière chose dont j'ai besoin est un nouveau déferlement de mèmes.

— Lara Jean, personne ne va nous filmer, si c'est ce qui t'inquiète. On ne fait rien de mal.

— Je t'ai dit dès le début que je n'aimais pas les marques d'affection en public.

Peter sourit d'un air moqueur.

— Vraiment ? Rappelle-moi qui a embrassé qui dans le couloir ? Tu m'as quasiment sauté dessus, Covey.

Je rougis.

— C'était dans un but bien précis, tu le sais parfaitement.

— Moi aussi j'ai un but, rétorque-t-il d'un ton boudeur. Je m'ennuie et j'ai envie de t'embrasser. C'est un crime ?

— Quel gros bébé ! (Je lui pince le nez.) Si tu te tiens tranquille et que tu étudies encore trois quarts d'heure, je te laisserai m'embrasser, en privé, dans la voiture.

Son visage s'éclaire.

— Marché conclu !

Son téléphone vibre et il regarde l'écran. Il fronce les sourcils et envoie un SMS à la vitesse de l'éclair.

— Tout va bien ?

Il hoche la tête, mais semble distrait et continue à envoyer des messages alors qu'il est censé réviser. Du coup, je suis distraite aussi, car je me demande de quoi il s'agit. Ou plutôt, de qui.

XXIII

JE POUSSE MON chariot en quête de lait concentré pour ma tarte au citron vert quand j'aperçois Josh au rayon des céréales. Je me précipite pour cogner son Caddie avec le mien.

— Eh, voisin !

— Eh, devine quoi, répond-il joyeusement avec un sourire fier. Je suis admis à l'université de Virginie.

Je pousse un cri strident et lâche mon chariot.

— Josh ! C'est épatant !

Je le prends dans mes bras en sautillant sur place, puis je le secoue par les épaules.

— Sois plus joyeux que ça, idiot !

Il rit et sautille comme moi avant de me lâcher.

— Je suis content. Mes parents sont surexcités parce qu'ils n'auront pas à payer pour que j'étudie hors de l'État. Ils ne se sont pas disputés depuis des jours. (Il baisse la voix, soudain timide.) Tu peux prévenir Margot ? Je ne me sens pas de l'appeler moi-même, mais elle a le droit de savoir. C'est elle qui m'a aidé à étudier, alors c'est en partie grâce à elle si j'y suis arrivé.

— Je le lui dirai. Je sais qu'elle sera très contente pour toi, Josh. Papa et Kitty aussi.

Je lève la main et on fait claquer nos paumes. Je n'arrive pas à y croire, Josh va aller à la fac, et bientôt on ne sera plus voisins. Plus comme avant.

Maintenant qu'il va aller à l'université et quitter la ville, peut-être que ses parents vont finalement divorcer et vendre la maison, et alors il ne sera même plus un peu mon voisin. Les choses sont bizarres entre nous depuis des mois, même avant qu'il ne rompe avec Margot, et nous n'avons pas passé de temps ensemble depuis une éternité... mais j'aime savoir qu'il est là, juste à la porte d'à côté, en cas de besoin.

— Quand un peu plus de temps aura passé... une fois que ça ne posera plus de problème à Margot, tu viendras dîner avec nous, comme avant ? Tu manques à tout le monde. Kitty est impatiente de te montrer les nouveaux tours de Jamie. Je te préviens, rien d'extraordinaire, alors ne t'emballe pas trop. Mais tout de même...

Il sourit, de ce sourire lent à s'épanouir que je connais si bien.

— D'accord.

XXIV

LES FILLES SONG prennent leurs cartes de Saint-Valentin très au sérieux. Elles doivent être humbles, adorables et sincères par leur côté « à l'ancienne », et donc forcément rien ne vaut le fait-main. J'ai des tonnes de matériel de scrapbooking, ainsi que des morceaux de lacets, de rubans et de napperons. J'ai une boîte en métal remplie de perles et de strass, j'ai des tampons encreurs anciens : un Cupidon, des cœurs de toutes les tailles, des fleurs.

La coutume veut que papa reçoive une carte de chacune d'entre nous. C'est la première année que Margot enverra la sienne par la poste. Josh en a une aussi, même si je laisse Kitty s'en charger et que je me contente d'apposer mon nom sous le sien.

J'ai passé presque tout l'après-midi sur celle de Peter. C'est un cœur blanc bordé de dentelle blanche. Au centre, j'ai brodé au fil rose « Tu es à moi, Peter K. » Je sais que ça le fera sourire. Ma carte est légère et provocatrice, et elle ne se prend pas trop sérieux, exactement comme Peter. Pourtant, elle marque le jour et affirme que Peter Kavinsky et

Lara Jean Song Covey sont ensemble. J'avais prévu de lui faire une carte plus extravagante, plus grande, débordante de perles et de rubans, mais Kitty m'a mise en garde contre tout excès.

— N'utilise pas toutes mes perles, lui dis-je, il m'a fallu des années pour rassembler cette collection. Littéralement des années.

— Pourquoi les rassembler si tu ne t'en sers pas ? réplique Kitty, toujours pragmatique. Tout ce travail pour qu'elles finissent leur vie dans une petite boîte en métal où personne ne les voit...

— D'accord, dis-je face à son argument imparable. Mais ne mets des perles que sur les cartes des gens que tu aimes vraiment.

— Et les strass violets ?

— Utilises-en autant que tu veux.

Je réponds d'un air détaché, comme un riche propriétaire face à son voisin moins fortuné. Les strass violets ne vont pas avec ce que je fais. Je veux donner à mes cartes un aspect victorien, alors que ces strass apportent un côté mardi gras. Mais je me garde bien de le dire à Kitty. Je la connais : si elle sait qu'on ne tient pas à quelque chose, elle perd son attrait pour cette chose. Pendant longtemps, j'ai réussi à lui faire croire que les raisins secs étaient ce que je préférais et qu'elle ne devait pas en manger trop. En vérité, je les déteste, mais j'étais contente que quelqu'un d'autre les mange à ma place. Elle devait être la petite fille la plus facile à gérer de toute la maternelle.

Je colle à chaud des petites babioles blanches autour d'un cœur en réfléchissant tout haut.

— Est-ce qu'on devrait préparer un petit déjeuner spécial pour papa ? On pourrait acheter l'un de ces presse-fruits que j'ai vus au supermarché, puis lui faire un jus de pamplemousse rose tout frais. Et je crois que j'ai vu des gaufriers en forme de cœur sur Internet qui n'étaient pas très chers.

— Papa n'aime pas le pamplemousse, intervient Kitty. Et on n'utilise déjà presque jamais notre gaufrier normal. Pourquoi ne pas plutôt lui couper ses gaufres en forme de cœur ?

— Ça fait radin.

Mais elle a raison. Inutile d'acheter quelque chose dont on ne se servira qu'une fois dans l'année, même pour seulement dix-neuf dollars quatre-vingt-dix-neuf. Plus Kitty grandit, plus je m'aperçois qu'elle ressemble plus à Margot qu'à moi.

Aussitôt, elle reprend.

— Et si on utilisait nos emporte-pièce pour lui faire des pancakes en forme de cœur ? Avec du colorant alimentaire rouge ?

Je lui souris.

— Ça, c'est ma p'tite sœur !

Peut-être qu'elle me ressemble quand même un peu, après tout.

— On pourrait aussi mettre du colorant dans le sirop, s'enflamme-t-elle. Il ressemblerait à du sang, et ça ferait un cœur ensanglanté !

Bon, on oublie les comparaisons. Kitty est unique en son genre.

XXV

L A VEILLE DE la Saint-Valentin, je songe soudain que ma carte pour Peter ne suffit pas et que des chaussons à la cerise seraient une idée fantastique. Je me lève avant le soleil pour en préparer, et la cuisine ressemble bientôt à une scène de crime. Le jus de cerise a éclaboussé le plan de travail et le carrelage. C'est un bain de sang, ou plutôt de jus de cerise. C'est encore pire que le jour où j'ai fait un gâteau *red velvet* et que j'ai aspergé le sol de colorant rouge. J'avais dû nettoyer les joints à la brosse à dents.

Mais mes chaussons sont parfaits, dignes d'une illustration de recette, dorés et rebondis, avec des bordures dentelées à la fourchette et des petits trous pour évacuer la vapeur. J'ai prévu de les offrir pendant le repas. Peter, Darren et Gabe vont adorer. J'en donnerai aussi un à Lucas. Et à Chris, si elle vient.

J'envoie un SMS à Peter pour lui dire que je n'ai pas besoin qu'il m'emmène. Je veux arriver en avance et glisser ma carte dans son casier. Je trouve l'idée adorable, parce que, dans un sens, un casier est comme une boîte aux lettres, et les courriers envoyés par la poste sont plus romantiques que ceux remis en main propre, sans mystère.

Kitty descend vers sept heures et on organise à deux une belle table pour papa, en déposant ma carte avec celles de Kitty et de Margot autour de son assiette. Je lui laisse deux chaussons. Je ne verrai pas sa réaction parce que je veux arriver au lycée avant Peter. Il est toujours juste à l'heure, j'imagine donc que cinq minutes d'avance suffiront.

Dès que j'arrive, je glisse ma carte dans son casier, puis je file à la cafétéria pour l'attendre.

Mais quand j'entre, il est là, près du distributeur, avec… Genevieve. Il a posé les mains sur ses épaules et lui parle d'un air sérieux. Elle hoche la tête, les yeux baissés. De quoi peut-il s'agir pour qu'elle paraisse si triste ? Est-ce encore une manœuvre pour que Peter reste proche d'elle ?

Le jour de la Saint-Valentin, j'ai l'impression d'interrompre un rendez-vous entre mon petit copain et son ex. Est-il simplement resté bon ami avec elle ou est-ce autre chose ? Avec Genevieve, j'ai toujours l'impression que ce sera davantage, qu'il en soit conscient ou non. Ont-ils échangé des cadeaux de Saint-Valentin au nom du bon vieux temps ? Est-ce que je suis parano ou est-ce que les ex qui sont restés amis font ce genre de choses ?

Elle me voit, dit quelque chose à Peter, puis sort de la cafétéria. Il vient vers moi à grands pas.

— Joyeuse Saint-Valentin, Covey !

Il me prend à la taille et me soulève en me serrant contre lui comme si je ne pesais rien, puis il me repose.

— On peut s'embrasser en public, comme on est en avance et que les cours n'ont pas commencé ?

— D'abord, où est ma carte ? dis-je sévèrement en ten-dant la main.

Peter rit devant mon air sérieux.

— Mince, elle est dans mon sac à dos. Bon sang, quelle avidité !

Je ne sais toujours pas sur quel pied danser, mais je sens qu'il est tout excité de me la donner et cela me rend à mon tour impatiente. Il me prend la main pour m'escorter vers la table où il a posé son sac.

— D'abord, assieds-toi.

J'obéis. Il s'installe près de moi.

— Ferme les yeux et tends la main.

Je l'entends ouvrir son sac et il pose quelque chose dans ma main, un morceau de papier. J'ouvre les yeux.

— C'est un poème, explique-t-il, pour toi.

Car la lune jamais ne rayonne sans m'apporter des songes de la belle Lara Jean
Et les étoiles jamais ne se lèvent que je ne sente les yeux brillants de la belle Lara Jean[13].

Je pose la main sur mes lèvres. La belle Lara Jean ! Je n'arrive pas à y croire.

— C'est la plus jolie chose qu'on ait faite pour moi. Je suis si contente que je pourrais t'étouffer à force de te serrer dans mes bras.

Je l'imagine, assis à son bureau, chez lui, écrivant ces lignes sur une feuille, et je craque complètement. J'en ai des frissons. Le courant passe du sommet de mon crâne jusqu'à mes orteils.

— C'est vrai ? Tu aimes ?

---

[13] *D'après Annabel Lee, d'Edgar Allan Poe, traduit par Mallarmé, éditions Robert Laffont, collection « Bouquins », 1989.*

— J'adore !

Je le serre dans mes bras de toutes mes forces. Ce poème ira dans ma boîte à chapeau, et quand je serai vieille comme Stormy, je le sortirai et le regarderai pour me souvenir de cet instant précis. Peter Kavinsky m'a écrit un poème.

— Ce n'est pas mon seul cadeau. Ce n'est même pas le meilleur.

Il s'écarte et sort une petite boîte à bijoux en velours rouge de son sac. Je laisse échapper un hoquet de surprise. Je vois qu'il jubile.

— Ouvre vite !

— C'est une broche ?

— Mieux que ça.

Je pose la main sur mes lèvres sans même en avoir conscience. C'est mon collier, le pendentif en forme de cœur que j'ai vu dans la vitrine de la boutique d'antiquités de sa mère, un bijou que j'ai admiré pendant des mois. Et à Noël, quand papa m'avait dit que le collier était vendu, j'avais cru ne plus jamais le revoir.

— Je n'arrive pas à le croire, dis-je dans un souffle.

Je caresse l'éclat de diamant au centre.

— Attends, je vais te l'accrocher.

Je soulève mes cheveux et Peter passe dans mon dos pour attacher le collier. Je pense tout haut.

— Je ne sais pas si je peux accepter. C'était vraiment très cher, Peter ! Vraiment, vraiment, horriblement coûteux.

Il se contente de rire.

— Je sais combien il coûte. Ne t'en fais pas, ma mère m'a fait un bon prix. J'ai dû accepter de conduire son van pas mal de week-ends pour aller chercher de la marchandise pour la boutique, mais rien de bien terrible. Je suis prêt à tout, du moment que ça te plaît.

Je caresse le collier.

— Je suis ravie. Ça me plaît vraiment beaucoup.

Je regarde discrètement dans la cafétéria. Je sais que c'est mesquin, mais j'aurais tiré une certaine satisfaction si Genevieve avait été encore là pour voir ça.

— Eh, où est ma carte ? demande soudain Peter.

— Dans ton casier.

Maintenant, je regrette un peu d'avoir écouté Kitty et d'être restée si raisonnable pour ma première Saint-Valentin avec un petit copain. Avec Peter. Enfin, bref… Au moins, j'ai les chaussons à la cerise encore chauds dans mon sac. Je les lui donnerai tous. Désolée Chris, Lucas, Darren et Gabe.

Je n'arrête pas de m'admirer avec le collier. Au lycée, je le porte sur mon pull, pour que tous puissent le voir et l'admirer. Le soir, je le montre à papa, à Kitty, et à Margot par webcam. Pour plaisanter, je le montre même à Jamie Fox-Pickle. Tout le monde est impressionné. Je ne le retire jamais : je le porte sous la douche, je le garde pour dormir.

Je suis comme Laura Ingalls dans *la Petite Maison dans les grands bois*, quand elle reçoit une poupée de chiffon pour Noël. Elle a des yeux en boutons noirs, des lèvres et des joues rouges comme des baies. Elle porte des chaussettes de flanelle rouge et une robe en calicot rose et bleu. Laura n'arrive pas à la quitter des yeux. Elle la serre contre elle et oublie le monde entier autour d'elle. Sa mère doit lui rappeler de laisser les autres fillettes jouer avec.

Je me sens comme elle. Quand Kitty me demande si elle peut essayer le bijou, j'hésite une seconde, puis je me sens coupable d'être si égoïste.

— Fais bien attention.

Je ne peux m'empêcher de la mettre en garde avant de défaire le collier.

Kitty fait mine de lâcher le médaillon et je pousse un cri strident.

— Je plaisante, me rassure-t-elle en gloussant.

Elle va se regarder dans le miroir, la tête penchée, le cou arqué.

— Pas mal. N'es-tu pas contente, maintenant, que j'aie mis en route toute cette histoire entre Peter et toi ?

Je lui jette un oreiller.

— Je pourrai te l'emprunter pour une occasion spéciale ?

— Non.

Puis je repense à Laura et à sa poupée.

— Oui… si c'est vraiment une occasion hyper-spéciale.

— Merci.

Kitty penche la tête et me regarde d'un air sérieux.

— Lara Jean, je peux te poser une question ?

— Ce que tu veux.

— C'est à propos des garçons.

J'essaie de ne pas laisser paraître ma curiosité et je hoche lentement la tête. Les garçons ! Nous en sommes déjà à ce genre de conversation ? Très bien, allons-y !

— Je t'écoute.

— Tu me promets de répondre honnêtement ? Promesse de sœur ?

— Bien sûr. Viens t'asseoir près de moi, Kitty.

Elle s'installe à mes côtés sur le sol et je passe un bras autour d'elle. Je me sens généreuse, chaleureuse, d'humeur maternelle.

— Est-ce que tu le fais avec Peter ?

— Quoi ? (Je la repousse.) Kitty !

— Tu as promis de répondre ! se moque-t-elle en riant joyeusement.

— D'accord, la réponse est non, sale petite fouineuse. Mon Dieu, sors de ma chambre !

Kitty déguerpit en riant comme une hyène démente. Je l'entends tout au long du couloir.

XXVI

ALORS QUE JE commençais à me dire que l'histoire de la vidéo du Jacuzzi était bel et bien terminée, une nouvelle version surgit pour me rappeler que ce cauchemar ne prendrait jamais fin. Rien ne meurt sur Internet, n'est-ce pas ce que disent les gens ? Cette fois, je suis à la bibliothèque et j'aperçois deux filles de deuxième année qui partagent des écouteurs en regardant la vidéo et en gloussant. Je me vois, dans ma robe de chambre, enveloppée autour de Peter comme une couverture. Pendant quelques secondes, je ne bouge pas. J'hésite. Faire face ou ne pas faire face… Je me rappelle ce que m'a dit Margot, comme quoi je devais être au-dessus de ça et agir comme si je m'en moquais. Et puis je me décide. Au diable la réserve !

Je me lève, me dirige vers elles et retire de leur ordinateur la prise de leurs écouteurs. La chanson *Parti là-bas* éclate à plein volume.

— Eh ! s'exclame l'une des filles en se tournant vers moi.

Elle me reconnaît et échange un regard paniqué avec son amie. Elle ferme le portable d'un geste sec.

— Non, vas-y, regarde.

Je prends un air provocateur et croise les bras.

— Non merci, dit-elle.

Je rouvre l'ordinateur et appuie sur *play*. L'auteur de cette version a entrecoupé la vidéo de passages de *La Petite Sirène*.

« Un jour viendra, je partirai, je partirai sans aucun regret... »

Je referme l'ordinateur.

— Juste pour information, regarder cette vidéo équivaut à de la pédopornographie, et vous pourriez être poursuivies pour ça. Votre adresse IP est déjà enregistrée. Réfléchissez avant d'aller plus loin. Ça marche comme ça.

L'une des filles hoquette avec horreur.

— Comment ça, de la pédopornographie ?

— Je suis mineure, et Peter aussi.

L'autre fille me regarde avec un sourire goguenard.

— Je croyais que vous répétiez partout que vous ne faisiez pas l'amour.

Elle me prend de court.

— Eh bien, nous verrons ce qu'en pensent les tribunaux. Mais d'abord, je dois prévenir le principal Lochlan.

— Ce n'est pas comme si on était les seules à la regarder ! proteste la première.

— Et tu te sentirais comment si c'était une vidéo de toi ?

— Je me sentirais bien, marmonne-t-elle. T'as de la chance, Kavinsky est canon.

De la chance. C'est ça...

***

Je suis surprise que Peter soit tellement contrarié quand je lui montre la vidéo de *La Petite Sirène*. Normalement, aucun problème ne touche durablement Peter, les tracas roulent sur lui comme des gouttes de pluie. Je pense que c'est pour ça que les gens l'aiment tant. Il est sûr de lui, il est maître de lui. Ça met les autres à l'aise.

Pourtant, cette version de la vidéo le fait craquer. On la regarde dans sa voiture, sur son téléphone, et il est tellement furieux que je crains qu'il ne jette le téléphone par la fenêtre.

— Sales bâtards de merde ! Comment osent-ils !

Il frappe le volant, et le klaxon retentit. Je sursaute. Je ne l'ai jamais vu fâché comme ça. Je ne sais pas trop quoi dire ni comment le calmer. J'ai grandi parmi des filles et un papa tout doux. Je ne connais rien aux sautes d'humeur des adolescents.

— Merde ! hurle-t-il. Je déteste l'idée de ne pas savoir te protéger contre ça.

— C'est inutile.

Je le dis pour le rassurer, mais je m'aperçois que c'est vrai. Je gère la situation.

Il regarde droit devant lui.

— Mais je le veux. Je croyais avoir réglé la question, et voilà que ça recommence. On dirait un putain d'herpès.

J'aimerais le réconforter, le faire rire pour qu'il oublie, alors je lui demande d'un air taquin :

— Peter, tu as de l'herpès ?

— Lara Jean, ce n'est pas drôle.

— Désolée.

Je lui pose la main sur le bras.

— Partons d'ici.

Il fait démarrer la voiture.

— Où veux-tu aller ?

— N'importe où, nulle part. Conduis, c'est tout.

Je ne veux croiser personne, je ne veux ni regards entendus ni murmures. Je veux rester cachée dans l'Audi de Peter, notre petit jardin secret. Pour masquer ces pensées lugubres, je lui adresse un large sourire, suffisamment pour qu'il sourie à son tour.

Conduire l'apaise, et, le temps d'arriver chez moi, Peter semble de nouveau de bonne humeur. Je lui propose d'entrer pour partager une pizza, puisque c'est une soirée pizza. Je précise qu'il peut commander la garniture qu'il voudra. Mais il secoue la tête et déclare qu'il doit rentrer. Pour la première fois, il ne m'embrasse pas pour me dire au revoir, et je me sens coupable pour son mal-être. C'est en partie ma faute, je le sais. Il a l'impression de devoir arranger les choses pour moi, et, maintenant qu'il sait qu'il ne le peut pas, ça le détruit.

***

Je passe la porte et trouve papa qui m'attend à la table de la cuisine, les sourcils tellement froncés qu'ils se touchent.

— Pourquoi tu ne répondais pas au téléphone ?
— Désolée… je n'avais plus de batterie. Tout va bien ?

Vu son air sérieux, tout ne va pas bien du tout.

— Il faut qu'on parle, Lara Jean. Viens t'asseoir.

La terreur me frappe comme une vague déferlante.

— Pourquoi, papa ? Que se passe-t-il ? Où est Kitty ?
— Dans sa chambre.

Je pose mon sac et le rejoins, aussi lentement que je peux. Je m'installe près de lui et il pousse un gros soupir, les mains croisées.

— C'est à propos de ton profil sur le site de rencontres ? Parce que ce n'est pas encore activé, dis-je.

Mais au même moment, il dit :

— Pourquoi ne m'as-tu pas dit ce qui se passait au lycée ?

Mon cœur dégringole jusqu'au sol.

— De quoi tu parles ?

J'espère encore, je prie pour que ce soit autre chose. J'aimerais qu'il m'apprenne que j'ai raté mon devoir de chimie, n'importe quoi qui n'ait rien à voir avec un Jacuzzi.

— De la vidéo de Peter et toi.

— Comment l'as-tu su ? dis-je dans un souffle.

— Ta conseillère d'orientation m'a appelé. Elle s'inquiétait pour toi. Pourquoi ne m'as-tu pas dit ce qui se passait, Lara Jean ?

Il est si sévère, mais c'est son air déçu qui me touche le plus. Je sens les larmes se presser derrière mes yeux.

— Parce que... j'avais honte. Je ne voulais pas que tu penses à moi de cette manière. Papa, je te jure qu'on ne faisait que s'embrasser, c'est tout.

— Je n'ai pas vu la vidéo et je ne la regarderai pas. C'est privé, et cela ne regarde que Peter et toi, mais j'aurais préféré que tu fasses preuve de plus de jugeote ce jour-là. Nos actions ont des conséquences à long terme.

— Je sais.

Les larmes roulent sur mes joues.

Papa prend ma main sur mes genoux et la serre entre ses doigts.

— Je suis peiné que tu ne sois pas venue me trouver quand c'était si difficile pour toi au lycée. Je savais que quelque chose n'allait pas, mais je ne voulais pas insister. J'essaie toujours de deviner ce que ta mère ferait si elle était encore là. Je sais que ce n'est pas facile de n'avoir que ton père pour parler…

Sa voix se brise et je pleure encore plus fort.

— Mais j'essaie, j'essaie vraiment.

Je bondis de ma chaise pour le prendre dans mes bras et hoqueter :

— Je sais que tu essaies.

Il m'enlace à son tour.

— N'oublie pas que tu peux venir me trouver, Lara Jean. Peu importe le sujet. J'ai parlé au principal Lochlan et il fera une annonce demain pour dire que ceux qui regardent ou font circuler cette vidéo seront suspendus.

Le soulagement m'envahit. J'aurais dû en parler à papa depuis le début. Je me redresse et il m'essuie les joues de la main.

— Alors… c'est quoi cette histoire de profil de ren-contres ?

— Oh… (Je me rassois.) Eh bien… j'avais commencé à en créer un sur rendezvousentreparentscélibataires.com. (Il fronce les sourcils et je continue très vite.) Grand-mère trouve que ce n'est pas bon pour un homme de rester seul si longtemps, et je suis d'accord avec elle. Je pensais que passer par un site de rencontres pourrait t'aider à fréquenter de nouveau des femmes.

— Lara Jean, je peux m'occuper seul de ma vie sentimentale ! Je n'ai pas besoin que ma fille m'organise des rendez-vous.

— Mais… tu ne sors jamais.

— C'est mon problème, pas le tien. Je veux que tu effaces ce profil dès ce soir.

— Je ne l'ai pas activé, c'était juste au cas où. Il y a tout un univers à découvrir autour de toi, papa.

— Pour le moment, concentrons-nous sur ta vie amoureuse, pas la mienne, Lara Jean. La mienne attendra. Je veux que tu me parles de la tienne.

— D'accord.

Je croise sagement les mains devant moi sur la table.

— Qu'est-ce que tu veux savoir ?

Il se gratte la nuque.

— Eh bien… est-ce que c'est sérieux entre Peter et toi ?

— Je ne sais pas. Je veux dire, je pense que je pourrais l'aimer, mais c'est peut-être encore trop tôt pour le dire. À quel point une histoire de lycée peut-elle être sérieuse, de toute façon ? Regarde Margot et Josh, et ce que ça a donné.

Papa prend un air mélancolique.

— Il ne vient plus jamais.

— Exactement. Je ne veux pas être une pauvre fille qui pleure dans son lit pour un garçon. (Je m'interromps brusquement.) C'est quelque chose que maman a dit à Margot. Elle lui a dit de ne pas être une fille qui va en fac avec un petit copain et manque tout le reste.

Il sourit d'un air entendu.

— Cela lui ressemble.

— Qui était son petit copain de lycée ? Est-ce qu'elle l'aimait beaucoup ? L'as-tu rencontré ?

— Ta mère n'avait pas de petit ami au lycée. Elle parlait de sa colocataire. Robyn, précise-t-il en gloussant. Elle rendait ta mère complètement folle.

Je me cale contre mon dossier. J'avais toujours cru que maman parlait d'elle.

— Je me souviens de la première fois où j'ai vu ta mère. Elle avait organisé un dîner dans sa résidence universitaire et l'avait appelé Fauxksgiving.

J'y étais allé avec un ami. C'était un grand repas de Thanksgiving, mais en plein mois de mai. Elle portait une robe rouge, et elle avait les cheveux longs à l'époque. Tu le sais, tu as vu des photos. (Il s'interrompt, un sourire flottant sur ses lèvres.) Elle s'est moquée de moi parce que j'avais apporté des haricots en boîte et pas des frais. C'était un signe, si elle taquinait quelqu'un, cela voulait dire qu'elle aimait bien cette personne. Évidemment, je ne le savais pas encore. Je ne savais pas grand-chose sur les femmes à l'époque.

Ah ! À l'époque ?

— Je croyais que vous vous étiez rencontrés pendant un cours de psychologie.

— D'après votre mère, nous avons suivi les mêmes cours pendant un semestre, mais je ne me rappelle pas l'avoir vue. C'était dans l'un de ces amphithéâtres bourrés de centaines de personnes.

— Mais elle t'avait remarqué.

J'ai déjà entendu cette histoire de la bouche de maman. Elle me racontait qu'elle aimait son air attentif en cours, et ses cheveux un peu trop longs sur la nuque, comme ceux d'un professeur distrait.

— Heureusement ! Que serais-je devenu sans elle ?

Cette possibilité me donne à réfléchir. Oui, que serait-il devenu ? On ne serait pas là, mais il ne serait sans doute pas veuf. Aurait-il été plus heureux en épousant une autre fille, en faisant d'autres choix ?

Papa me redresse le menton.

— Je ne serais rien si je ne l'avais pas connue, dit-il d'un ton ferme, parce que je n'aurais pas eu mes filles.

J'APPELLE PETER ET je lui dis que Mme Duvall a prévenu mon père pour la vidéo, mais qu'il a parlé avec le principal Lochlan et que tout va s'arranger. Je m'attends à ce qu'il soit soulagé, mais il semble toujours d'humeur morose.

— Maintenant, ton père doit me détester.

Je le rassure.

— Pas du tout.

— Tu crois que je devrais lui parler ? Je ne sais pas, lui présenter des excuses d'homme à homme ?

Je frissonne.

— Hors de question. Mon père est très mal à l'aise dans ce genre de situation.

— Oui, mais…

— Arrête de t'en faire, Peter. Je te l'ai dit, papa a tout arrangé. Le principal Lochlan va faire une annonce et les autres nous laisseront tranquilles. Et puis, tu n'as pas à t'excuser. Je suis aussi responsable que toi. Tu ne m'as pas obligée à quoi que ce soit, j'avais choisi.

On raccroche peu après, et même si je me sens rassurée en ce qui concerne la vidéo, je suis toujours contrariée pour Peter. Je sais qu'il s'en veut de ne pas pouvoir me protéger, mais j'ai aussi conscience que c'est en partie parce qu'il a été blessé dans sa fierté, ce qui n'a rien à voir avec moi. L'ego d'un garçon est-il donc si fragile et délicat ? On le dirait bien.

XXVII

LA LETTRE ARRIVE un lundi, mais je ne la trouve que le mercredi matin avant de partir au lycée. Je suis assise devant la fenêtre de la cuisine, je mange une pomme et je trie le petit tas de courrier laissé de côté en attendant que Peter vienne me chercher. Facture d'électricité, facture d'Internet, un catalogue Victoria's Secret, le numéro de ce mois-ci d'une revue sur les chiens pour jeune public à laquelle Kitty est abonnée… et une lettre, dans une enveloppe blanche, qui m'est adressée. C'est visiblement l'écriture d'un garçon. Je ne reconnais pas l'adresse de l'expéditeur.

Chère Lara Jean,

Un arbre est tombé dans notre allée la semaine dernière et M. Barber, le paysagiste, est venu le retirer. Les Barber ont emménagé dans notre ancienne maison de Meadowridge, et, comme je l'ai dit, ils tiennent une entreprise de paysagisme. M. Barber m'a apporté ta lettre. J'ai vu au cachet de la poste que tu l'avais envoyée en septembre, mais je ne l'ai reçue que cette semaine, parce qu'elle était arrivée à mon ancienne adresse. C'est pourquoi il m'a fallu si longtemps pour te répondre.

Ta lettre m'a rappelé un tas de souvenirs que je pensais oubliés. Comme cette fois où ta grande sœur a fait un croquant aux cacahuètes dans le micro-ondes et que vous avez décidé de faire un concours de breakdance pour savoir qui aurait la plus grosse part. Ou la fois où je me suis retrouvé enfermé devant chez moi et où je suis allé dans la cabane dans l'arbre. Là, on a lu tous les deux jusqu'à ce qu'il fasse si noir qu'on a dû utiliser une lampe de poche. Je me rappelle que les voisins faisaient un barbecue et que tu m'as défié d'aller demander un hamburger à nous partager, mais je n'ai pas osé. Quand je suis rentré chez moi, j'ai été sacrément reçu, parce que personne ne savait où j'étais, mais ça en valait la peine.

J'interromps ma lecture. Je me rappelle ce jour où on s'est trouvés enfermés dehors ! Il y avait Chris, John et moi, mais Chris avait dû partir et il n'était resté que nous deux. Mon père était en séminaire, et je ne sais plus où étaient Margot et Kitty. On avait eu si faim qu'on avait dévoré un gros sachet de M&M's caché par Trevor sous une latte du plancher. J'imagine que j'aurais pu aller chez Josh demander un abri et à manger, mais c'était amusant de jouer les vagabonds avec John Ambrose McClaren. On avait l'impression d'être des fugitifs.

Je dois avouer que ta lettre m'a laissé sans voix, parce qu'à treize ans je me sentais comme un gamin alors que tu étais une personne mature avec des pensées et des émotions complexes. Ma mère coupe encore ma pomme pour le goûter ! Si je t'avais écrit à cette époque, je t'aurais dit que tes cheveux étaient très beaux. Et voilà. Juste ça, tes cheveux sont très beaux. J'étais vraiment naïf. Je ne pensais pas que, toi aussi, tu m'aimais bien.

Il y a quelques mois, je t'ai vue à la réunion de simulation des Nations unies au centre Thomas Jefferson. Je doute que tu m'aies reconnu, je représentais la République de Chine. Tu m'as déposé un petit mot et je t'ai appelée, mais tu ne t'es pas arrêtée. Je t'ai cherchée plus tard, mais tu étais partie. M'as-tu vu ce jour-là ?

J'imagine que ma plus grande interrogation est pourquoi tu as décidé de m'envoyer une lettre après tout ce temps. Alors, si tu veux m'appeler, m'envoyer un e-mail ou m'écrire, n'hésite pas.

Bien à toi, John

P.S. : puisque tu le demandes, les seules personnes qui m'appellent Johnny sont ma mère et ma grand-mère, mais tu peux aussi.

Je laisse échapper un grand soupir.

Au collège, John Ambrose McClaren et moi avions eu deux incidents « romantiques ». Un baiser au jeu de la bouteille qui n'avait franchement rien de bien romanesque, et un autre un jour de pluie pendant le cours de gym, qui jusqu'à cette année était resté l'instant le plus romantique de ma vie. Mais je suis sûre que John n'y repense pas de cette manière. Je doute même qu'il s'en souvienne. Recevoir cette lettre de lui, après tout ce temps, me donne l'impression qu'il est ressuscité d'entre les morts. C'est une sensation différente du jour où je l'ai aperçu pour la SNU de décembre. C'était comme voir un fantôme. Cette fois, c'est bien réel, la lettre vient d'une personne vivante que je connaissais et que je fréquentais.

John était intelligent, on avait les meilleures notes à tour de rôle. On était dans les meilleures classes ensemble. Il préférait l'histoire, il lisait toujours ce que le professeur demandait, mais il était également doué pour les maths et les sciences. Je suis certaine qu'il n'a pas changé.

Peter avait été le dernier garçon à atteindre sa pointe de croissance dans notre classe, mais John avait été le premier. J'aimais ses cheveux d'or comme le soleil, d'une teinte douce comme les jeunes épis de maïs blanc l'été. Il était innocent, avec une bouille adorable de gamin sans histoire, et toutes les mamans du quartier étaient folles de lui. Il dégageait quelque chose. C'est pour tout cela que John était le partenaire idéal pour les bêtises. Peter et lui en commettaient des tonnes. John était le cerveau qui donnait les bonnes idées, mais il était un peu trop timide pour parler parce qu'il avait bégayé autrefois.

Il aimait bien garder le rôle du second pendant que Peter était la vedette. Peter était donc toujours désigné, et puni, parce que c'était un garnement, alors qu'on ne pouvait rien reprocher à un ange comme John Ambrose McClaren. Mais les punitions n'étaient jamais sévères. Les gens se laissent charmer par les beaux garçons. Ils ont droit à un geste de tête sévère mais indulgent et à un « Oh, Peter » sans même une tape sur le poignet. Notre professeur d'anglais, Mme Holt, les surnommait Butch Cassidy et le Kid, même si personne ne connaissait la référence. Peter l'avait convaincue de nous montrer le film en classe, puis les deux complices s'étaient disputés toute l'année pour savoir qui était Butch Cassidy et qui était le Kid, même si c'était très clair pour le reste de la classe.

J'imagine que toutes les filles de sa classe sont folles de lui. Quand je l'avais vu à la SNU, il semblait si sûr de lui, bien droit sur sa chaise, grand, les épaules carrées, intensément concentré. Si j'allais au lycée avec lui, j'imagine que je ferais partie de la horde de ses groupies, avec des jumelles et une barre de céréales pour guetter devant son casier. J'aurais appris par cœur son emploi du temps. Je saurais ce qu'il mange le midi. Mange-t-il toujours des sandwichs à deux étages, beurre de cacahuète-confiture, sur du pain complet ? Je me le demande. Il y a tant de choses que j'ignore.

Je suis tirée de ma rêverie par Peter qui klaxonne devant chez moi. Je sursaute d'un air coupable. J'ai un premier réflexe stupide de cacher la lettre, de la glisser dans ma boîte à chapeau pour la garder et ne plus y penser. Mais je réfléchis et me dis que ce serait ridicule. Bien sûr que je vais répondre à John Ambrose McClaren. Sinon, ce serait impoli.

Je mets la lettre dans mon sac, j'enfile ma doudoune blanche et je me précipite vers la voiture de Peter. Il reste un peu de neige par terre depuis la dernière tempête. Je préfère quand le temps est clair, tout ou rien, soit la fonte soit des tas de neige, jusqu'aux genoux.

Lorsque j'arrive à la voiture, Peter écrit un SMS.
— Quoi de neuf ?
— Rien, dit-il. C'est Gen. Elle voulait que je la conduise, mais je lui ai dit qu'on ne pouvait pas.

Des frissons me picotent la peau. Je m'agace qu'ils échangent tous ces SMS, qu'ils soient encore en si bons termes, assez pour demander un tour en voiture. Mais ce sont des amis, juste des amis. Je me le répète sans cesse. Et il me dit la vérité, comme promis.
— Devine qui m'a envoyé une lettre, dis-je.
Il fait reculer la voiture dans l'allée.

— Qui ?
— Devine.
— Hum… Margot ?
— Pourquoi est-ce que ce serait une surprise ? Non, pas Margot. John Ambrose McClaren !

Peter semble perplexe.

— McClaren ? Pourquoi est-ce qu'il t'écrit ?
— Parce que je lui avais écrit une lettre, tu te rappelles ? Comme pour toi. Il y avait cinq lettres, et la sienne ne m'était jamais revenue. Je l'avais crue perdue, mais un arbre est tombé dans son allée lors de la dernière tempête et M. Barber est venu le retirer et lui remettre la lettre en même temps.
— Qui est M. Barber ?
— L'homme qui a acheté la maison de John. Il tient une entreprise de paysagisme, même si on s'en moque. En tout cas, John n'a reçu ma lettre que la semaine dernière, c'est pour ça qu'il a mis si longtemps à répondre.
— Hm, marmonne Peter en tripotant les grilles de chauffage. Alors, il t'a envoyé une vraie lettre ? Pas un e-mail ?
— Non, une vraie lettre qui est arrivée par la poste.

Je l'observe pour voir s'il est jaloux, si ce nouvel événement le touche au moins un peu.

— Hm.

C'est son second «Hm», sa réponse ennuyée pour ne pas s'engager. Il n'est pas jaloux.

— Comment va le Kid ? demande-t-il d'un ton moqueur. McClaren détestait que je l'appelle comme ça.
— Je me souviens.

On s'arrête au feu rouge. Il y a toute une file de voitures qui convergent vers le lycée.

— Que dit la lettre ?

— Oh, tu sais, « comment vas-tu ? », ce genre de choses.

Je regarde par la fenêtre. Je n'ai pas très envie de lui en dire plus, vu son indifférence. Il pourrait au moins avoir la décence de prendre un air surpris.

Il pianote sur le volant.

— On devrait l'inviter, un jour.

L'idée de réunir de nouveau Peter et John Ambrose Mc-Claren est déconcertante. Je ne saurais pas où poser les yeux.

— Hmm, peut-être, dis-je d'un ton vague.

Ce n'était pas forcément une bonne idée de parler de la lettre.

— Je crois qu'il a encore mon vieux gant de base-ball, songe Peter. Eh, est-ce qu'il parle de moi ?

— C'est-à-dire ?

— Je ne sais pas, est-ce qu'il demande ce que je deviens ?

— Pas vraiment.

— Hmm.

Peter se rembrunit et sa bouche prend une courbure contrariée.

— Qu'est-ce que tu lui as répondu ?

— Je viens d'avoir sa lettre ! Je n'ai pas eu le temps de répondre.

— Tu lui passeras le bonjour pour moi.

— D'accord.

Je passe la main sur mon sac pour m'assurer que la lettre s'y trouve toujours.

— Alors, si tu as envoyé des lettres à cinq garçons, est-ce que ça veut dire que tu nous appréciais tous autant ?

Il me regarde, plein d'espoir, et je sais qu'il attend que je dise qu'il était mon préféré, mais ça ne serait pas vrai.

— Oui, je vous appréciais tous exactement autant.
— Tu mens ! Qui était ton préféré ? Moi, non ?
— Peter, je ne peux vraiment pas répondre. Je veux dire, tout est relatif. Je pourrais dire que je préférais Josh, parce que je l'ai aimé plus longtemps, mais la durée ne permet pas de juger de l'intensité des sentiments.
— « Aimé » ?
— Apprécié.
— Tu as dit « aimé ».
— Eh bien, je voulais dire « apprécié ».
— Et McClaren ? Comment l'appréciais-tu par rapport aux autres ?

Enfin un peu de jalousie !

— Je l'aimais bien…

Je vais pour dire « comme tous les autres », mais j'hésite. D'après Stormy, personne ne peut aimer tout le monde de la même manière. Mais comment calculer à quel point on apprécie quelqu'un, et, pire encore, deux personnes ? Peter veut toujours être préféré aux autres. Il s'y attend. Alors je reste vague.

— C'est impossible à dire. Mais maintenant, c'est toi mon préféré.

Peter secoue la tête.

— Pour quelqu'un qui n'a jamais eu de petit copain, tu sais comment te mettre un mec dans la poche.

Je lève les sourcils. Vraiment, je sais faire ça ? C'est la première fois qu'on me le dit. Genevieve et Chris, voilà des filles qui savent manipuler un garçon. Mais moi, non. Jamais.

XXVIII

Cher John(ny),
Tout d'abord, merci de m'avoir répondu. C'était une surprise très agréable. Ensuite... je dois t'expliquer l'histoire derrière cette lettre. Je t'ai écrit cette lettre en quatrième, mais je n'avais pas prévu de te la montrer. Je sais que cela paraît fou, mais c'est une habitude que j'avais prise : quand un garçon me plaisait, je lui écrivais une lettre et je la cachais dans ma boîte à chapeau. Ces lettres n'étaient destinées qu'à moi. Mais ensuite, ma petite sœur Kitty (tu te souviens d'elle, une maigrichonne bornée ?) les a toutes postées en septembre, et la tienne faisait partie du lot.

Je me souviens bien de ce concours de breakdance. Je crois que Peter avait gagné. De toute façon, il se serait quand même attribué la plus grosse part de craquant aux cacahuètes ! C'est un souvenir parmi d'autres, mais est-ce que tu te rappelles qu'il prenait toujours le dernier morceau de pizza ? C'était tellement agaçant ! Trevor et lui s'étaient disputé le dernier morceau et ils avaient fini par faire tomber la pizza, de telle façon que personne n'avait pu la manger. Est-ce que tu te souviens quand on est tous venus chez toi pour te souhaiter au revoir quand tu as déménagé ? J'avais fait un gâteau au chocolat avec un glaçage au chocolat et au beurre de cacahuète, et j'avais apporté le couteau, mais toutes tes fourchettes et tes assiettes étaient déjà emballées et il avait fallu manger avec les mains, assis sous le porche. Quand j'étais rentrée à la maison, je m'étais rendu compte que j'avais les coins de la bouche tout noircis par le chocolat. Je m'étais sentie terriblement gênée. Tout cela paraît si lointain.

Je ne participe pas à la simulation des Nations unies, mais j'y étais allée ce jour-là, et je t'ai vu. En fait, je m'étais doutée que je t'y trouverais, car je m'étais rappelé combien cette simulation t'intéressait alors que tu n'étais qu'au collège. Je suis désolée de ne pas être restée pour te parler. Je crois que te revoir m'avait trop surprise, après si longtemps. Tu ne semblais pas avoir changé. Tu étais juste beaucoup plus grand.

J'ai une faveur à te demander : pourrais-tu me renvoyer ma lettre ? Les autres me sont revenues, et même si je suis certaine que je vais le regretter, je voudrais quand même savoir ce que je te racontais !

Ton amie, Lara Jean

XXIX

Il EST TARD, et toutes les lumières sont éteintes chez moi. Papa est à l'hôpital ; Kitty reste dormir chez une amie. Je sais que Peter a envie d'entrer, mais mon père va bientôt arriver et il pourrait se faire des idées s'il nous trouve tous les deux seuls dans la maison à cette heure. Papa n'a rien dit clairement, mais, depuis l'histoire de la vidéo, je sens bien que quelque chose a changé, discrètement. Maintenant, lorsque je sors avec Peter, papa me demande, l'air de rien, à quelle heure je compte rentrer, et où on va. Avant, il ne posait jamais ce genre de questions, mais il n'avait aucune raison de le faire.

Je regarde Peter, qui éteint le moteur. Je demande brus-quement :

— Pourquoi ne pas aller dans la cabane de l'arbre de Carolyne Pearce ?

— Allons-y ! s'exclame-t-il, aussitôt emballé par l'idée.

Il fait noir, je ne suis jamais venue ici dans une obscurité pareille. D'habitude, il y a toujours de la lumière dans la cuisine des Pearce, dans leur garage, ou qui vient indirectement de ma maison. Peter monte le premier dans l'arbre, puis il allume la lampe de son téléphone pour que je puisse le suivre sans problème.

Il s'émerveille de découvrir qu'à l'intérieur rien n'a changé. Tout est resté comme on l'a laissé. Kitty n'a jamais été très intéressée par l'idée de monter ici, et les lieux sont restés abandonnés depuis qu'on a cessé d'y aller, en quatrième. Par «on», j'entends les enfants du voisinage de mon âge : Genevieve, Allie Feldman, parfois Chris, parfois les garçons, Peter, John Ambrose McClaren, Trevor. C'était notre petit coin privé, même si on ne faisait rien de mal comme fumer ou boire de l'alcool. On venait juste pour discuter entre nous.

Genevieve proposait toujours le jeu du «tu choisirais qui?». Si tu échouais sur une île déserte, tu choisirais lequel d'entre nous? Peter choisissait Genevieve sans hésiter, parce qu'elle était sa petite amie. Chris disait qu'elle prendrait Trevor, parce qu'il était le plus gras et aussi le plus insupportable, et qu'il y avait un risque qu'au bout d'un moment elle soit obligée d'avoir recours au cannibalisme. Moi, je choisissais Chris parce que je savais qu'avec elle je ne m'ennuierais jamais. Elle se sentait fière, Genevieve fronçait les sourcils, mais j'avais fait mon choix. De plus, c'était vrai : Chris serait la plus amusante des compagnes si on s'échouait sur une île déserte, et elle saurait sûrement comment se rendre utile. Je doutais que Genevieve soit capable de ramasser du bois ou de pêcher au harpon. John avait mis très longtemps à se décider. Il avait fait le tour du cercle d'amis, pesant le pour et le contre de chacun. Peter courait très vite, Trevor était très fort, Genevieve était habile, Chris saurait se débrouiller dans une bagarre, et moi, je ne perdrais jamais l'espoir d'être secourue. Il avait fini par me choisir.

C'est le dernier été qu'on avait passé ensemble, et on était restés chaque jour dehors. En grandissant, on sort de moins en moins. Plus personne ne peut vous proposer « allons jouer dehors ». Cet été-là, on pouvait encore. Il paraît que c'était l'été le plus chaud depuis cent ans. On passait notre temps à vélo, à la piscine. On organisait des jeux...

Peter s'installe par terre et retire son manteau avant de l'étaler comme une couverture.

— Assieds-toi là.

J'obéis et il me tire vers lui par les chevilles, très précautionneusement, comme si j'étais un gros poisson qui risque de briser la ligne. Quand nous sommes genoux contre genoux, il m'embrasse : l'un de ces baisers doux qui semble vouloir dire « nous avons tout le temps ». Je frissonne, mais pas à cause du froid. Je suis nerveuse, j'ai le cœur qui palpite. Peter se penche vers moi et commence à m'embrasser le cou, descendant lentement vers ma clavicule. Je suis tellement prise dans l'instant que ça ne me chatouille pas, comme d'habitude, lorsque quelqu'un me touche le cou. Sa bouche est agréablement chaude. Je me laisse aller en m'appuyant sur les mains, il se penche davantage vers moi. Est-ce qu'on y est ? Est-ce que ce sera là ? Sur le plancher de la cabane dans l'arbre de Carolyne Pearce ?

Lorsqu'il passe les mains sous mon chemisier, sans détacher mon soutien-gorge, je sens une bouffée de panique. Je n'y avais pas réfléchi avant, mais les seins de Genevieve sont nettement plus gros que les miens. Va-t-il être déçu ?

Brusquement, je laisse échapper :

— Je ne suis pas prête à coucher avec toi.

Il relève aussitôt la tête.

— Bon sang, Lara Jean ! Tu m'as fait peur.

— Désolée. Je voulais juste que les choses soient claires, au cas où.

— C'était clair. (Peter m'adresse un regard blessé et se redresse, le dos très droit.) Je ne suis pas un homme des cavernes. Bon sang !

— Je sais. (Je me redresse à mon tour et je remets mon collier en place pour que le cœur soit bien devant.) C'est juste que... j'espère que tu ne pensais pas que, après m'avoir donné ce super-bijou, je...

Je m'interromps face à son regard noir.

— Désolée, désolée. Mais... est-ce que ça te manque ? Je veux dire, Genevieve et toi, vous le faisiez tout le temps.

Tout le monde a entendu des histoires sur la vie sexuelle de Kavinsky et Gen, qui l'ont fait dans la chambre des parents de Steve Bledell lors de sa fête de fin d'études, ou sur le fait que Gen a commencé à prendre la pilule en seconde. Comment un garçon habitué à des rapports ultra-réguliers peut-il être satisfait avec moi, une vierge, qui en est à peine au stade des caresses avec lui ? Pas satisfait. Ce n'est pas le mot que je cherche. Heureux.

— On ne le faisait pas tout le temps ! Et je ne veux pas parler de ça avec toi. C'est trop bizarre.

— Je craignais juste que, puisque je ne l'ai jamais fait alors que toi tu l'as déjà beaucoup fait, ça soit un manque. Peut-être que tu te sens... dans le besoin ? Est-ce que c'est comme si... Mettons que je n'aie jamais mangé de glace, donc je ne sais pas si c'est bon, mais quand j'en mange pour la première fois, je trouve ça si bon que j'en ai envie tout le temps...

Je me mordille la lèvre.

— Est-ce que ça te manque tout le temps ?
— Non !
— Sois honnête !
— Est-ce que j'aimerais faire l'amour avec toi ? Oui, bien sûr. Mais je ne veux pas te mettre la pression. Je n'ai jamais évoqué le sujet ! Et ce n'est pas comme si les garçons n'avaient pas d'autres moyens de… (Il rougit subitement.)… de se soulager.
— Alors… tu regardes du porno ?
— Lara Jean !
— Je suis d'une nature curieuse ! Tu le sais bien. Avant, tu répondais à toutes mes questions.
— C'était avant. Maintenant, c'est différent.

Parfois, Peter peut énoncer des vérités très profondes sans s'en apercevoir. C'est vrai. Les choses sont différentes. C'était plus simple avant. Avant que le sexe soit un sujet de discussion envisageable. J'hésite, puis je reprends :

— Dans le contrat, on promet de se dire toujours la vérité.
— D'accord, mais je ne te parlerai pas de pornographie.

Je m'apprête à poser une autre question, mais il ajoute :

— Tout ce que je peux te dire, c'est qu'un mec qui te dit qu'il n'en regarde jamais est un menteur.
— Alors tu en regardes.

Je hoche la tête. Bien. Bon à savoir.

— Tu sais, ces statistiques que les gens ressortent toujours, comme quoi les adolescents pensent au sexe toutes les sept secondes ? Est-ce que c'est vrai ?
— Non. Et je te ferai remarquer que c'est toi qui n'arrêtes pas d'évoquer le sujet. Je crois que les adolescentes sont aussi obsédées que les garçons.
— Peut-être.

Il écarquille les yeux, excité par cette réponse. Je reprends plus prudemment :

— Je veux dire, je suis curieuse. J'y pense effectivement. Mais je ne m'imagine pas passer à l'acte tout de suite. Avec qui que ce soit, même toi.

Je devine que Peter est gêné car il s'empresse de répondre :

— D'accord, d'accord, j'ai compris. Changeons de sujet. Je ne voulais même pas en parler, à la base, marmonne-t-il.

Je trouve ça mignon, qu'il soit embarrassé. Je ne l'aurais pas cru, avec toute son expérience. Je tire sur la manche de son pull.

— Quand je serai prête, si je le suis un jour, je te le dirai.

Puis je l'attire contre moi et pose doucement mes lèvres contre les siennes. Sa bouche s'entrouvre, comme la mienne, et je me dis que je pourrais embrasser ce garçon pendant des heures.

Au milieu du baiser, il reprend soudain la parole :

— Attends... Alors on ne fera jamais l'amour ? Jamais, jamais ?

— Je n'ai pas dit ça. Mais pas maintenant. Pas avant que je sois vraiment, vraiment sûre. D'accord ?

Il laisse échapper un rire.

— D'accord. C'est toi le chef. Depuis le début. J'essaie encore de comprendre la manœuvre !

Il se blottit contre moi et respire mes cheveux.

— Tu utilises un nouveau shampoing ?

— Je l'ai volé à Margot. Il est à la poire. Pas mal, hein ?

— Ouais, ça va. Mais tu pourrais revenir à l'ancien. Celui à la noix de coco, j'aime bien le parfum.

Une expression rêveuse passe sur son visage comme un brouillard matinal sur la ville.

— Si j'ai envie.

Il prend un air boudeur. Je prends plaisir à le voir bouillonner, mais je suis déjà en train de me dire que je devrais acheter une bouteille de masque capillaire à la noix de coco. Comme il l'a dit, c'est moi le chef. Peter m'attire contre lui. Le dos bien calé contre sa poitrine, je pose la tête sur son épaule et les bras sur ses genoux. C'est agréable. Chaleureux. Juste un instant pour lui et moi, loin du reste du monde.

On est encore dans cette position quand, soudain, je me souviens de quelque chose, quelque chose d'important. La capsule temporelle. La grand-mère de John Ambrose McClaren la lui avait donnée pour son anniversaire, lors de son entrée en cinquième. Il avait demandé un jeu vidéo, mais il avait reçu la capsule. Il avait décidé qu'il allait la jeter, puis il avait pensé que l'une des filles en voudrait peut-être. J'avais dit que ça m'intéressait, Genevieve avait répondu qu'elle aussi et, bien évidemment, Chris avait renchéri qu'elle en voulait également. Alors, j'avais eu l'idée de l'enterrer là, dans le jardin des Pearce, sous l'arbre à la cabane. Je m'étais emballée à cette idée et j'avais proposé que chacun dépose dedans quelque chose qu'il avait sur lui à ce moment-là. J'avais expliqué qu'on pourrait revenir la déterrer avant de partir en fac, pour nous souvenir.

— Tu te rappelles cette capsule temporelle qu'on avait enterrée ?

— Oh, oui ! Celle de McClaren. Déterrons-la !

Je proteste :

— On ne peut pas l'ouvrir si on n'est pas tous là. Tu as oublié ? On devait le faire après la fin du lycée.

À cette époque, je pensais qu'on serait toujours tous amis.

— Toi et moi, John, Trevor, Chris, Allie.

Je fais volontairement l'impasse sur le nom de Genevieve. Peter ne semble pas le remarquer.

— D'accord, d'accord, alors on attendra. Comme ma nana le souhaite !

XXX

Chère Lara Jean,

Je veux bien te rendre ta lettre à une condition. Tu dois me faire le serment solennel inviolable que tu me la renverras une fois que tu l'auras lue. J'ai besoin d'avoir une preuve tangible qu'une fille m'aimait bien au collège, sinon personne n'acceptera de me croire !

Soit dit en passant, ton gâteau au chocolat et au beurre de cacahuète était le meilleur que j'aie jamais mangé et je n'en ai jamais revu de pareil, surtout avec mon nom écrit en M&M's dessus. Il m'arrive encore d'y penser. Un garçon n'oublie pas un gâteau pareil.

J'ai une question à te poser. Combien de lettres as-tu écrites ? Je voudrais savoir si je dois me sentir vraiment spécial !

John

Cher John,

Moi, Lara Jean, fais par la présente le serment solennel, non, inviolable, de te renvoyer ma lettre intacte et inchangée. Maintenant, rends-la-moi !

Et puis, tu es un tel menteur ! Tu sais très bien que des tas de filles t'adoraient au collège. Pendant les soirées pyjama, il y avait toujours un débat entre team Peter et team John ! Ne fais pas celui qui ne savait pas, Johnny ! Et pour te répondre, il y avait cinq lettres. Cinq garçons qui ont compté dans ma vie. Mais maintenant que je l'écris, j'ai l'impression que c'est beaucoup, alors que je n'ai que seize ans. Je me demande combien il y en aura quand j'aurai vingt ans ! Il y a une femme dans la maison de retraite où je fais du bénévolat qui a eu plein de maris et a vécu mille vies. Quand je la regarde, je me dis qu'elle ne doit avoir aucun regret, car elle a tout fait et tout vu. Est-ce que je t'ai dit que ma sœur aînée, Margot, étudiait à Saint Andew, en Écosse ? C'est là que le prince William et Kate Middleton se sont rencontrés. Peut-être qu'elle aussi va rencontrer un prince, haha ! Où voudrais-tu aller étudier ? Sais-tu quel sujet tu choisiras ? Je pense que je resterai dans cet État, la Virginie a d'excellentes universités et ce sera moins cher, mais surtout je resterai près de ma famille, car je ne veux pas trop m'éloigner. J'avais pensé entrer à la fac tout en restant à la maison, mais je me dis qu'une résidence universitaire serait mieux pour vivre pleinement mes années d'études.

N'oublie pas de me renvoyer ma lettre,
Lara Jean

Papa est à l'hôpital, mais il a préparé des flocons d'avoine dans une grande casserole, le genre de récipient qui convient mieux à une soupe. Lorsque j'arrive, le gruau est devenu collant et je dois sacrifier une demi-bouteille de sirop d'érable et des cerises séchées pour pouvoir le manger. Je ne suis même pas sûre d'aimer l'avoine. J'ajoute des noix de pécan concassées dans mon bol et juste un peu de miel dans celui de Kitty.

— Viens manger ton gruau, lui dis-je.

Elle regarde la télé, bien sûr.

On s'assoit sur les tabourets du bar pour manger. J'avoue qu'il y a quelque chose de satisfaisant à sentir la pâte coller dans la bouche. Je mange en regardant par la fenêtre. Kitty claque des doigts devant moi.

— Allô ! Je t'ai posé une question.

— Le courrier est arrivé ?

— Le facteur ne passe pas avant midi le samedi, déclare Kitty en léchant le miel de sa cuillère. Pourquoi tu l'attends si impatiemment cette semaine, ajoute-t-elle en me scrutant.

— J'attends une lettre.

— De qui.

— De... personne d'important.

Quelle erreur de débutante ! J'aurais dû inventer un nom, car Kitty plisse les yeux et je sais que maintenant le sujet la passionne.

— Si ce n'était pas important, tu ne regarderais pas par la fenêtre comme une imbécile. Alors, de qui ?

— Puisque tu veux tout savoir, de moi. L'une de mes lettres d'amour que tu as postées. (Je lui pince le bras par-dessus la table.) Elle doit me revenir.

— De la part du garçon avec un drôle de nom. Ambrose. C'est quoi, ce nom, Ambrose ?

— Tu ne te rappelles pas ? Il vivait dans notre rue.
— Il avait les cheveux blonds. Et un skate. Il m'avait laissée jouer avec, une fois.
— Ça lui ressemble.

De tous les garçons que j'avais connus, il avait été le plus patient avec Kitty, alors qu'elle était insupportable.

— Arrête de sourire, m'ordonne Kitty. Tu as déjà un petit copain. Tu n'en as pas besoin de deux.

Mon sourire se fane.

— On s'écrit juste des lettres, Kitty. Et ne me parle pas sur ce ton.

Je me penche pour la pincer de nouveau, mais elle bondit hors de portée. Je change de sujet.

— Qu'est-ce que tu vas faire aujourd'hui ?
— Mme Rothschild avait dit qu'elle m'emmènerait avec Jamie au parc canin, explique-t-elle en posant son bol sale dans l'évier. Je vais aller le lui rappeler.

— Tu passes beaucoup de temps avec elle en ce moment.

Kitty hausse les épaules et je reprends d'une voix douce.

— Ne l'embête pas trop, d'accord ? Je veux dire, elle doit avoir une quarantaine d'années, elle doit avoir d'autres idées pour occuper son samedi. Aller à une dégustation de vin, dans un spa… Elle n'a pas besoin que tu la harcèles pour qu'elle sorte avec papa.

— Mme Rothschild adore passer du temps avec moi, alors garde tes critiques.

Je fronce les sourcils.

— Franchement, Kitty, tu as de sales manières.
— C'est la faute de Margot, papa et toi. C'est vous qui m'avez élevée comme je suis.

— Alors rien ne sera jamais ta faute, parce que tu as été mal élevée ?

— C'est ça.

Je laisse échapper un cri de frustration et Kitty file en fredonnant, ravie de m'avoir mise hors de moi.

Chère Lara Jean,

Il faut que tu saches que les filles ne faisaient attention à moi que parce que j'étais le meilleur ami de Peter. C'est uniquement pour ça que Sabrina Fox m'a demandé d'être son cavalier pour le bal des première année ! Elle a même essayé de s'asseoir à côté de lui au dîner, avant les danses.

Quant à l'université, mon père est allé en Caroline du Nord et il m'incite à faire comme lui. Il dit que j'ai du goudron dans le sang, comme les marins. Ma mère voudrait que je reste dans notre État. Je n'en ai parlé à personne, mais moi, j'aimerais aller à Georgetown. Je touche du bois. J'étudie pour les examens d'entrée en ce moment.

Bref... voilà ta lettre. N'oublie pas ta promesse. J'adore échanger des lettres avec toi, mais est-ce que je pourrais avoir aussi ton téléphone ? Tu n'es pas facile à trouver sur Internet.

À la lecture de ces mots, ma première pensée est qu'il n'a pas vu la vidéo. Je pense qu'au fond de moi cette idée m'inquiétait, parce que je suis soulagée de savoir qu'il n'a rien vu. C'est réconfortant de se dire qu'il peut penser à moi comme je pense à lui, sans que ses souvenirs ne soient parasités par un Jacuzzi. Honnêtement, John Ambrose McClaren n'est pas du genre à regarder Anonypute. Pas le John Ambrose McClaren dont je me souviens.

Je remarque qu'en bas de la lettre il a ajouté son numéro de téléphone.

Je cligne des paupières. Des lettres, c'est innocent, mais si John et moi commençons à discuter au téléphone, est-ce que je tromperais Peter d'une certaine façon ? Y a-t-il une différence entre des SMS et des lettres ? Le premier est plus immédiat, alors que le fait d'écrire, de choisir le papier et le stylo, de libeller l'enveloppe et de chercher un timbre, de poser la pointe sur la feuille blanche… c'est beaucoup plus réfléchi. Je rougis. C'est plus… romantique. Une lettre est quelque chose qu'on garde.

À ce propos… Je déplie la deuxième feuille glissée dans l'enveloppe. C'est un papier froissé que je reconnais bien. Une feuille couleur crème avec les initiales LJSC gravées en haut, en bleu marine. Un cadeau d'anniversaire de papa, parce qu'il sait que j'aime ce qui est frappé d'un monogramme.

Cher John Ambrose McClaren,

Je sais exactement quel jour tout a commencé. En automne, en quatrième. On a été surpris par la pluie en allant reposer les battes de softball après le cours de sport. On s'est mis à courir vers le gymnase, mais je n'allais pas aussi vite que toi, alors tu t'es arrêté pour me prendre la main. Je me souviens de ton allure, du fait que ton tee-shirt collait contre ton dos et que tes cheveux étaient trempés comme si tu sortais de la douche. Quand les gouttes avaient commencé, tu avais crié joyeusement, comme un gamin. Et puis il y avait eu cet instant où tu m'avais regardée droit dans les yeux avec un sourire immense qui te mangeait le visage. Et tu as dit : « Allez, viens LJ ! » C'est là. C'est à ce moment-là que je l'ai senti, de ma tête à mes baskets trempées. Je t'aime, John Ambrose

McClaren. Je t'aime vraiment. Je t'ai sans doute aimé pendant tout le collège. Je crois que tu m'aimais bien toi aussi. Si seulement tu ne devais pas déménager, John ! C'est injuste quand les gens doivent partir. C'est comme si leurs parents décidaient sans tenir compte des sentiments des autres. Je n'ai jamais eu de raison d'avoir mon mot à dire sur ta vie, je ne suis pas ta petite copine, ni rien. Mais au moins, toi, tu devrais pouvoir protester.
J'espérais pouvoir t'appeler Johnny. Un jour, ta mère est venue te chercher après les cours, et on était avec d'autres élèves sur les marches. Tu n'avais pas vu sa voiture, alors elle a klaxonné et appelé : « Johnny ! » J'ai bien aimé ce surnom. Johnny. Un jour, je devine que ta petite amie t'appellera Johnny. Elle aura de la chance. Peut-être que tu as déjà une petite copine. Si c'est le cas, sache qu'un jour, en Virginie, une fille t'a aimé.
Je ne le dirai qu'une fois, puisqu'on ne se reverra jamais.
Adieu, Johnny.
Avec tout mon amour,
Lara Jean

Je hurle de façon si forte et perçante que Jamie aboie d'un air paniqué.

— Désolée.

Je me laisse retomber contre mes oreillers.

Je n'arrive pas à croire que John Ambrose McClaren ait lu cette lettre. Je ne me souvenais pas qu'elle était si... intime. Qu'elle traduisait tant de... désir. Mon Dieu, pourquoi faut-il que je sois si intense dans mes sentiments ? C'est horrible. C'est absolument horrible. Je n'ai jamais été nue devant un garçon, mais maintenant j'ai l'impression que c'est ce qui m'arrive avec cette lettre. Je ne peux même pas regarder la feuille, ni penser à ce que j'ai écrit. Je me dépêche de la remettre dans l'enveloppe et je la fourre sous le lit comme si elle n'existait plus. Loin des yeux, loin du cœur.

Bien évidemment, il est hors de question que je renvoie cette lettre à John. Je me demande même si je dois lui écrire de nouveau. J'ai l'impression qu'entre nous les choses sont… changées, d'une certaine manière, faussées.

J'avais oublié cette lettre, à quel point il me manquait, à quel point j'étais sûre de moi, à quel point j'étais persuadée qu'on était faits l'un pour l'autre. Le souvenir de cette certitude me secoue. Je me sens ébranlée, incertaine. À la dérive. Qu'avait-il de si spécial qui me rendait si sûre de moi ?

Bizarrement, il n'y a aucune évocation de Peter dans ma lettre. Je dis que j'ai commencé à l'aimer en automne, en quatrième. J'aimais bien Peter à cette même période, il y avait donc clairement compétition. Quand a commencé un sentiment et quand l'autre est-il mort ?

La seule personne qui puisse le savoir est celle à qui je ne peux pas en parler.

Celle qui avait prédit que j'aimerais John.

Genevieve avait dormi chez moi presque toutes les nuits de cet été. Allie n'avait le droit d'aller dormir chez des amies que pour des occasions spéciales, alors on n'était généralement que toutes les deux. On se racontait en détail ce qui s'était passé avec les garçons dans la journée.

— Ça restera notre bande, avait-elle déclaré une nuit en bougeant à peine les lèvres.

On essayait des masques de beauté coréens que grand-mère nous avait envoyés, ceux qui ressemblent à des masques de ski et sont gorgés d'«essences», de vitamines et autres trucs comme au spa.

— Le lycée sera comme ça. Ce sera Peter et moi, McClaren et toi, et Chris et Allie pourront se partager Trevor. On sera des couples puissants.

— Mais John et moi, on ne s'aime pas comme ça.

Je gardais les dents serrées pour que mon masque ne tombe pas.

— Ça viendra.

Elle avait asséné cette prédiction comme un fait inévitable, et je l'avais crue. Je croyais tout ce qu'elle disait.

Mais rien ne s'est réalisé, à part son histoire avec Peter.

XXXI

Je suis assise en tailleur dans le couloir avec Lucas et on partage une barre glacée parfum charlotte aux fraises.

— Reste de ton côté, me rappelle-t-il alors que je penche la tête pour prendre une bouchée.

— C'est moi qui l'ai achetée ! dois-je lui rappeler. Lucas… est-ce que c'est tromper que d'écrire des lettres à quelqu'un d'autre ? Je demande pour une amie, pas pour moi.

— Non, répond Lucas. (Il hausse les sourcils.) Attends, on parle de lettres sexy ?

— Non !

— Du genre de la lettre que tu m'as écrite ?

J'émets un « non » faiblard. Il m'adresse un regard signifiant qu'il ne marche pas dans mon mensonge.

— Alors pas de problème. Techniquement, tu es réglo. Alors, tu écris à qui ?

J'hésite.

— Tu te rappelles John Ambrose McClaren ?

Il lève les yeux au ciel.

— Bien sûr que je me rappelle de John Ambrose McClaren. J'en pinçais pour lui en cinquième.

— Et moi en quatrième !

— Évidemment. Comme tout le monde. Au collège, on aimait John ou Peter. C'était les deux choix évidents. Comme Betty et Veronica. Sachant que John est Betty et Peter est Veronica. (Il s'interrompt un instant.) Tu te rappelles le bégaiement adorable de John ?

— Oui, j'avoue que ça m'a un peu manqué quand il a guéri. C'était si charmant, si gamin. Tu te rappelles ses cheveux de la couleur du beurre ? Je suis sûre que c'est exactement la teinte de la crème fraîchement sortie de la baratte.

— Je croyais que ça évoquait plutôt une soie couleur maïs sous la lune, mais oui. Qu'est-ce qu'il devient ?

— Je ne sais pas... C'est étrange, il y a le John que je connaissais au collège, qui n'est qu'un souvenir, et il y a le John de maintenant.

— Vous étiez sortis ensemble à l'époque ?

— Oh, non ! Jamais.

— C'est sans doute pour ça que tu es curieuse de ce qu'il est devenu.

— Je n'ai pas dit que j'étais curieuse.

Lucas m'adresse un regard blasé.

— Bien sûr que si. Et je ne te juge pas. Je serais curieux aussi.

— Je m'amuse à y réfléchir.

— Tu as de la chance.

— Comment ça ?

— D'avoir... le choix. Je veux dire, je n'ai pas fait de coming out officiel, mais même... Il doit y avoir, quoi, deux gays dans le lycée ? Mark Weinberger, qui a une tête de pizza, et Leon Butler.

Lucas frissonne en prononçant son nom.

— Eh bien quoi, Leon ?

— Ne me fais pas l'insulte de demander ! J'aimerais que le lycée soit plus grand. Il n'y a personne pour moi, ici.

Son regard se perd dans le vague, songeur. Parfois, quand je regarde Lucas, j'oublie qu'il est homosexuel et je voudrais pouvoir l'aimer encore.

Je lui prends la main.

— Un jour, bientôt, tu entreras dans le grand monde et tu auras tant de choix que tu ne sauras plus qui tu préfères. Tout le monde sera amoureux de toi, parce que tu es beau, charmant, et alors le lycée ne sera plus qu'un souvenir ennuyeux mais insignifiant.

Il sourit et son humeur morose s'envole aussitôt.

— Peut-être, mais toi, je ne t'oublierai pas.

XXXII

— Les Pearce ont fini par vendre leur maison, annonce papa en servant largement Kitty en salade d'épinards. Nous aurons de nouveaux voisins derrière la maison dans un mois.

— Ils ont des enfants ? demande Kitty.

— D'après Donnie, ils sont retraités.

Kitty émet un borborygme comme si elle s'étranglait.

— Des vieux ? Quel ennui ! Est-ce qu'ils ont au moins des petits-enfants ?

— Il n'a rien dit, mais je ne crois pas. Ils vont sûrement faire abattre le vieil arbre à la cabane.

Je m'arrête en pleine mastication.

— Ils vont démolir la cabane ?

Papa hoche la tête.

— Je crois qu'ils veulent mettre une véranda.

— Une véranda ! (Je suis estomaquée.) On s'est tellement amusés là-bas. Genevieve et moi, on jouait à Raiponce pendant des heures. Même si c'était toujours elle la princesse. Moi, je me contentais de rester en bas en l'appelant... (Je prends le temps de me concentrer sur mon accent britannique le plus convaincant.) « Raiponce, Raiponce, envoyez-moi vos longs cheveux, belle dame. »

— C'était quoi, cet accent ? raille Kitty.

— L'accent de Londres… je crois. Pourquoi ? Ce n'était pas bon ?

— Pas vraiment.

— Oh… (Je me tourne vers papa.) Quand est-ce qu'ils vont abattre l'arbre ?

— Je ne sais pas trop. Avant d'emménager, j'imagine, mais c'est difficile à dire.

Je me souviens d'une fois où j'ai regardé par la fenêtre et vu John McClaren, tout seul dans l'arbre. Il lisait. Je suis allé le rejoindre avec deux Coca et mon propre livre, et on a lu tout l'après-midi. Plus tard, Peter et Trevor Pike sont passés, et on a rangé nos livres pour jouer aux cartes. Mais à l'époque, j'étais transie d'amour pour Peter, je suis donc certaine que ce n'était pas romantique du tout. Pourtant, je me souviens que, si cet entracte paisible n'avait pas été interrompu, j'aurais apprécié de lire toute la journée en plaisante compagnie, en silence.

— On a enterré une capsule temporelle sous la cabane. (Je me confie à Kitty en mettant du dentifrice sur ma brosse.) Genevieve, Peter, Chris, Allie, Trevor, moi et John Ambrose McClaren. On comptait la déterrer après le lycée.

— Vous devriez carrément faire une fête avant que la cabane soit démolie ! s'exclame Kitty depuis les toilettes, pendant que je me brosse les dents. Tu pourras envoyer des invitations, ça serait sympa. Une espèce d'inauguration.

Je crache mon dentifrice.

— Oui, en théorie. Mais Allie a déménagé, et Genevieve est...

— Une grâce avec un « r » inversé ?

Je glousse.

— Ça lui va bien.

— Elle fait peur. Une fois, quand j'étais plus petite, elle m'a enfermée dans le placard à serviettes ! (Kitty tire la chasse d'eau.) Tu peux quand même organiser une fête, mais n'invite pas Genevieve. Ce serait idiot d'inviter l'ex de ton petit copain à une fête de capsule temporelle.

Comme s'il existait des règles de savoir-vivre précises concernant les personnes invitées à déterrer une capsule temporelle ! Comme si une fête de capsule temporelle existait vraiment !

Je pose ma brosse à dents en lui rappelant :

— Je t'ai sortie tout de suite de ce placard. Lave-toi les mains.

— J'allais le faire.

— Et brosse-toi les dents. (Je n'attends pas qu'elle réponde.) Ne dis pas que tu allais le faire, parce que je sais que c'est faux.

Kitty serait prête à tout pour échapper au brossage de dents.

Impossible de dire au revoir à la cabane sans une vraie fête d'adieu. Ce serait horrible. On avait promis de revenir. Je ferai une fête, avec un thème. Genevieve trouvera ça stupide et infantile, mais je ne l'inviterai pas de toute façon, alors je me moque de ce qu'elle pensera. Il n'y aura que Peter, Chris, Trevor et... John. Je dois l'inviter. En tant qu'ami, c'est tout.

Qu'est-ce qu'on mangeait cet été-là ? Des Curly au fro-mage. Des sandwichs à la crème glacée avec des gaufrettes au chocolat qui nous collaient aux doigts. Le jus de fruits coulait à flots. On apportait des packs de Capri-Sun quand on le pouvait. John avait toujours un sandwich à deux étages préparé par sa mère, beurre de cacahuète et confiture, dans un sac à glissière. Il faudra que je m'assure de trouver tout ça pour la fête.

Quoi d'autre ? Trevor avait des haut-parleurs portables qu'il gardait toujours sur lui. Son père adorait le rock des années soixante et, cet été-là, il avait écouté *Sweet Home Alabama* tant de fois que Peter avait jeté les écouteurs hors de la cabane. Trevor ne lui avait plus parlé pendant des jours. Trevor Pike avait des cheveux châtains qui frisaient quand ils étaient mouillés, il était dodu comme un garçon de son âge (les joues et le ventre). C'était avant son pic de croissance, qui a tout rééquilibré. Il avait tout le temps faim et rôdait autour des placards des gens. Il allait faire pipi, mais revenait avec une glace, une banane, un cracker au fromage, ce qu'il trouvait. Trevor était le numéro trois de la bande de Peter, après John et lui. Maintenant, ils ne se voient plus autant. Trevor traîne avec des amateurs de courses de voitures. On n'a plus de cours ensemble, je suis dans les groupes avancés alors que Trevor n'a jamais aimé l'école ni décroché de bonnes notes. Mais on s'amusait bien.

Je me rappelle le jour où Genevieve était venue chez moi en pleurant pour m'annoncer qu'elle allait déménager. Pas loin, elle prendrait toujours le bus avec nous pour aller au collège, mais elle ne pourrait plus venir avec nous à vélo ou à pied. Peter était triste, mais il l'avait réconfortée en la prenant dans ses bras. Je me souviens que je les avais trouvés très matures, comme de vrais adolescents amoureux. Puis Chris et Gen s'étaient disputées, pire que d'habitude, mais je ne sais plus à propos de quoi. Quelque chose qui concernait leurs parents, peut-être. Quand les adultes se disputaient, leurs querelles se répercutaient sur les enfants à la vitesse de l'éclair.

Gen avait déménagé, et on était encore amies, puis en quatrième, à la fête du collège, elle m'avait laissée tomber. J'imagine qu'il n'y avait plus de place pour moi dans sa vie. J'avais cru la connaître pour toujours. Je pensais qu'elle serait l'une de ces personnes qui font partie de votre vie à jamais, quoi qu'il arrive. Mais ça ne s'est pas passé comme ça. Trois ans plus tard, on est comme des étrangères. Je sais qu'elle a filmé la vidéo, je sais qu'elle l'a envoyée à Anonypute. Comment pourrais-je lui pardonner ?

XXXIII

Josh a une nouvelle petite amie : Liza Booker. C'est une fille de son club de comics. Elle a des cheveux châtains crépus, de jolis yeux, de gros seins et un appareil dentaire. Elle est en dernière année, comme lui, et très intelligente, comme lui. Mais je n'arrive pas à croire qu'il soit avec une autre que Margot. Par rapport à ma sœur, Liza Booker, ses beaux yeux et ses gros seins ne valent rien.

Je voyais souvent une voiture que je ne connaissais pas dans l'allée de Josh, et aujourd'hui, en allant relever le courrier, je l'ai vue sortir de la maison avec Josh et aller jusqu'à la voiture, où il l'a embrassée. Exactement comme il embrassait Margot autrefois.

J'attends qu'elle soit partie et qu'il s'apprête à rentrer pour l'interpeller.

— Alors, Liza et toi, hein ?

Il se retourne et a au moins la décence de prendre un air penaud.

— Oui, on se voit. Ce n'est pas sérieux ni rien. Mais je l'aime bien.

Josh se rapproche de moi. Je ne peux pas me retenir.

— Tous les goûts sont dans la nature. Que tu puisses la préférer à Margot...

J'émets un petit rire vexé qui me surprend autant que lui, maintenant qu'on est en bons termes, même si on n'est plus amis comme avant. C'était méchant de dire ça. Je ne l'ai pas dit pour médire vraiment sur Liza Booker, que je ne connais même pas, je l'ai dit par solidarité avec ma sœur. Au nom de ce que Josh et elle représentaient l'un pour l'autre.

— Je ne la préfère pas, murmure-t-il. Tu le sais très bien. Je connaissais à peine Liza en janvier.

— D'accord, alors pourquoi pas Margot?

— Ça ne pouvait pas marcher entre nous. Je tiens toujours à elle, je l'aimerai toujours, mais elle a eu raison de rompre quand elle est partie. Les choses seraient devenues difficiles.

— Est-ce que ça n'aurait pas valu la peine d'essayer? Pour être sûr?

— Ça se serait fini pareil, et ce même si elle n'était pas allée en Écosse.

Je m'aperçois qu'il se braque en voyant son menton étroit se relever et sa bouche se pincer. Je sais qu'il n'ajoutera rien, ça ne me regarde pas, pas vraiment. C'est une histoire entre Margot et lui, et peut-être que lui-même ne sait pas tout sur le sujet.

XXXIV

CHRIS ARRIVE CHEZ moi avec des reflets lavande dans les cheveux. Elle baisse sa capuche en entrant et me demande :
— Tu en penses quoi ?
Je reste neutre.
— C'est joli.
« Comme un œuf de Pâques », articule Kitty sans pro-noncer les mots.
— Je l'ai surtout fait pour emmerder ma mère, déclare Chris.
Il y a une note d'incertitude dans sa voix, qu'elle tente de masquer.
— Ça te donne un air raffiné.
Je touche le bout de ses cheveux. J'ai l'impression de toucher du synthétique, comme sur une Barbie qu'on a lavée.
« Comme une grand-mère », articule de nouveau Kitty, et je lui lance un regard noir.
— C'est vraiment à chier ? s'inquiète Chris en se mordant la lèvre inférieure.
— Arrête de jurer devant ma sœur ! Elle a dix ans !

— Désolée. C'est vraiment pourri ?

— Oui, répond Kitty sans hésiter.

Il faut lui reconnaître le mérite de ne jamais hésiter à affirmer la dure vérité.

— Pourquoi tu n'es pas allée dans un salon te faire faire une couleur correcte ?

Chris passe les doigts dans ses mèches.

— C'est ce que j'ai fait. (Elle soupire.) Mer… Zut. Je devrais peut-être couper les pointes.

— J'ai toujours pensé que les cheveux courts t'iraient bien. Mais honnêtement, je ne crois pas que ta couleur lavande soit si laide. C'est même assez joli. Comme l'intérieur d'un coquillage.

Si j'avais le courage de Chris, je me couperais les cheveux très courts, comme Audrey Hepburn dans *Sabrina*. Mais je n'ai pas cette audace, et je sais que je regretterais aussitôt mes queues-de-cheval, mes nattes, mes anglaises…

— Bon. Je vais peut-être laisser ça comme ça quelque temps.

— Tu pourrais essayer de faire un soin revitalisant intensif, pour voir si ça aide, conseille Kitty.

Chris la fusille du regard.

— J'ai un masque capillaire coréen que m'a envoyé ma grand-mère, dis-je en lui passant le bras autour des épaules.

On monte à l'étage et Chris se rend dans ma chambre pendant que je vais chercher le masque dans la salle de bains. Je reviens avec le flacon de produit et je trouve Chris assise en tailleur sur le sol, occupée à fouiller dans ma boîte à chapeau.

— Chris ! C'est privé !

— C'était posé juste là !

Elle tend la carte de Saint-Valentin de Peter.

— C'est quoi ?

Je réponds avec fierté :

— C'est un poème qu'il m'a écrit, pour la Saint-Valentin.

Chris regarde le papier.

— Il a dit qu'il l'avait écrit ? Quel sac à merde ! C'est un poème d'Edgar Allan Poe.

— Non, Peter l'a fait lui-même.

— C'est un extrait du poème *Annabel Lee* ! Je l'ai étudié en cours de rattrapage d'anglais au collège. Je m'en souviens parce qu'on est allés au musée Edgar Allan Poe, puis sur un bateau appelé l'*Annabel Lee*. Le poème était encadré dans la cabine !

Je n'arrive pas à y croire.

— Mais… il a dit qu'il l'avait écrit pour moi.

Elle glousse, moqueuse.

— Du grand Kavinsky. (Elle remarque que je ne suis pas amusée.) Oh, peu importe. C'est l'intention qui compte, non ?

— Oui, sauf que ce n'est pas vraiment son intention.

J'étais si heureuse d'avoir reçu ce poème. Personne ne m'avait jamais écrit de déclaration d'amour et voilà que, pour ma première, je n'ai reçu qu'un plagiat. Une copie bâclée.

— Ne le prends pas mal, je trouve ça marrant ! Il essayait clairement de t'impressionner !

J'aurais dû me douter qu'il ne l'avait pas écrit. Il lit à peine pendant son temps libre, comment écrirait-il des poèmes ?

— Enfin, au moins, le collier est vrai.

— Tu es sûre ?

Je lui adresse un regard assassin.

***

Quand j'ai Peter au téléphone, le soir, je suis bien décidée à le mettre face à la vérité concernant le poème, ne serait-ce que pour me moquer un peu. Mais la conversation part sur son match de vendredi.

— Tu vas venir, hein ? presse-t-il.

— Je voudrais bien, mais j'ai promis à Stormy de lui teindre les cheveux vendredi.

— Tu ne peux pas reporter à samedi ?

— Je ne peux pas, j'organise la fête de la capsule temporelle. C'est pour ça que je dois faire la teinture vendredi...

Je sais que ça ressemble à une mauvaise excuse. Mais j'ai promis. Et puis... je ne pourrais pas aller en bus avec Peter et je ne me sens pas prête à conduire quarante-cinq minutes pour aller dans un lycée que je ne connais pas. Il n'a pas besoin de moi, de toute façon, contrairement à Stormy.

Il ne dit rien.

— Je viendrai la prochaine fois, promis.

— La copine de Gabe vient à chaque match, explose-t-il. Elle se peint son numéro de maillot sur la joue à chaque fois qu'il joue, alors qu'elle n'est même pas de notre lycée !

— Tu as fait quatre matchs et j'en ai vu deux !

À mon tour d'être contrariée. Je sais que la crosse compte beaucoup pour lui, mais elle ne prime pas sur mes engagements à Belleview.

— Et tu sais quoi ? Je sais que tu n'as pas écrit le poème que tu m'as donné à la Saint-Valentin. Tu l'as copié sur Edgar Allan Poe !

— Je n'ai jamais dit que c'était moi qui l'avais imaginé, proteste-t-il, sur la défensive.

— Si. Tu t'es comporté comme si c'était ton œuvre.

— Je ne voulais pas, mais tu étais si contente ! Désolé d'avoir voulu te rendre heureuse.

— Tu sais quoi ? J'allais te faire des cookies au citron pour ton match, mais maintenant je pense que non.

— Très bien, et d'ailleurs, je ne crois pas que je pourrai venir à ta fête à la cabane samedi. Je serai peut-être trop fatigué après mon match.

Je hoquette d'horreur.

— Tu as intérêt à venir !

Ce sera déjà en petit comité, et on n'est jamais sûr que Chris vienne. Impossible qu'il n'y ait que Trevor, John et moi. Trois personnes, ce n'est pas une fête.

Il répond d'un ton agacé :

— Ouais, ben alors, il vaudrait mieux que je trouve des cookies au citron dans mon casier le jour du match.

— Très bien.
— Très bien.

***

LE VENDREDI, JE lui apporte les biscuits et je porte son numéro sur la joue. Il est ravi. Il me prend dans ses bras et me soulève dans les airs, avec un sourire radieux. Je me sens coupable de ne pas l'avoir fait plus tôt, parce qu'il ne m'a pas fallu beaucoup d'efforts pour le rendre heureux. Je comprends que ce sont les petites choses, les détails qui font qu'une relation fonctionne. Et je prends également conscience que j'ai le pouvoir de le blesser autant que de lui remonter le moral. Cette idée éveille un sentiment déstabilisant et indéfinissable dans ma poitrine, et je ne peux l'expliquer.

XXXV

J'AVAIS CRAINT QU'IL fasse trop froid pour rester longtemps dans la cabane, mais il fait très chaud pour la saison, à tel point que papa se lance dans un discours sur le changement climatique et que Kitty et moi devons le faire taire.

Je vais chercher une pelle dans le garage et j'entreprends de déterrer la capsule. Le sol est dur, et il me faut longtemps pour creuser assez, mais je finis par heurter un objet en métal. La capsule ressemble à un thermos futuriste. La pluie, la neige et la boue ont attaqué le métal, mais pas autant que je l'avais pensé, sachant que l'objet est resté près de quatre ans sous terre. J'emporte la capsule à la maison pour la laver et la faire briller de nouveau.

Vers midi, je remplis un sac de gaufrettes glacées, de jus de fruits et de Curly, et je me dirige vers la cabane. J'essaie de traverser la cour des Pearce sans perdre mon sac, ni les haut-parleurs, ni mon téléphone, quand j'aperçois John Ambrose McClaren devant l'arbre, qui regarde la cabane les bras croisés.

Même quand il est de dos, je serais capable de reconnaître ses cheveux blonds entre mille.

Je m'arrête, brusquement nerveuse et assaillie de doutes. Je pensais que Peter ou Chris seraient avec moi à son arrivée, pour qu'il n'y ait pas de malaise. Pas de chance.

Je pose mes affaires et je m'approche pour tapoter son épaule, mais il se retourne avant que j'aie pu le toucher. Je recule d'un pas.

— Eh ! Salut !

— Eh ! s'exclame-t-il avant de m'observer longuement. C'est vraiment toi ?

— C'est moi.

— Ma correspondante, l'insaisissable Lara Jean Covey que j'ai aperçue à la SNU mais qui a disparu sans dire un mot ?

Je me mords la joue.

— Je suis sûre que je t'ai au moins dit bonjour.

— Non, je suis sûr que non, répond-il, provocateur.

Il a raison, je n'ai rien dit. J'étais trop nerveuse. Un peu comme maintenant. Sans doute à cause de cette distance entre quelqu'un qu'on a connu enfant et qu'on retrouve adolescent mais pas encore adulte. Et puis il y a ces lettres échangées. Je ne sais pas comment me comporter.

— Enfin, bref… Tu sembles… plus grand.

Il y a plus que ça. Maintenant que je peux prendre le temps de bien l'observer, je remarque plein de choses. Avec ses cheveux clairs, sa peau laiteuse et ses joues roses, il pourrait être le fils d'un fermier anglais. Mais il est fin et mince, disons le fils rêveur d'un fermier, qui se cache dans la grange pour lire. Cette idée me fait sourire, et John me regarde curieusement sans poser de question.

Il hoche la tête.

— Toi… tu n'as pas du tout changé.

Gloups. Est-ce une bonne ou une mauvaise chose ?

— Vraiment ?

Je me dresse sur la pointe des pieds.

— Je crois que j'ai au moins pris quelques centimètres depuis la quatrième.

Et mes seins sont quand même plus gros. Pas beaucoup. Je ne tiens pas à ce qu'il remarque ça, bien sûr, mais tout de même.

— Non, tu es… comme dans mon souvenir.

John Ambrose se penche vers moi. Je crois qu'il va me prendre dans ses bras, mais il veut juste me débarrasser de mon sac, et on exécute une espèce de danse maladroite qui me mortifie mais ne semble pas le déranger.

— Merci de m'avoir invité.

— Merci d'être venu.

— Tu veux que je porte ça pour toi ?

— Oui, merci.

Il prend le sac et regarde dedans.

— Oh, ouah, nos vieux goûters ! Grimpe la première, je te les passerai !

Je monte l'échelle et il me suit. Je m'accroupis sur le plancher, les bras tendus, prête à recevoir le sac.

Mais il s'arrête à la moitié du chemin et me regarde.

— Tu portes toujours les cheveux coiffés en jolie natte.

Je touche ma coiffure. De toutes les choses dont il se souvient… À l'époque, c'était Margot qui nouait mes che-veux.

— Tu la trouves jolie ?

— Oui, comme… une brioche très chère !

J'éclate de rire.
— Une brioche !
— Oui. Ou… comme Raiponce.

Je me mets à plat ventre, me tortille jusqu'au bord et fais mine de dérouler de longs cheveux vers lui. Il finit de monter l'échelle et me passe le sac.

Je le prends et il sourit en tirant légèrement sur ma natte. Je suis toujours allongée, et une décharge électrique me saisit. Je me sens brusquement très angoissée par les univers qui pourraient se heurter, le passé et le présent, une correspondante et son ami. Tout ça se bouscule dans la petite cabane. J'aurais peut-être dû réfléchir un peu à tout ça avant. Mais j'étais si concentrée sur la capsule temporelle, les goûters et l'envie de réunir de vieux amis pour tenir une promesse… Et voilà, maintenant, on y est.

— Tout va bien ? me demande-t-il en me tendant la main pour que je me relève.

Je me redresse sans son aide, je ne veux pas d'un nouveau contact électrique. Je m'efforce de prendre un ton guilleret.

— Super bien.

— Eh, tu ne m'as pas renvoyé ta lettre, me reproche-t-il. Tu as violé le serment inviolable !

Je ris, mal à l'aise. J'avais un peu espéré qu'il n'évoquerait pas la question…

— C'était trop gênant. Ces choses que j'ai écrites… Je ne supportais pas de savoir que quelqu'un d'autre les lirait.

— Mais je les avais déjà lues, me rappelle-t-il.

Heureusement, Chris et Trevor Pike arrivent enfin, ce qui met un terme à la conversation sur la lettre. Ils se jettent aussitôt sur les goûters. Peter est en retard. Je lui envoie un SMS sévère.

J'espère que tu es en route.
Puis un autre juste derrière.

Ne réponds pas si tu conduis. C'est dangereux.

Alors que je vais renvoyer un message, je vois apparaître sa tête à la porte de la cabane et il entre. Je vais pour le prendre dans mes bras quand, juste derrière lui, je vois arriver Genevieve. Mon corps se glace.

Je regarde l'un, puis l'autre. Elle passe à côté de moi sans un mot et va serrer John contre elle.

— Johnny! glapit-elle, et il rit.

Je sens la morsure de la jalousie me tordre le ventre. Tous les garçons doivent-ils tomber sous son charme?

Pendant leurs retrouvailles, Peter m'adresse un regard suppliant. Il articule silencieusement « Ne te fâche pas » et réunit les mains en un geste de prière. J'articule à mon tour « C'est une blague? » et il grimace. Je n'ai jamais clairement dit que je ne l'invitais pas, mais je pensais que c'était évident. Puis je réfléchis. *Attends voir...* Ils sont venus ensemble. Il était avec elle et ne m'a rien dit, et, maintenant, il l'amène ici, chez moi. Ou plutôt chez mes voisins... Cette fille qui m'a fait du mal, qui nous a blessés tous les deux.

Peter et John tombent dans les bras l'un de l'autre, se claquent les paumes, comme de vieux compagnons de guerre, des frères d'armes séparés par la vie.

— Ça fait trop longtemps, bordel, mec! s'exclame Peter.

Genevieve a déjà ouvert sa doudoune blanche pour se mettre à l'aise. Si j'ai eu une seconde pendant laquelle j'aurais pu la mettre à la porte avec Peter, l'instant est passé.

— Salut, Chrissy, sourit-elle en s'installant sur le sol. Jolie couleur.

Chris la fusille du regard.

— Qu'est-ce que tu fous là ?

J'adore sa façon de le dire. Je l'adore !

— Peter était avec moi, et il m'a raconté ce que vous alliez faire aujourd'hui. (Genevieve se débarrasse de sa veste d'un haussement d'épaules.) Mon invitation a dû se perdre.

Je ne réponds pas, que puis-je dire devant tous ces gens ? Je m'assois juste les genoux contre la poitrine. Maintenant que je suis tout près d'elle, je m'aperçois combien la cabane est petite. Il y a à peine la place pour entasser tous ces bras et ces jambes ; les garçons ont tellement grandi ! Avant, on avait tous plus ou moins le même gabarit.

— Mon Dieu, cet endroit a-t-il toujours été si petit ? demande Genevieve à la ronde. Ou est-ce qu'on a grandi à ce point ? (Elle rit.) Sauf toi, Lara Jean. Tu es toujours toute rikiki, à tenir dans une poche.

Elle le dit comme une gentille remarque, d'un ton sucré. Sucré comme du lait concentré. Sucré, condensé, super-épais à avaler.

Je joue le jeu et souris. Je ne lui ferai pas le plaisir de m'énerver. John lève les yeux au ciel.

— Toujours la même, Gen, remarque John d'un ton neutre, avec une affectation visible.

Elle lui adresse son sourire charmeur, en plissant le nez, comme s'il venait de la complimenter. Mais John me regarde en levant le sourcil d'un air sardonique et, d'un coup, je me sens mieux. D'une certaine façon, la présence de Gen complète étrangement le cercle. Elle va reprendre ce qui lui appartient dans la capsule, et notre histoire d'amitié connaîtra sa conclusion.

— Trev, passe-moi une gaufrette glacée, réclame Peter en se serrant entre Genevieve et moi. Il étend ses grandes jambes au centre du cercle, et tout le monde bouge pour lui laisser la place.

Je repousse ses grandes pattes pour poser la capsule au milieu du groupe.

— Voilà, tout le monde. Nos trésors d'enfants.

J'essaie d'ouvrir le couvercle d'un geste théâtral, mais il est coincé. Je me démène et utilise mes ongles. Je regarde Peter qui fouille dans le sac de gaufrettes, indifférent, et John se lève pour venir m'aider. Il sent le savon au pin. J'ajoute ce détail aux nouvelles choses que j'ai apprises sur lui.

— Alors, comment on s'y prend ? demande Peter, la bouche pleine. On renverse au milieu ?

J'avais réfléchi à la manière de faire.

— Je crois qu'on devrait prendre quelque chose dedans chacun notre tour, pour faire durer, comme quand on ouvre les cadeaux le matin de Noël.

Genevieve se penche, impatiente. Je ne regarde pas et plonge la main dans le cylindre, et je tire la première chose que je touche. C'est drôle, j'avais oublié ce que j'avais mis dedans, mais je le reconnais aussitôt, même sans le voir. C'est un bracelet d'amitié que Genevieve m'avait fait à l'époque où on adorait tisser, en CM2. Il est à chevrons roses, blancs et bleu pâle. Je lui en avais tissé un aussi, violet et jaune. Elle ne doit même plus s'en souvenir. Je la regarde et je ne lis aucune réaction sur son visage. Elle a oublié.

— Qu'est-ce que c'est ? demande Trevor.

— C'est à moi. C'est… un bracelet que je portais souvent.

Peter me tape le pied du sien.

— Ce bout de fil était ton plus grand trésor ? se moque-t-il.

John m'observe.

— Tu le portais tout le temps.

C'est mignon qu'il s'en rappelle.

Une fois qu'on l'a mis, on n'est pas censé l'enlever, mais je l'avais sacrifié pour la capsule temporelle, parce que je l'aimais profondément. C'est peut-être ce qui a gâté mon amitié avec Gen. La malédiction du bracelet d'amitié.

— À toi, dis-je à John.

Il plonge la main et sort une balle de base-ball.

— C'est la mienne, croasse Peter. Quand j'avais réussi un *home run* à Claremont Park.

John lui lance la balle et il la rattrape. Il l'examine et s'exclame :

— Regarde, je l'avais signée et datée !

— Je m'en souviens, murmure Genevieve en inclinant la tête. Tu es sorti du terrain pour venir m'embrasser devant ta mère. Tu te rappelles ?

— Heu… pas vraiment, marmonne Peter.

Il regarde fixement la balle en la faisant tourner dans sa main, comme fasciné. Je n'arrive pas à le croire. Vraiment pas.

— Maaalaise, glousse Trevor.

— Je peux la garder ? demande Gen d'une voix douce, comme s'ils n'étaient que tous les deux.

Les oreilles de Peter rougissent et il me regarde d'un air paniqué.

— Covey, tu la veux ?

— Non.

Je détourne la tête et saisis le paquet de Curly. J'en prends une poignée que j'engouffre tout entière dans ma bouche. Je suis furieuse. Seule une bouche pleine de chips peut encore m'empêcher de lui hurler dessus.

— Bon, alors je la garde, dit-il en la glissant dans sa poche de manteau. Owen en voudra peut-être. Désolé, Gen.

Il s'empare de la capsule et fouille dedans. Il sort une vieille casquette de base-ball aux couleurs des Orioles de Baltimore. Il s'exclame un peu trop fort :

— McClaren, regarde ce que j'ai là !

Un sourire illumine le visage de John comme un soleil se levant lentement. Il s'empare de la casquette et l'enfile en ajustant la taille.

— C'était vraiment ce à quoi je tenais le plus, déclare-t-il.

Il l'avait portée même pendant l'automne. J'avais demandé à papa de m'acheter un tee-shirt aux couleurs des Orioles parce que je pensais que John McClaren serait impressionné. Je ne l'avais porté que deux fois, je crois qu'il n'avait même pas remarqué. Mon sourire se fane quand je m'aperçois que Genevieve me regarde. Nos yeux se croisent et une lueur entendue dans ses yeux me donne des picotements. Elle se détourne mais, cette fois, c'est elle qui sourit.

— Les Orioles sont nuls, déclare Peter en s'appuyant contre le mur.

Il prend un nouveau sandwich glacé.

— Passe-m'en un, demande Trevor.

— Désolé, c'est le dernier, déclare Peter en mordant dans la gaufrette.

John croise mon regard et cligne de l'œil.

— Le même Kavinsky.

Je ris. Je sais qu'il pense à nos lettres. Peter lui sourit à son tour.

— Eh, tu ne bégaies plus.

Je me fige. Comment peut-il aborder le sujet si légèrement ? Personne n'osait parler à John de son bégaiement au collège. Ça le rendait si timide. Mais cette fois, John se contente de sourire en haussant les épaules.

— Je le dois à mon orthophoniste de quatrième, Elaine.

Il semble si confiant ! Peter cligne des yeux, pris de court. Il ne connaît pas ce John McClaren. C'était Peter le chef, pas John. Lui suivait les ordres. Peter est resté le même, mais John a changé. Maintenant, c'est Peter qui est moins sûr de lui.

Chris pioche ensuite. Elle sort une bague avec une petite perle au centre. Un bijou d'Allie, un cadeau de confirmation de sa tante. Elle adorait cette bague. Il faudra que je la lui envoie. Trevor sort son propre trésor, une carte de base-ball avec un autographe. Genevieve sort le trésor de Chris, une enveloppe avec un billet de vingt dollars dedans.

— Ouais ! s'exclame Chris. J'étais vraiment un petit génie.

On se claque les paumes.

— Et toi, Gen ? demande Trevor.

Elle hausse les épaules.

— Je n'ai rien dû mettre dans la capsule.

— Mais si, dis-je en brossant la poudre orange des Curly de mes doigts. Tu étais là.

Je me souviens qu'elle hésitait entre une photo de Peter et elle, et la rose qu'il lui avait offerte pour son anniversaire. Mais je ne me rappelle plus son choix.

— Eh bien, il ne reste rien dedans, donc je n'ai rien dû y mettre. Peu importe.

Je jette un coup d'œil dans la capsule pour être sûre. Elle est vide.

— Vous vous rappelez quand on jouait aux assassins ? demande Trevor en pressant sa poche de Capri-Sun pour en extraire les dernières gouttes.

Oh, j'adorais ce jeu ! C'était une sorte de chat perché. Tout le monde tirait un nom dans un chapeau et chacun devait toucher la personne désignée. Une fois la cible atteinte, il fallait toucher celui que la victime aurait dû attraper. Il fallait être discret, se faufiler et se cacher. Une partie pouvait durer des jours.

— On m'appelait la Veuve noire, déclare fièrement Genevieve avec un petit roulement d'épaules vers Peter. Je gagnais plus que tout le monde.

— Arrête, se moque Peter, j'ai gagné plein de fois.
— Moi aussi, intervient Chris.

Trevor me désigne du doigt.

— La P'tite J était la moins douée. Je crois que tu n'as pas gagné une seule fois !

Je fais la moue. La P'tite J. J'avais oublié qu'il me surnommait comme ça. Mais il a raison : je n'ai jamais gagné. Pas une seule fois. La seule partie où j'ai bien tenu, Chris m'a eue à une compétition de natation de Kitty. Je pensais être en sécurité parce que c'était tard. J'étais si proche de la victoire que j'en sentais presque la saveur.

Chris croise mon regard et je sais qu'elle s'en souvient aussi. Elle m'adresse un clin d'œil, et je lui jette en retour un regard mauvais.

— Lara Jean n'a pas l'instinct du tueur, c'est tout, déclare Genevieve en regardant ses ongles.

— Tout le monde ne peut pas être une veuve noire.
— En effet.

Je serre les dents.

— Tu te rappelles la fois où je t'ai attrapé ? demande John à Peter. Je me cachais derrière la voiture de ton père avant les cours, mais c'est lui qui est sorti, pas toi. Je lui ai fait peur, et on a crié tous les deux !

— Et on a dû arrêter quand Trevor est venu à la boutique de ma mère avec son masque de ski, ricane Peter.

Tout le monde rit, sauf moi. Je rumine encore la remarque de Genevieve sur mon absence d'instinct du tueur. Trevor est si hilare qu'il peine à parler.

— Elle a failli appeler la police ! parvient-il à postillon-ner.

Peter me redonne une tape du pied dans les baskets.

— On devrait rejouer.

Il essaie de revenir dans mes bonnes grâces, mais je ne suis pas prête à lui pardonner, alors je hausse simplement les épaules et arbore un air un peu froid. Pourtant, j'aimerais ne pas lui en vouloir, parce que j'ai vraiment envie de refaire une partie. Je veux prouver que j'ai aussi l'instinct du tueur, que je ne suis pas un assassin raté.

— On pourrait, renchérit John, en souvenir du bon vieux temps. (Il croise mon regard.) Encore un essai, Lara Jean.

Je souris. Chris lève un sourcil.

— Qu'est-ce que le vainqueur gagne ?

— Eh bien... rien, dis-je. C'est juste pour s'amuser.

Trevor grimace.

— Il faudrait un prix, insiste Genevieve. Sinon, à quoi bon ?

Je réfléchis à toute vitesse. Qu'est-ce qui ferait un bon trophée ? Je laisse échapper quelques idées :

— Des tickets de cinéma ? Le gâteau préféré du gagnant ?

Personne ne dit rien.

— On pourrait tous miser vingt dollars, propose John.

Je lui adresse un regard reconnaissant et un sourire.

— L'argent, c'est d'un ennui, proteste Gen en s'étirant comme un chat.

Je lève les yeux au ciel. Qui lui a demandé son avis ? Je ne voulais même pas qu'elle vienne.

— Hum, et si le gagnant avait droit au petit déjeuner au lit pendant une semaine tous les jours ? propose Trevor. On pourrait opter pour des pancakes le lundi, une omelette le mardi, des gaufres le mercredi, etc. On est six, alors…

Genevieve frémit.

— Je ne prends pas de petit déjeuner.

Tout le monde grogne.

— Pourquoi tu ne proposes pas, au lieu de dire non à tout ? coupe Peter.

Je me cache derrière ma natte pour que personne ne me voie sourire.

— Très bien.

Gen réfléchit une minute, puis affiche un sourire de triomphe. Elle a sa tête des grandes idées, et ça me rend ner-veuse. Lentement, elle annonce son plan d'un air solennel.

— Le gagnant aura droit à un vœu.

— Exaucé par qui ? Tout le monde ? demande Trevor.

— N'importe qui parmi les joueurs.

— Une minute, interrompt Peter. On signe pour quoi, exactement, là ?

Gen est visiblement très fière d'elle.

— Un vœu, et l'autre doit le lui accorder.

Elle ressemble à une reine maléfique. Mais Chris a les yeux qui brillent.

— On peut demander ce qu'on veut ?

— Dans la limite du raisonnable, dis-je vivement.

Ce n'est pas du tout ce que j'avais prévu, mais, au moins, les autres ont l'air prêts à jouer.

— Le « raisonnable », c'est très subjectif, tempère John.

— Pour faire simple, Gen ne peut pas obliger Peter à coucher avec elle une dernière fois, lance Chris. C'est ce à quoi tout le monde pense, non ?

Je me raidis. Ce n'était pas du tout ce à quoi je pensais, contrairement à maintenant.

Trevor éclate de rire et Peter lui donne une tape. Genevieve secoue la tête.

— Tu es dégoûtante, Chrissy.

— Je n'ai fait que dire tout haut ce que vous pensiez tout bas !

Je n'écoute même plus. Je sais juste que je veux jouer une partie et la gagner. Pour une fois, je veux être plus forte que Gen.

J'ai un stylo mais pas de papier, alors John déchire la boîte de gaufrettes glacées et chacun écrit son nom sur un bout de carton. On met les papiers dans la capsule, je la secoue, puis je la fais passer à chacun et tire en dernier. Je tiens le bout de carton contre ma poitrine puis je l'ouvre.

JOHN.

Eh bien, voilà qui complique l'affaire. Je le regarde discrètement. Il range soigneusement sa carte dans la poche de son jean. Désolé, cher correspondant (et ami), mais je serai sans pitié. Je jette un regard à l'assemblée, en quête de signes pour savoir qui a mon nom, mais chacun arbore un masque inexpressif de joueur de poker…

XXXVI

Les règles sont : les maisons respectives sont des zones neutres ; le lycée est un lieu sûr, mais pas le parking ; une fois les portes passées, le jeu reprend ; un contact à deux mains de l'assassin désigné, et le jeu est perdu.

Un vœu renié est une vie perdue. Genevieve ajoute cette dernière condamnation d'un ton qui me donne des frissons. Trevor Pike frémit aussi.

— Les filles sont effrayantes, décrète-t-il.

— Non, les filles de leur famille sont effrayantes, corrige Peter en désignant Genevieve et Chris.

Les deux coupables sourient et, dans leur expression, je vois clairement une ressemblance. Peter me lance un regard en biais.

— Mais toi, tu n'es pas comme ça. Tu es mignonne, pas vrai ?

Une phrase de Stormy me revient subitement. *Ne le laisse pas avoir trop de certitudes te concernant.* Peter est tellement certain de me connaître... plus que quiconque.

— Je peux aussi faire peur.

Je réponds d'un ton bas chargé de menaces et je me réjouis de le voir pâlir. Je me tourne alors vers les autres :

— Amusons-nous, voilà tout.

— Oh, on va bien rire, m'assure John.

Il enfonce sa casquette Orioles sur sa tête et ramène la visière sur ses yeux.

— La chasse commence.

Nos regards se croisent.

— Tu m'as trouvé bon à la SNU ? Attends de voir mes tactiques façon *Zero Dark Thirty*.

Je sors avec les autres pour rejoindre les voitures. Peter dit à Gen de monter avec Chris, et les deux filles protestent.

— Mettez-vous d'accord, coupe-t-il. Moi, je vais traîner avec ma nana.

Genevieve lève les yeux au ciel et Chris grommelle.

— Argh, très bien. Monte, ajoute-t-elle sans délicatesse à l'intention de sa cousine.

Chris recule dans l'allée quand John demande à Peter.

— Qui est ta copine ?

Mon estomac tressaute désagréablement.

— Covey, répond Peter en lui adressant un regard étrange. Tu ne savais pas ? Bizarre.

Les deux me regardent. Peter est perplexe, mais John semble comprendre, même si je ne sais pas trop ce qu'il faut comprendre.

J'aurais dû lui dire. Pourquoi n'ai-je rien dit ?

Tout le monde s'en va peu après, sauf Peter.

— Alors, on en parle ou pas ? demande-t-il en me suivant dans la cuisine.

Je tiens la poubelle chargée des papiers de crèmes glacées et des poches vides de Capri-Sun, et j'ai refusé son aide pour la porter. Du coup, j'ai failli tomber de l'échelle de la cabane, mais je m'en moque.

— Tu as raison, parlons.

Je fais volte-face et me dirige rapidement vers lui, la pou-belle virevoltant dans ma main. Inquiet, il lève les mains.

— Pourquoi as-tu amené Genevieve ?

— Argh, Covey, je suis désolé, dit-il avec une grimace.

— Tu traînais avec elle avant ? C'est pour ça que tu n'as pas pu venir m'aider pour tout préparer ?

Il hésite.

— Ouais, j'étais avec elle. Elle m'a appelé en larmes, alors j'y suis allé, et je ne pouvais plus la laisser toute seule... Alors je lui ai dit de venir.

En larmes ? Je ne l'ai jamais vue pleurer ! Même quand son chat, Reine Elizabeth, est mort, elle n'a pas versé une larme. Elle avait dû faire semblant pour que Peter reste avec elle.

— Tu ne pouvais plus la laisser seule ?

— Non, confirme-t-il. Elle traverse une période difficile. J'essayais de la soutenir, comme ami. C'est tout !

— Eh bien, elle sait vraiment comment te mener par le bout du nez !

— C'est pas ça...

— Si, c'est tout le temps ça. Elle tire les ficelles et toi...

J'agite les bras et la tête comme une marionnette.

Peter fronce les sourcils.

— C'était méchant de dire ça.

— Eh bien, je suis d'humeur méchante, alors fais bien gaffe.

— Mais tu n'es pas méchante. D'habitude, en tout cas.

— Pourquoi tu ne me dis pas tout ? Tu sais que je ne le répéterai pas. Je cherche vraiment à comprendre, Peter.

— Ce n'est pas à moi de le dire. N'insiste pas, parce que je ne peux vraiment pas.

— Elle essaie juste de te manipuler. C'est sa spécialité.

J'entends la jalousie dans ma voix, et je déteste ça, vraiment. Ça ne me ressemble pas.

Il soupire.

— Il ne se passe rien entre nous. Elle a juste besoin d'un ami.

— Elle a des tas d'amis.

— Il lui faut un vieil ami.

Je secoue la tête. Il ne comprend pas. Les filles se perçoivent d'une façon que les garçons ne peuvent pas comprendre. C'est comme ça que je sais que c'est encore l'un de ses petits jeux. Venir chez moi aujourd'hui n'était qu'une façon de plus d'affirmer sa domination sur moi.

— En parlant de vieux amis, reprend Peter, je n'avais pas compris que McClaren et toi étiez d'aussi bons potes.

Je rougis.

— Je t'ai dit qu'on échangeait des lettres.

Il lève un sourcil.

— Vous échangez des lettres, mais il ne sait pas qu'on est ensemble ?

— Je n'ai pas eu l'occasion de le lui dire !

Attends un peu… C'est moi qui suis censée être furieuse contre lui, pas l'inverse ! Il a réussi à retourner la conversation et, maintenant, c'est lui qui s'énerve.

— Et le jour où tu es allé à ce truc des Nations unies, il y a quelques mois, je t'ai demandé si tu avais vu McClaren et tu m'as dit non. Mais aujourd'hui, il en a parlé, et visiblement tu l'avais vu. Je me trompe ?

Je déglutis.

— Depuis quand tu es procureur ? Pfff. Je l'ai aperçu, mais on n'a pas discuté, je lui ai juste fait passer un mot...

— Un mot ? Tu lui as fait passer un mot ?

— Pas personnellement, au nom d'un pays étranger, dans le cadre de la simulation des Nations unies.

Je vois Peter prêt à poser une nouvelle question et je le prends de vitesse.

— Je n'en ai pas parlé parce que ça n'a rien donné.

— Alors, reprend-il d'un air incrédule, tu veux que je sois honnête avec toi quand tu ne veux pas être honnête avec moi ?

— Ce n'était pas pareil !

Qu'est-ce qui se passe, là ? Comment notre dispute s'est-elle envenimée autant, et si vite ?

On ne dit rien pendant un long moment. Puis, doucement, il reprend la parole.

— Tu veux qu'on rompe ?

Rompre ?

— Non.

Tout à coup, je tremble, comme si j'allais pleurer.

— Et toi ?

— Non !

— C'est toi qui as demandé le premier !

— On en reste là. Aucun ne veut rompre, alors on va de l'avant.

Peter se laisse tomber sur une chaise de la cuisine, tête baissée, et je m'assois face à lui. J'ai l'impression qu'il est très loin de moi. Ma main brûle d'aller lui toucher les cheveux, de les arranger d'une caresse, pour mettre fin à cette dispute et la reléguer dans le passé.

Il redresse la tête et je découvre ses immenses yeux tristes.

— On peut faire un câlin ?

Je hoche la tête en tremblotant et lui entoure la taille de mes bras. Il me serre contre lui. Sa voix est étouffée par mon épaule.

— On ne pourrait pas décider de ne plus jamais se disputer ?

Je ris, d'une façon un peu faible et vacillante, mais soulagée.

— Oui, s'il te plaît.

Puis il m'embrasse, ses lèvres avides contre les miennes, comme s'il cherchait à se rassurer par ce contact, comme pour obtenir une promesse que moi seule peux lui faire. En guise de réponse, je lui rends son baiser. *Oui, je te le promets, promis, promis, on ne se disputera plus.* Je commence à perdre l'équilibre, mais l'étreinte ferme de ses bras me retient et il continue à m'embrasser jusqu'à ce que je sois à bout de souffle.

XXXVII

L E SOIR VENU, Chris me téléphone.
— Allez, balance. Tu as qui ?
— Je ne dirai rien.

J'ai déjà commis l'erreur, autrefois, d'en dire trop à Chris. Résultat, elle s'en est servie pour nous mettre tous hors-jeu et gagner.

— Allez ! Si tu m'aides, je t'aide. Je tiens à obtenir mon vœu !

Chris a terriblement envie de gagner, ce qui fait sa force et sa faiblesse. Pour jouer aux assassins, il faut être froid, raisonné, ne pas s'emballer et se précipiter. Bien sûr, c'est mon point de vue d'observatrice attentive qui n'a jamais gagné une seule partie…

— Tu pourrais avoir mon nom. Et puis moi aussi je veux gagner.

— On peut s'aider quand même pour la première manche, négocie-t-elle. Je te jure que je n'ai pas ton nom.

— Jure-le sur ta vieille couverture, celle que tu ne laisses pas jeter par ta mère.

— Je le jure sur ma couverture Frederick et même sur ma nouvelle veste en cuir qui coûte plus cher que ma bagnole. Est-ce que tu as mon nom ?

— Non.

— Jure-le sur ton immonde collection de bérets.

J'émets un couac d'indignation.

— Je le jure sur ma délicieuse et originale collection de bérets ! Alors, tu as qui ?

— Trevor.

— J'ai John McClaren.

— On s'associe pour les choper, propose Chris. Notre alliance dure le temps de ce premier tour, et après, chacune pour soi !

Hmm. Est-elle sincère ou est-ce une stratégie ?

— Et si tu mentais juste pour m'avoir ?

— J'ai juré sur Frederick !

J'hésite.

— Envoie-moi un MMS avec le nom sur le carton, et je te croirai.

— D'accord ! Mais ensuite, tu m'envoies le tien.

— D'accord. Salut.

— Attends ! Sois honnête. Est-ce que ma couleur de cheveux est vraiment à chier ? C'est pas si mal, hein ? Gen n'est qu'un gros troll jaloux. Hein ?

J'hésite une fraction de seconde.

— Bien sûr.

Je suis embusquée avec Chris dans sa voiture. Nous sommes dans le quartier voisin du mien, c'est le raccourci qu'utilise Trevor entre le lycée et ses entraînements sur circuit. On s'est garées dans une allée au hasard.

— Dis-moi ton vœu si tu gagnes, demande Chris.

Au son de sa voix, je devine qu'elle n'envisage pas une seconde que je gagne.

J'ai réfléchi à mon vœu toute la nuit dernière alors que j'essayais de m'endormir.

— Il y a une exposition d'artisanat et de loisirs créatifs en Caroline du Nord, en juin. Je pourrais obliger Peter à m'y conduire. Sinon, il n'acceptera jamais. On pourrait emprunter le van de sa mère, il y aurait de la place pour les objets et le matériel que j'achèterai.

— Une expo d'artisanat ?

Chris me regarde comme un vulgaire cancrelat entré par la fenêtre de sa voiture.

— Tu gâcherais ton vœu pour une vulgaire expo ?

Face à sa réaction, je préfère mentir.

— Je commence seulement à chercher des idées. Et si tu es si maligne, dis-moi ce que tu souhaiterais à ma place.

— J'obligerais Peter à ne plus jamais parler à Gen. T'as vu ? Je suis un génie maléfique ou pas ?

— Maléfique, c'est sûr. Un génie, pas vraiment.

Chris me donne une tape et je glousse. On commence à feindre de se battre quand Chris s'interrompt brusquement.

— Deux heures cinquante-cinq. Il est temps.

Elle ouvre la portière, sort et file se cacher derrière un chêne dans la cour.

Poussée par l'adrénaline, je bondis à sa suite, récupère le vélo de Kitty dans le coffre et m'éloigne de quelques maisons. Je le pose par terre et m'allonge dessus dans une pose spectaculaire. Je sors la bouteille de faux sang que j'ai spécialement préparée et j'en répands sur mon pantalon, un vieux jean que je comptais donner. Dès que je vois approcher la voiture de Trevor, je fais mine de sangloter. Derrière son arbre, Chris chuchote :

— N'en fais pas trop !

J'arrête immédiatement pour me contenter de gémir.

La voiture de Trevor s'arrête près de moi. Il descend sa vitre.

— Lara Jean ? Tout va bien ?

Je geins.

— Non… Je crois que je me suis foulé la cheville. J'ai super-mal. Tu peux me ramener chez moi ?

J'aimerais ajouter quelques larmes, mais pleurer sur commande est plus compliqué que je ne l'aurais cru. J'essaie de penser à des choses tristes, au *Titanic*, à des vieillards atteints d'alzheimer, à Jamie Fox-Pickle qui mourrait… mais je n'arrive pas à me concentrer.

Trevor m'observe d'un air soupçonneux.

— Pourquoi tu fais du vélo dans ce quartier ?

Oh non, je suis en train de le perdre ! Je me mets à parler, vite… mais pas trop.

— Ce n'est pas mon vélo, c'est celui de ma petite sœur. Elle est copine avec Sara Healey. Tu sais, la sœur de Dan Healey ? Ils habitent là. (Je désigne leur maison.) Je lui amenais son vélo. Oh, mon Dieu, Trevor, tu ne me crois pas ? Tu vas vraiment me laisser là sans me proposer de me reconduire ?

Trevor regarde autour de lui.

— Tu jures que ce n'est pas une embrouille ?

Je le tiens !

— Oui ! Je te jure que je n'ai pas tiré ton nom, d'accord ? Aide-moi, s'il te plaît. J'ai vraiment mal.

— Montre-moi d'abord ta cheville.

— Trevor ! On ne voit pas une foulure !

Je gémis et je tente de me lever à grand renfort de mines douloureuses. Trevor finit par arrêter son moteur et descendre de la voiture. Il m'aide à me relever et je tâche de paraître lourde et déséquilibrée.

— Vas-y doucement, dis-je. Tu vois ? Je t'avais dit que je n'avais pas ton nom.

Pendant qu'il me maintient sous les bras pour m'appuyer sur son épaule, Chris bondit de sa cachette tel un ninja. Elle s'élance en avant, les mains tendues, et les abat durement sur son dos.

— Je te tiens ! hurle-t-elle.

Trevor pousse un cri et me lâche, et je manque tomber pour de vrai.

— Merde ! s'exclame-t-il.

Chris exulte.

— Tu es fait, nullos !

On se frappe les paumes et elle me prend dans ses bras.

— Dites, vous pourriez éviter de fêter ma défaite sous mon nez, marmonne Trevor.

Chris lui tend la main.

— Allez, aboule, aboule, aboule !

Trevor soupire et secoue la tête.

— Je n'arrive pas à croire que j'aie marché dans ta combine, Lara Jean.

Je lui tapote le dos.

— Désolée, Trevor.

— Et si j'avais eu ton nom ? Qu'est-ce que tu aurais fait ?

Oh ! Je n'y avais pas pensé. Je lance à Chris un regard accusateur.

— Une minute, c'est vrai, et s'il avait eu mon nom ?

— Un risque qu'on était prêtes à prendre, déclare-t-elle d'un ton apaisant. Alors, Trev', c'était quoi ton vœu ?

Je m'empresse de préciser :

— Tu n'as pas à répondre si tu ne veux pas.

— J'allais demander des tickets pour un match de football américain, le père de McClaren a des passes pour l'équipe de Virginie pour toute la saison ! Tu fais chier, Chris !

Je me sens coupable.

— Peut-être qu'il t'emmènera quand même. Tu devrais lui demander…

Il sort son portefeuille de sa poche et tend un morceau de carton plié à Chris. Avant qu'elle le déplie, je m'empresse de mettre les choses au clair.

— N'oublie pas, si c'est mon nom, tu ne peux pas me toucher. On est en zone neutre.

Elle acquiesce, déplie le carton et sourit. Je ne peux pas me retenir davantage.

— C'est moi ?

Elle fourre le papier dans sa poche.

— Si c'est moi, tu ne peux pas me mettre hors-jeu !

Je commence à m'éloigner d'elle.

— On est convenues d'être alliées pour la première manche, et tu ne m'as pas encore aidée.

— Je sais, je sais. Mais ce n'est pas ton nom.

Je ne suis pas totalement convaincue. Elle m'a eue de cette manière lors d'une précédente partie. Je ne peux pas lui faire confiance, pas à ce jeu. J'aurais dû m'en souvenir. C'est pour ça que je perds à chaque fois. Je ne prévois pas suffisamment les choses.

— Lara Jean, je t'ai dit que je n'avais pas ton nom !

Je secoue la tête.

— Va dans la voiture, Chris. Je rentrerai avec le vélo de Kitty.

— Tu es sérieuse ?

— Oui. Cette fois, je joue pour gagner.

Chris hausse les épaules.

— Comme tu voudras. Mais si tu ne me fais pas confiance, je ne t'aiderai pas pour ta cible.

— Ça me va.

Sur ces mots, j'enfourche le vélo.

XXXVIII

PETER ET MOI ne pouvons nous parler que par téléphone ou au lycée tant qu'on est tous les deux encore dans le jeu. Impossible que je sois prise, je suis hyper-prudente. Je conduis seule dans ma propre voiture pour aller en cours et rentrer après. Je bondis de ma place et file comme le vent jusqu'à la maison. J'ai chargé Kitty de faire le guet, elle sort toujours la première de voiture ou me devance hors de la maison pour s'assurer que la voie est libre. Je lui ai déjà promis que, si je gagne, elle pourrait profiter avec moi de mon vœu.

Jusqu'à présent, je me contente de jouer la défense. Je ne me suis pas encore attaquée à John McClaren. Ce n'est pas que j'aie peur, pas du jeu en tout cas. Mais je ne sais pas quoi lui dire. Je suis mal à l'aise. Peut-être que je n'aurai pas besoin de parler et que je suis très présomptueuse de croire qu'il s'intéresse à moi…

Après le repas, Chris accourt dans le couloir et s'arrête brusquement en me voyant, assise avec Lucas près de nos casiers. Aujourd'hui, on partage une glace au raisin. Chris vient s'affaler sur le sol à nos côtés.

— Je suis touchée, dit-elle.

Je hoquette de stupeur.

— Qui t'a eue ?

— Ce foutu John McClaren !

Elle arrache la glace des mains de Lucas et la termine d'une bouchée.

— C'est pas poli, proteste-t-il.

— Raconte tout, dis-je, pressante.

— John m'a suivie sur le chemin du lycée ce matin. Je me suis arrêtée pour prendre de l'essence et il a bondi de sa voiture dès que j'ai eu le dos tourné. Je n'avais même pas vu qu'il me pistait !

— Attends, comment il savait que tu allais t'arrêter prendre de l'essence ? demande Lucas.

Il sait tout du jeu, ce qui pourrait m'être utile si je me retrouve face à Genevieve, puisqu'il vit dans son quartier.

— Il a siphonné mon réservoir !

— Ouah !

Je suis estomaquée. Ça me réchauffe le cœur qu'il prenne le jeu au sérieux. Je craignais que les gens s'en désintéressent, mais je me trompais. Je me demande quel est son vœu. Sûrement quelque chose d'important, pour qu'il se donne tout ce mal.

— C'est réglo, commente Lucas avec un hochement de tête.

— Je ne peux presque pas lui en vouloir tellement c'est *hardcore*. (Elle repousse une mèche d'un souffle.) Mais je suis dég' de ne pas pouvoir obliger Gen à me rendre la voiture de grand-mère.

Lucas écarquille les yeux.

— C'était ça ton vœu ? Une voiture ?

— Elle a une grosse valeur sentimentale pour moi. Grand-mère m'emmenait au salon de beauté avec cette voiture le dimanche après-midi. Elle devrait me revenir de plein droit ! Mais Gen a empoisonné l'esprit de grand-mère en me critiquant !

— C'était quoi comme voiture ? interroge Lucas.
— Une vieille Jaguar.
— Quelle couleur ? veut-il savoir.
— Noire.

Si je ne connaissais pas mieux Chris, je pourrais croire que c'est une larme qui pointe au coin de son œil. Je lui passe un bras autour des épaules.

— Tu veux que je t'offre une autre glace ?

Elle secoue la tête.

— Je vais porter un top court ce soir, je ne peux pas avoir du bide.

— Alors si tu es hors-jeu, qui a John maintenant ? demande Lucas.

— Kavinsky. Je n'ai pas pu l'avoir parce qu'il traîne toujours avec cette peste de Gen, et j'étais persuadée qu'elle avait mon nom. (Elle m'adresse un regard.) Désolée, LJ.

Lucas et Chris me couvent de leur regard plein de pitié.

Si Chris avait Peter et que John l'a eue, John a maintenant Peter dans sa ligne de mire, ce qui veut dire que je suis la cible de Peter ou de Genevieve. Et puisque j'ai le nom de John, ça signifie que l'un d'eux a son comparse et qu'ils doivent avoir formé une alliance. En clair, ils se sont tout dit et savent qui a quel nom.

Je déglutis.

— Je savais depuis le début qu'ils étaient encore amis. Et elle traverse une mauvaise passe, tu sais ?

— Quelle mauvaise passe ? demande Chris en levant les sourcils.

— Peter a parlé d'une histoire de famille. (Pas de réaction de Chris.) Tu n'as entendu parler de rien ?

— Eh bien, elle avait l'air bizarre à l'anniversaire de tante Wendy, la semaine dernière. Un peu plus garce que d'habitude. Elle a à peine dit un mot de toute la soirée. (Elle hausse les épaules.) Alors il doit se passer un truc, mais je ne suis pas au courant.

Chris repousse encore une mèche en soufflant dessus.

— Putain, j'arrive pas à croire que j'aurai pas la voiture.

— Je vais avoir McClaren et te venger, dis-je d'un ton solennel. Tu ne seras pas morte en vain.

Elle m'adresse un regard en biais.

— Si tu l'avais chopé plus tôt, ça ne serait pas arrivé.

— Il habite à une demi-heure de route ! Je ne sais même pas aller chez lui.

— N'empêche, tu es en partie responsable.

La sonnerie retentit et Chris se lève.

— À plus, *chicas*.

Elle s'éloigne dans le couloir, tournant le dos à la salle où elle a son prochain cours.

— Elle vient de m'appeler *chica*, remarque Lucas en fronçant les sourcils. Tu lui as dit que j'étais gay ?

— Non !

— Bon, parce que je t'ai dit ça sous le secret de la confidence, n'oublie pas.

— Lucas, évidemment que je n'oublie pas !

Maintenant, je suis nerveuse. Aurais-je dit quelque chose à Chris par inadvertance ? Je suis presque sûre que non, mais d'un seul coup je me mets à douter.

— Bien, soupire-t-il. C'est pas grave.

Il se lève et me tend la main pour m'aider. Toujours gentleman !

XXXIX

C'EST MON PREMIER cocktail du vendredi soir officiel à Belleview et… tout ne se déroule pas comme je l'espérais. Après une demi-heure, il n'y a que Stormy, M. Morales, Alicia et Nelson, qui souffre d'alzheimer et que son infirmière personnelle a conduit dans la salle pour lui faire changer de décor. Mais il arbore une élégante veste bleu marine avec des boutons de cuivre. Peu de gens venaient quand Margot se chargeait de l'événement. Mme Maguire était une habituée, mais elle a changé de résidence le mois dernier, et Mme Montero, qui venait parfois, est décédée pendant les vacances. Après tout le cinéma que j'ai fait devant Janette en clamant que j'allais apporter un nouveau souffle aux soirées cocktail, quel résultat ! J'ai un poids sur l'estomac. Si jamais Janette apprend que la soirée n'a eu aucun succès, elle risque de supprimer les réunions du vendredi soir, alors que j'ai déjà une idée géniale pour la prochaine : une fête sur le thème USO, cette organisation chargée de remonter le moral des troupes depuis la Seconde Guerre. Si cette soirée fait un flop, aucune chance qu'elle autorise la suivante. En plus, organiser une fête mais ne recevoir que quatre convives, dont un qui somnole, ça risque de me mettre un sacré coup au moral. Stormy ne semble pas remarquer le malaise, ou elle s'en moque. Elle chante et joue du piano. Le spectacle doit continuer, comme on dit.

J'essaie de rester active, de garder le sourire. *Lalala, c'est le bonheur!* J'ai aligné les verres comme dans un vrai bar et j'ai apporté de la vaisselle de chez moi : l'une de nos plus belles nappes (sans tache de sauce et fraîchement repassée), un petit vase que j'ai posé près d'une assiette de cookies au beurre de cacahuète (j'avais hésité pour le parfum, à cause des allergies, puis je me suis souvenue que les seniors n'avaient pas trop ce genre de problèmes), le seau à champagne en argent de papa et maman, gravé à leurs initiales, et un bol assorti avec des quartiers de citron, jaunes et verts.

J'ai déjà fait le tour de la résidence pour frapper aux portes des plus actifs, mais la plupart étaient absents. J'imagine qu'il est logique, pour les seniors encore actifs, de ne pas être chez eux un vendredi soir, justement.

Je verse des amandes salées dans un bol de cristal en forme de cœur (une contribution d'Alicia, qui l'a sorti de ses placards avec des pinces à glace), quand John Ambrose McClaren entre dans la pièce avec une chemise Oxford bleu clair et une veste bleu marine assez semblable à celle de Nelson ! Je manque de pousser un cri. Je plaque ma main sur ma bouche et me laisse tomber sur le sol pour me glisser sous la table. S'il me voit, il pourrait fuir. Je ne sais pas ce qu'il fait là, mais c'est l'occasion rêvée de le mettre hors-jeu. Je m'accroupis et fais défiler dans ma tête les stratégies possibles.

Le piano s'interrompt et j'entends Stormy appeler.

— Lara Jean ? Lara Jean, où es-tu ? Sors de sous la table. Je veux te présenter quelqu'un.

Je me redresse lentement. John McClaren m'observe.

— Qu'est-ce que tu fais là ? demande-t-il en tirant sur son col comme s'il étouffait.

— Je suis bénévole.

Je reste à distance prudente. Je ne voudrais pas l'effrayer…

Stormy claque les mains.

— Vous vous connaissez ?

— On est amis, grand-mère, répond John. On habitait le même quartier.

— Stormy est ta grand-mère ?

Je suis stupéfaite. Alors John était ce fameux petit-fils qu'elle voulait me présenter ! De toutes les maisons de retraite de toutes les villes du monde… *Mon petit-fils ressemble à Robert Redford jeune.* Elle a dit vrai, il lui ressemble vraiment.

— C'est mon arrière-grand-mère par alliance, explique John.

Stormy regarde fébrilement autour d'elle.

— Chut ! Pas question que les gens sachent que j'ai un arrière-quelque-chose !

John baisse la voix.

— Elle a été la deuxième femme de mon arrière-grand-père.

— Mon mari préféré, commente Stormy. Puisse ce vieux rapace reposer en paix !

Elle nous regarde.

— Johnny, sois un ange et apporte-moi une vodka-soda avec plein de citron.

Elle se réinstalle au piano et entonne l'air de *When I Fall in Love*.

John avance vers moi et je le désigne du doigt.

— Pas un geste, John Ambrose McClaren. As-tu tiré mon nom ?

— Non ! Je te jure que non. J'ai… Je ne dirai pas qui j'ai. (Il hésite un instant.) Attends. As-tu mon nom ?

Je secoue la tête, innocente comme l'agneau qui vient de naître. Il est toujours soupçonneux, mais je m'empresse de préparer le cocktail de Stormy. Je sais comment elle l'aime. Je mélange trois glaçons, une rasade de huit secondes de vodka, une goulée d'eau de Seltz. Puis je presse trois quartiers de citron et je verse le jus dans le verre.

— Tiens, dis-je en lui tendant la boisson.

— Pose-la sur la table.

— John, je t'ai dit que je n'avais pas ton nom !

Il secoue la tête.

— La table.

Je pose le verre.

— Je n'en reviens pas que tu ne me croies pas. Il me semblait que tu étais du genre confiant, qui voyait le bon dans le cœur des autres.

John reste imperturbable.

— Contente-toi de… rester de ton côté de la table.

Fichtre. Comment vais-je le toucher s'il veut que je reste à deux mètres de lui pendant toute la soirée ?

Je prends un ton léger.

— Très bien, je ne suis pas sûre de te faire confiance, moi non plus ! Je veux dire, c'est une drôle de coïncidence de te voir ici.

— Stormy m'a forcé en me faisant culpabiliser !

Je lance un regard à Stormy. Elle joue toujours, mais nous regarde avec un grand sourire.

M. Morales s'approche du bar.

— Puis-je avoir cette danse, Lara Jean ?

— Vous pouvez.

Je préviens toutefois John.

— Ne t'avise pas de t'approcher de moi !

Il agite les mains comme pour me chasser.

— Et toi, ne t'avise pas de t'approcher de moi !

M. Morales me guide en une danse lente, et je presse la tête contre son épaule pour cacher mon sourire. Je suis plutôt douée pour les manœuvres d'infiltration. John McClaren s'est installé sur une causeuse. Il regarde Stormy jouer et discute avec Alicia. Je l'ai manipulé comme je voulais. Je n'arrive pas à croire en ma chance. Je comptais me rendre à sa prochaine réunion de la SNU, mais c'est encore mieux.

J'envisage de m'approcher par-derrière pour le mettre hors-jeu quand Stormy se lève et déclare qu'elle a besoin d'une pause et qu'elle veut danser avec son petit-fils. Je vais placer sur le lecteur le CD qu'elle a choisi.

John proteste.

— Stormy, je t'ai dit que je ne dansais pas.

Il feignait toujours de se trouver mal lors des séances de danse en groupe, en gym. Il déteste vraiment la danse !

Bien sûr, Stormy n'écoute pas. Elle le lève de force et essaie de lui apprendre les pas du fox-trot.

— Mets tes mains sur ma taille, ordonne-t-elle. Je n'ai pas mis des talons pour rester assise derrière un piano toute la nuit.

Stormy essaie de le guider, mais il ne cesse de lui marcher sur les pieds.

— Aïe ! s'exclame-t-elle.

Je glousse sans pouvoir m'arrêter. M. Morales aussi a le fou rire. Il nous rapproche tout en dansant.

— Puis-je vous interrompre ? demande-t-il.
— Pitié, oui ! s'exclame John, qui pousse pratiquement Stormy dans les bras de son sauveur.
— Johnny, sois gentleman et invite Lara Jean à danser, lui lance Stormy alors que M. Morales la fait tournoyer.

John me scrute du regard et je sens qu'il se demande s'il est ma cible ou non.

— Invite-la, presse M. Morales en me souriant. Elle veut danser, n'est-ce pas, Lara Jean ?

Je hausse les épaules un peu tristement. Je prends l'air mélancolique. Je suis l'image parfaite d'une jeune fille attendant d'être invitée pour une danse.

— Je veux voir les jeunes danser ! hurle Norman.
John McClaren me regarde, un sourcil levé.
— Si on se contente de se balancer, je ne devrais pas trop te marcher sur les pieds.

Je fais mine d'hésiter, puis je hoche la tête. J'ai le cœur qui bat à toute vitesse. Cible dans le viseur...

On s'approche l'un de l'autre et je noue mes bras à son cou. Il passe les mains à ma taille et on se balance, sans suivre le rythme. Je suis petite, moins d'un mètre soixante, et il doit mesurer près d'un mètre quatre-vingts. Mais sur la pointe des pieds j'atteins la bonne taille pour danser avec lui. Depuis l'autre bout de la salle, Stormy m'adresse un sourire entendu que je fais mine de ne pas voir. Je devrais me dépêcher de le toucher dans le dos, mais les résidents semblent aimer nous regarder danser. Il n'y a rien de mal à attendre quelques minutes.

Alors qu'on se balance, je me rappelle le bal du collège où tout le monde s'était mis en couple et où personne ne m'avait invitée. Je pensais y aller en même temps que Genevieve, mais elle m'avait dit que la mère de Peter les conduirait, qu'ils iraient d'abord dans un restaurant comme pour un vrai rendez-vous et que ce serait bizarre si je m'incrustais. Résultat, elle était avec Peter et Sabrina Fox avec John. J'avais espéré que John McClaren m'inviterait pour un slow, mais il ne l'avait pas fait, il n'avait dansé avec personne. Le seul garçon à vraiment aller sur la piste était Peter. Il était toujours au centre des élèves populaires.

Je sens la main de John sur mon dos, qui me guide, et je me dis qu'il a oublié le jeu. Je le tiens dans mon filet.

— Tu n'es pas si mauvais.

La chanson est à moitié finie. Autant passer à l'action. Je te tiens, dans cinq, quatre, trois, deux…

— Alors… Kavinsky et toi, hein ?

La remarque me distrait et j'oublie le jeu pour le moment.

— Oui…

Il s'éclaircit la gorge.

— J'ai été surpris d'apprendre que vous étiez ensemble.

— Pourquoi ? Je ne suis pas son type ?

Je réponds avec détachement, comme si je m'en moquais, comme si ce n'était rien, mais au fond de moi cela me pique comme un petit caillou directement jeté au cœur.

— Si, tu l'es.

— Alors pourquoi ?

Je m'attends à ce qu'il dise qu'il ne pensait pas que Peter était mon type, comme l'avait dit Josh.

Il ne répond pas tout de suite.

— Le jour où tu es venue à la SNU, j'ai essayé de te retrouver sur le parking, mais tu étais déjà partie. Puis j'ai reçu ta lettre, et je t'ai répondu, et tu as écrit encore, puis tu m'as invité à cette fête à la cabane. Je crois que je ne savais pas quoi penser. Tu comprends ?

Il me regarde et attend ma réponse, et il me semble important de dire oui.

Je sens le rouge me monter aux joues ; le sang bat à mes oreilles, et je me rends compte que mon cœur cogne dans ma poitrine. Pourtant, mon corps continue à danser sans faillir.

— J'étais peut-être stupide de le croire, reprend-il, parce que tout ça, c'était il y a longtemps.

Tout ça ? J'aimerais lui demander quoi, mais ça ne semble pas correct.

— Tu sais ce dont je me souviens ? dis-je brusquement.

— Quoi ?

— La fois où le short de Trevor s'est déchiré alors que vous faisiez un match de basket. Tout le monde riait si fort qu'il a commencé à se fâcher. Mais toi, tu as pris ton vélo et tu es allé jusque chez lui pour lui rapporter un short de rechange. J'ai été très impressionnée.

Il sourit discrètement.

— Merci.

On continue à danser en silence. Il n'y a pas de malaise à se taire avec lui.

— John ?

— Hmm ?

Je lève les yeux vers lui.

— Je dois t'avouer quelque chose.

— Quoi ?

— Je t'ai eu. Enfin, j'ai ton nom. Dans le jeu.

— Sérieux ?

John semble sincèrement déçu et je me sens coupable.

— Oui, désolée.

Je presse les mains contre ses épaules.

— Touché.

— Eh bien, maintenant, tu as Kavinsky. J'étais impatient de l'attraper. J'avais prévu tout un plan.

Je suis très intéressée.

— Quel était le plan ?

— Pourquoi je raconterais mes tactiques à la fille qui vient de m'abattre ?

Il parle d'un air de défi, mais sans conviction, pour faire bonne figure. On sait tous les deux qu'il va parler.

Je joue le jeu.

— Allez, Johnny. Je ne suis pas juste la fille qui t'a abattu. Je suis ta correspondante.

Il rit.

— D'accord, d'accord. Je vais t'aider.

La chanson prend fin et on se sépare.

— Merci pour la danse, dis-je.

Après tout ce temps, je sais enfin l'effet que ça fait de danser avec John Ambrose McClaren.

— Qu'est-ce que tu aurais demandé si tu avais gagné ?

Il n'hésite pas une seule seconde.

— Ton gâteau au chocolat et au beurre de cacahuète, avec mon nom écrit en M&M's.

Je l'observe, surprise. Il voulait vraiment demander ça ? Il peut souhaiter ce qu'il veut et il aurait demandé mon gâteau ? Je lui adresse une petite révérence.

— Je suis flattée.

— Eh bien, c'était vraiment un très bon gâteau.

XL

Quelques nuits plus tard, au téléphone, Peter me demande subitement :
— Je suis ta cible, pas vrai ?
— Non !

Je ne lui ai pas dit que j'ai attrapé John pendant le week-end. Je ne veux pas qu'il ait des informations qui l'avantagent... ni lui ni Genevieve, d'ailleurs. Il ne reste plus que nous trois.

— Alors c'est ça, tu as mon nom !

Il pousse un grognement.

— Je ne veux plus jouer à ce jeu. Je me sens seul et vraiment... frustré. Je ne t'ai pas vue en dehors du lycée depuis une semaine ! Quand est-ce que ça va finir ?

— Peter, je n'ai pas ton nom. J'ai John.

Je me sens un peu coupable de mentir, mais c'est ainsi qu'il faut jouer pour gagner. Je ne peux pas me permettre de faiblesse.

Un silence me répond.

— Alors, tu vas aller chez lui pour le mettre hors-jeu ? demande-t-il enfin. Il habite au milieu de nulle part. Je peux te conduire, si tu veux.

— Je n'ai pas encore décidé de mon plan. Et toi, tu as qui ?

Je sais que c'est forcément Genevieve.

Cependant, il garde le silence.

— Je ne te le dirai pas.

— Et tu l'as déjà dit à quelqu'un d'autre ?

Par exemple, je ne sais pas, Genevieve ?

— Non.

Hmm...

— Très bien, mais je t'ai avoué ma cible, et tu dois évidemment me rendre la pareille.

— Je ne t'ai rien demandé, explose-t-il, tu me l'as dit toute seule, et puis, tu sais, si tu as menti et que tu as mon nom, bordel, viens me mettre hors-jeu qu'on en finisse ! Je t'en supplie. Viens chez moi, maintenant, et je te laisserai te glisser dans ma chambre. Je veux bien me laisser tirer comme un canard si ça me permet de te revoir.

— Non.

— Non ?

— Non, je ne veux pas gagner comme ça. Quand j'aurai ton nom, je veux avoir la satisfaction d'avoir gagné dans les règles. Ma toute première victoire au jeu des assassins ne peut être entachée d'une tricherie quelconque. (Je marque une pause.) Et puis, ta maison est une zone neutre.

Peter pousse un soupir exaspéré.

— Est-ce que tu viendras au moins à mon match de crosse vendredi ?

Son match de crosse ! L'endroit parfait pour l'avoir. J'essaie de garder une voix calme et neutre.

— Je ne peux pas. Papa a un rendez-vous, et il faut que je garde Kitty.

C'est un mensonge, mais Peter n'en sait rien.

— Eh bien, elle ne peut pas t'accompagner ? Elle a souvent demandé à venir me voir jouer.

Je réfléchis très vite.

— Non, elle a son cours de piano après l'école.

— Depuis quand Kitty joue-t-elle du piano ?

— Depuis peu. Notre voisine lui a dit que ça aidait pour dresser les chiots, la musique les calme.

Je me mords la lèvre. Est-ce que ça va passer ? Je me dépêche d'ajouter :

— Mais je te promets de venir au match suivant, quoi qu'il arrive.

Peter grommelle, plus fort cette fois.

— Tu me tues, Covey.

Bientôt, mon tendre Peter…

Je l'aurai par surprise, au match. Je m'habillerai aux couleurs du lycée, je peindrai le numéro de son maillot sur mon visage. Il sera si heureux de me voir qu'il ne se doutera de rien !

Je ne peux pas complètement expliquer pourquoi ce jeu d'assassins est si important pour moi. Je sais juste que, de jour en jour, je veux de plus en plus gagner. Je veux battre Genevieve, oui, mais pas seulement. Peut-être que je veux prouver que j'ai changé, moi aussi. Je ne suis plus un petit agneau tout doux, je sais aussi me battre.

Quand j'ai raccroché d'avec Peter, j'envoie un SMS à John expliquant mon idée et il propose de me conduire au jeu. C'est à son lycée. Je lui demande si cela ne le dérange pas de faire ce long voyage rien que pour me véhiculer, et il répond que ça en vaut la peine s'il peut voir Kavinsky se faire avoir. Je suis soulagée. La dernière chose dont j'ai besoin serait de me perdre sur la route !

Après les cours, vendredi, je file à la maison me préparer. Je me change pour arborer les couleurs du lycée : un tee-shirt bleu pâle, un short blanc, des chaussettes montantes à rayures bleues et blanches, un ruban bleu dans les cheveux. Je trace un gros 15 sur ma joue et le souligne à l'eye-liner blanc.

Je sors à l'instant où John arrive dans l'allée. Il porte sa vieille casquette des Orioles enfoncée sur les yeux. Il me scrute tandis que je monte et sourit.

— Tu as l'air d'une vraie fan.

Je lui donne une tape sur la casquette.

— Tu l'as portée chaque jour de cet été-là.

Il recule et sourit malicieusement, comme s'il détenait un secret, et c'est contagieux. Je l'imite, sans même savoir pourquoi.

— Quoi ? Pourquoi tu souris ?

Je remonte mes chaussettes au genou.

— Pour rien, dit-il.

Je lui donne un coup de coude.

— Allez !

— Maman m'avait fait une coupe horrible au début de l'été et j'étais hyper-mal à l'aise. Après ça, je ne l'ai plus jamais laissée me couper les cheveux.

Il vérifie l'heure sur le tableau de bord.

— Quand as-tu dit que le match commençait ? Cinq heures ?

— Oui !

Je sautille presque sur mon siège tellement je suis excitée. Peter sera fier de mes efforts vestimentaires, j'en suis sûre.

Il nous faut moins d'une demi-heure pour arriver au lycée de John et il reste du temps avant l'arrivée du bus scolaire. John file à l'intérieur nous chercher de quoi grignoter au distributeur. Il revient avec deux canettes de soda et un paquet de chips salées au vinaigre à partager.

Il est à peine réinstallé qu'un grand noir en tenue de crosse s'approche de la voiture et s'exclame :

— McClaren !

Il se penche pour se mettre à la hauteur de la vitre, et John et lui se frappent les poings.

— Tu viens chez Danica après ? demande le joueur.

John me jette un regard.

— Non, je ne peux pas.

Son ami me remarque et écarquille les yeux.

— Qui c'est ?

— Je suis Lara Jean, mais je ne viens pas en cours ici.

C'est idiot, il doit déjà le savoir.

— Tu es Lara Jean !

Il hoche la tête avec enthousiasme.

— J'ai entendu parler de toi. C'est à cause de toi que McClaren traîne dans une maison de retraite, pas vrai ?

Je rougis et John se met à rire, très à l'aise.

— Dégage de là, Avery !

Son ami ignore la pique et passe la main devant John pour me la tendre.

— Enchanté, Lara Jean. À plus tard !

Puis il s'éloigne à foulées rapides vers le terrain. Tandis qu'on attend, d'autres personnes viennent saluer John et je comprends que j'avais deviné juste : il a des tas d'amis et plein de filles qui l'admirent. Un groupe de lycéennes passe à côté de la voiture, en direction du stade, et l'une d'elles me fixe d'une façon particulièrement intense, le regard plein de questions. John ne semble rien remarquer. Il me demande quelles émissions je regarde, ce que je ferai pendant les congés d'avril, et aux grandes vacances. Je lui parle de l'idée de papa d'aller en Corée.

— J'ai une drôle d'histoire sur ton père, me dit-il avec un regard en biais.

Je grommelle.

— Oh, non, qu'est-ce qu'il a encore fait ?

— Ce n'est pas vraiment lui, mais moi, répond-il en se raclant la gorge. C'est un peu embarrassant.

Je me frotte les mains avec impatience.

— J'étais allé chez toi pour te demander de venir au bal du collège. J'avais tout un plan extravagant.

— Tu ne m'as jamais invitée au bal !

— Je sais, j'y arrive. Tu me laisses raconter ou non ?

— Donc, tu avais un plan extravagant.

John acquiesce.

— J'avais rassemblé des branches et des fleurs, et je les avais installées pour former le mot « Bal ? » devant votre fenêtre. Ton père est arrivé en plein milieu de l'arrangement et il a cru que je faisais la tournée du quartier pour nettoyer les jardins. Il m'a donné dix dollars, j'ai perdu mon sang-froid et j'ai filé chez moi.

Je ris.

— Je… n'arrive pas à croire que tu as fait ça.

Je n'arrive surtout pas à croire ce qui a failli m'arriver. Qu'est-ce que j'aurais ressenti en voyant un garçon faire tout ça pour moi ? Pendant toute l'histoire de mes lettres, des garçons que j'ai aimés, aucun ne m'a jamais rendu mes sentiments. Je me languissais pour un garçon et c'était toujours à sens unique. Ça m'allait, je ne prenais pas de risque. Mais ça, c'est nouveau. Ou ancien. Nouveau et ancien, parce que c'est la première fois que je l'entends.

— Mon plus grand regret du collège, déclare John.

Soudain, je me rappelle, Peter m'avait dit une fois que le plus grand regret de John avait été de ne pas m'inviter, et j'avais été ravie, puis il s'était rapidement rétracté en déclarant que c'était une plaisanterie.

Le bus des joueurs arrive.

— En scène.

J'ai la tête qui tourne un peu en regardant descendre les élèves. Je repère Gabe, Darrek, mais pas encore Peter. Le dernier de l'équipe descend, et Peter ne s'est toujours pas montré.

— Bizarre…

— Il a pu venir avec sa propre voiture, avance John.

Je secoue la tête.

— Il ne fait jamais ça.

Je prends mon téléphone et je lui envoie un SMS

Tu es où ?

Pas de réponse. Quelque chose cloche. Peter ne manque jamais un match. Il avait même participé un jour où il avait la grippe.

— Je reviens.

Je bondis de la voiture et je me précipite vers le terrain. Les joueurs s'échauffent et je repère Gabe qui lace ses chaussures sur le côté. Je l'appelle.

— Gabe !

Il lève les yeux, surpris.

— Large ! Quoi de neuf ?

Je suis essoufflée.

— Où est Peter ?

— Je ne sais pas, répond-il en se grattant la nuque. Il a dit à l'entraîneur qu'il avait une urgence familiale. Ça avait l'air vrai. Kavinsky ne raterait pas un match sans raison importante.

Je retourne déjà vers la voiture en courant. Dès que je suis montée, je halète :

— Tu peux me conduire chez Peter ?

Je reconnais la voiture garée devant la maison. C'est la première chose que je vois. Ensuite, je les repère tous les deux, dans la rue. Ils ne cherchent même pas à se cacher. Il l'enveloppe de ses bras et elle se presse contre lui comme si elle ne tenait pas debout, le visage enfoui dans sa poitrine. Il lui murmure à l'oreille en lui tapotant tendrement les cheveux.

Tout se passe en quelques secondes, mais j'ai l'impression de vivre au ralenti, comme si je bougeais dans l'eau. Je crois que j'ai oublié de respirer. J'ai des vertiges, tout se trouble autour de moi. Combien de fois les ai-je vus dans cette posture ? Je ne les compte plus.

— Continue d'avancer.

C'est tout ce que j'arrive à dire, et John obéit. Alors qu'il passe devant la maison de Peter, le couple ne lève même pas les yeux. Heureusement, d'ailleurs.

— Tu peux me ramener chez moi ? dis-je dans un souffle.

Je n'arrive même pas à regarder John. Je suis mortifiée que lui aussi ait vu.

— Peut-être que ce n'est pas… commence-t-il avant de s'interrompre. C'était juste une accolade, Lara Jean.

— Je sais.

En vérité, je n'en sais rien. Ma seule certitude est qu'il a manqué un match pour elle.

On est presque arrivés chez moi quand John se décide à parler de nouveau.

— Qu'est-ce que tu vas faire ?

J'y ai réfléchi depuis tout à l'heure.

— Je vais dire à Peter de passer ce soir, et je vais le mettre hors-jeu.

— Tu penses toujours au jeu ? s'étonne-t-il.

Je regarde par la fenêtre mon environnement familier.

— Bien sûr. Je vais l'éliminer, puis je vais éliminer Genevieve, et je gagnerai.

— Pourquoi est-ce que tu tiens autant à gagner ? Pour la récompense ?

Je ne réponds pas. Si j'ouvre la bouche, je vais pleurer.

Une fois arrivée devant chez moi, je marmonne :

— Merci de m'avoir accompagnée.

Je descends avant qu'il puisse répondre. Je cours dans la maison, retire mes chaussures d'un coup de pied et me précipite dans ma chambre pour me jeter sur mon lit et regarder fixement le plafond. J'ai accroché des étoiles phosphorescentes il y a des années, mais je les ai retirées ensuite, sauf une, qui pend comme une stalactite.

Lueur du soir, lueur brillante, la première étoile que je vois ce soir. Ma belle étoile, accorde-moi mon vœu du soir. Je voudrais ne pas pleurer.

J'envoie un SMS à Peter.

Viens dès que tu ne seras plus avec Genevieve.

Il répond, juste un mot.

OK

OK. C'est tout. Il ne nie pas, il n'explique pas, il ne justifie pas. Tout ce temps passé à lui chercher des excuses... Je lui faisais confiance au lieu de me fier à mon instinct. Pourquoi suis-je celle qui fait toutes les concessions, qui fait semblant de ne pas être gênée par ce qui l'horripile ? Tout ça pour le garder ?

Dans le contrat, on est convenus de toujours se dire la vérité. On a juré de ne pas se briser le cœur. Ça fait donc deux promesses rompues.

XLI

J E SUIS ASSISE avec Peter devant ma porte. J'entends la télé dans le salon, Kitty regarde un film. Un silence interminable pèse sur nous et on n'entend que les criquets qui stridulent.

Il se décide en premier.

— Ce n'est pas ce que tu crois, Lara Jean, vraiment pas.

Je prends un moment pour rassembler mes pensées, pour former une idée à peu près cohérente.

— Quand on a commencé tout ça, j'étais contente rien qu'en étant chez moi avec mes sœurs et mon père. C'était confortable. Puis on a commencé à se voir, et c'était… c'était comme si tu m'avais entraînée dans le monde extérieur à mon petit foyer. (Je vois son regard s'adoucir.) D'abord, c'était effrayant, mais ça me plaisait aussi. Une partie de moi voulait rester près de toi, à jamais. J'aurais pu le faire facilement. Je pourrais t'aimer toujours.

Il tente d'avoir l'air désinvolte.

— Alors faisons ça.

— Impossible.

Je prends une grande inspiration saccadée.

— Je vous ai vus, tous les deux. Tu la tenais dans tes bras, elle était collée contre toi. J'ai tout vu.

— Si tu avais tout vu, tu saurais que ce n'est pas du tout ce que tu crois.

Je le toise froidement et il se rembrunit.

— Allez, ne me regarde pas comme ça.

— Je n'y peux rien. Je ne peux pas te regarder autrement après ça.

— Gen avait besoin de moi aujourd'hui, alors j'y suis allé, mais juste comme un ami.

— Ne te fatigue pas, Peter. Elle a pris possession de toi il y a longtemps, et je n'ai pas ma place entre vous.

J'ai la vue brouillée par les larmes. Je m'essuie les yeux avec ma manche. Je ne peux plus rester là, près de lui. Ça me fait trop mal de regarder son visage.

— Je mérite mieux que ça, tu sais? Je mérite… Je mérite d'être la fille qui a la priorité sur les autres dans le cœur d'un garçon.

— Mais tu l'es.

— Non, pas du tout. C'est elle, ta priorité. Tu continues à la protéger, à garder son secret, quel qu'il soit. Mais à la protéger de quoi? De moi? Qu'est-ce que je lui ai fait?

Il écarte les mains d'un air impuissant.

— Tu m'as enlevé à elle. Tu es devenue la personne la plus importante pour moi.

— Non, tu te trompes, c'est bien le problème. C'est elle la plus importante.

Il bafouille et tente de nier, mais c'est inutile. Comment le croire quand la vérité est juste là, devant moi?

— Tu sais comment j'ai compris qu'elle était la personne la plus importante pour toi? Tu l'as choisie à chaque fois.

— C'est des conneries ! explose-t-il. Quand j'ai su qu'elle avait fait cette vidéo, je lui ai dit que, si elle te faisait encore du mal, je ne la verrais plus jamais.

Peter continue à parler, mais je n'entends plus ce qui sort de sa bouche.

Il savait.

Il savait que Genevieve avait posté la vidéo, il savait et il ne m'a rien dit.

Peter s'est tu et me regarde.

— Lara Jean ? Qu'est-ce qu'il y a ?

— Tu savais ?

Son teint prend la couleur des cendres.

— Non ! Pas comme tu le penses. Je ne le sais pas depuis le début.

Je m'humecte les lèvres avant de parler.

— Donc, tu as fini par découvrir la vérité, et tu ne me l'as pas dit. (J'ai du mal à respirer.) Tu savais combien j'étais blessée, et tu continuais à la défendre. Puis tu as découvert la vérité et tu ne m'as rien dit.

Peter se met à répondre très vite.

— Laisse-moi t'expliquer. Je n'ai appris que récemment que Gen était derrière cette histoire de vidéo. Je l'ai interrogée, et elle a craqué et a tout avoué. Cette nuit-là, elle nous a vus dans le Jacuzzi, et elle a filmé. Elle a envoyé le film à Anonypute et l'a fait passer à la réunion.

Je le savais, mais je m'en suis remise à Peter et j'ai fait mine de ne rien savoir. Pourquoi ? Pour lui ?

— Elle est mal parce qu'il arrive des trucs dans sa famille, et elle était jalouse, alors elle s'est déchargée sur toi et moi...

— Quoi ? Il arrive quoi dans sa famille ?

Je n'attends pas de réponse, je sais qu'il ne répondra pas. Je demande juste pour prouver mon point de vue.

Il semble contrarié.

— Tu sais bien que je ne peux rien dire. Pourquoi est-ce que tu me mets toujours dos au mur, pour me forcer à te dire non ?

— C'est toi qui te mets dans le pétrin tout seul. Tu as son nom, pas vrai ? Dans le jeu, tu as son nom et elle le mien.

— Qui s'occupe de ce jeu stupide ? Covey, on parle de nous.

— Moi, je m'occupe de ce jeu stupide.

Peter est loyal envers elle avant tout, avant moi. C'est Genevieve, puis moi. C'est comme ça. Ça a toujours été comme ça. J'en ai marre. Un déclic se fait dans ma tête. Je lui demande brusquement :

— Que faisait Genevieve dehors, cette nuit-là ? Toutes ses amies étaient dans le chalet.

Peter ferme les yeux une seconde.

— Quelle importance ?

Je repense à cette soirée dans les bois. Il avait paru surpris de me voir. Stupéfait, même. Il ne m'attendait pas. Il l'attendait, elle. Il l'attend encore…

— Si je n'étais pas sortie pour m'excuser cette nuit-là, tu l'aurais embrassée ?

Il ne répond pas tout de suite.

— Je ne sais pas.

Ces quatre mots confirment tout. J'en ai le souffle coupé.

— Si je gagne… Tu sais ce que je souhaiterai ?

Ne le dis pas, ne le dis pas… Ne dis pas quelque chose que tu ne pourras pas retirer ensuite.

— Je ferai le vœu de ne jamais avoir commencé cette histoire entre nous.

Mes paroles résonnent dans ma tête, dans l'air du soir.

Il retient son souffle. Il étrécit les yeux, crispe la

bouche. Je lui ai fait mal. Était-ce ce que je voulais ? Je le pensais sur le moment, mais maintenant, en voyant son expression, je doute.

— Pas besoin de gagner le jeu pour ça, Covey. Tu peux l'obtenir dès maintenant si tu veux.

Je lui frappe la poitrine des deux mains et les larmes me montent aux yeux.

— Tu as perdu. Qui est ta cible ?

Je connais déjà la réponse.

— Genevieve.

Je me lève.

— Adieu, Peter.

Je rentre chez moi et claque la porte. Je ne me retourne pas, pas une seule fois.

On a rompu si facilement. Comme si ce n'était rien. Comme si notre histoire n'était rien. Est-ce que ça veut dire qu'elle n'aurait jamais dû commencer ? Que notre rencontre n'était qu'un accident du destin ? Si on était faits l'un pour l'autre, comment est-ce qu'on aurait pu se séparer si facilement ?

J'imagine que la réponse est simple : ce n'était pas le cas.

XLII

Peter et moi, notre rupture, tout ça, c'est des histoires de lycée. Autrement dit, c'est éphémère. Même ma souffrance ne durera pas. Même la morsure aiguë de la trahison est un souvenir que je dois conserver et chérir, car c'est ma première vraie rupture. Ce n'est qu'une partie de tout ça, de tout ce qu'implique le fait de tomber amoureuse. Ce n'est pas comme si j'avais pensé qu'on resterait toujours ensemble. On n'a que seize et dix-sept ans. Un jour, je repenserai à tout ça avec attendrissement.

C'est ce que je ne cesse de me répéter, même quand j'ai des larmes plein les yeux, même quand je suis allongée sur mon lit et que je pleure jusqu'à m'endormir d'épuisement. Mes larmes coulent jusqu'à ce que j'aie mal aux joues à force de les essuyer. Ce puits de tristesse commence avec Peter, mais il ne s'arrête pas là.

Parce que chaque minute une pensée roule dans ma tête, en boucle : *maman me manque. Maman me manque. Elle me manque tellement*. Si elle était là, elle m'apporterait une tasse de tisane apaisante, et elle s'assiérait au pied du lit. Elle m'attirerait la tête sur ses genoux, passerait les doigts dans mes cheveux et me murmurerait à l'oreille : « Tout ira bien, Lara Jean. Tout ira bien. » Et je la croirais, parce qu'elle disait toujours la vérité.

Oh, maman, tu me manques tellement. Pourquoi n'es-tu pas là alors que j'ai tant besoin de toi ?

* * *

J'AI DÉJÀ MIS de côté une serviette sur laquelle Peter a griffonné un dessin de mon visage, le talon du ticket de notre première sortie au cinéma, le poème qu'il m'a offert pour la Saint-Valentin. Et il reste le collier. Bien sûr, le collier. Je n'ai pas pu me résoudre à le retirer. Pas encore.

Je passe tout mon samedi au lit et je ne me lève que pour grignoter un peu et laisser Jamie sortir dans l'arrière-cour. Je regarde des comédies romantiques en accéléré pour ne visionner que les passages tristes. Je devrais trouver un plan pour vaincre Genevieve, mais je n'y arrive pas. J'ai mal quand je pense à elle, au jeu, et surtout à Peter. Je décide de remettre ça à plus tard, à un moment où je pourrai vraiment me concentrer.

John m'envoie un SMS pour savoir si je vais bien, mais je n'ai pas la force de répondre. Je mets ça aussi de côté.

Je ne quitte la maison que le dimanche pour aller à Belleview pour une réunion de préparation. Poussée par l'insistance de Stormy, Janette a validé mon projet de fête USO. Au diable les ruptures, le spectacle doit continuer.

Stormy affirme que tous les retraités ne parlent que de ça. Elle est tout excitée car Ferncliff, l'autre résidence de la ville, pourrait affréter un bus pour conduire quelques résidents pour l'occasion. Stormy déclare qu'il y a là-bas au moins un veuf digne d'intérêt, qu'elle connaît du club de lecture des seniors de la bibliothèque locale. Cette idée pique l'intérêt des autres résidentes.

— C'est un gentleman à cheveux gris très distingué, répète-t-elle. Et il conduit encore !

Je m'évertue à relayer l'information moi aussi. Tout est bon pour susciter l'intérêt.

Pendant la fête, tout le monde recevra cinq coupons « emprunts de guerre ». Ils pourront les échanger contre un verre de punch au whisky, une petite broche avec un drapeau ou une danse. C'est l'idée de M. Morales. Il avait plus précisément proposé un coupon contre une danse avec une dame, mais il s'est fait rabrouer et traiter de sexiste, et on a décidé que ce serait une danse avec un homme ou une femme. Alicia, toujours pragmatique, a déclaré :

— Il y aura plus de femmes que d'hommes, alors ce sera aux dames de prendre l'initiative de toute façon.

Je suis passée d'appartement en appartement pour demander aux résidents de me prêter des images des années quarante, notamment des photos de personnes en uniforme ou pendant de véritables fêtes organisées par l'USO. Une femme m'a reçue avec une exclamation de mépris.

— Pardon, mais j'avais six ans en 1945 !

Je me suis hâtée de lui dire que des photos de ses parents seraient également parfaites, mais elle m'avait déjà claqué la porte au nez.

Mon scrapbooking pour les seniors s'est transformé en comité d'organisation. J'ai imprimé des emprunts de guerre, et M. Morales utilise mon massicot pour les découper. Maude, une nouvelle dans le groupe qui sait surfer sur Internet, réunit des articles de journaux de la Seconde Guerre pour décorer les tables du buffet. Son amie Claudia s'occupe de la liste des musiques.

Alicia aura une petite table réservée. Elle fabrique une guirlande de grues en origami, avec des papiers, tous de couleurs différentes, lilas, pêche, turquoise, à fleurs… Stormy hurle parce qu'elle ne se limite pas au thème rouge, blanc et bleu, mais Alicia persiste et je la soutiens. Toujours dans un style raffiné, ses photos de soldats américano-japonais dans des camps de prisonniers sont disposées dans de beaux cadres argentés.

— Ces images vont plomber l'ambiance, me chuchote Stormy.

Alicia se retourne d'un coup.

— Ces photos sont là pour éduquer les ignorants.

Stormy se dresse de tout son mètre soixante, un mètre soixante-sept avec ses talons.

— Alicia, viens-tu de me traiter d'ignorante?

Je grimace. Stormy s'est beaucoup investie dans cette fête et elle est un peu trop à fleur de peau dernièrement.

Je ne vais pas supporter une nouvelle dispute entre elles. Je suis sur le point d'intervenir pacifiquement quand Alicia soutient le regard de Stormy et lui jette:

— Je vois que tu t'es reconnue.

Stormy et moi hoquetons de stupeur. Elle se précipite près de la table d'Alicia et balaie ses grues d'un grand geste. Alicia hurle, et je hoquette de nouveau. Tout le monde lève les yeux.

— Stormy!

— Tu prends son parti ? Elle m'a traitée d'ignorante ! Stormy Sinclair est peut-être bien des choses, mais pas une ignorante.

— Je ne prends le parti de personne.

Je me penche pour ramasser les oiseaux.

— Si tu prends un parti, ça devrait être le mien, déclare Alicia. (Elle désigne Stormy du menton.) Elle se prend pour une grande dame, mais ce n'est qu'une enfant, qui fait un caprice pour une fête.

— Une enfant ! glapit Stormy.

— Vous voulez bien arrêter de vous disputer toutes les deux ?

Je suis mortifiée de sentir des larmes au coin de mes yeux.

— Je n'ai pas la force pour ça aujourd'hui, dis-je d'une voix tremblante. Je ne peux pas.

Elles échangent un regard et se précipitent vers moi.

— Qu'est-ce qui ne va pas, ma petite ? ronronne Stormy. Sûrement une histoire de garçon.

— Assise, assise, ordonne Alicia.

Elles me conduisent sur le canapé et m'installent entre elles.

— Tout le monde dehors ! hurle Stormy.

Les autres se retirent aussitôt.

— Maintenant, dis-nous ce qui ne va pas.

Je m'essuie les yeux du bout d'une manche.

— J'ai rompu avec Peter.

C'est la première fois que je le dis à voix haute. Stormy s'exclame.

— Toi et M. Mignon ? Pour un autre garçon ?

Elle semble pleine d'espoir, et je sais qu'elle pense à John.

— Ce n'était pas pour un autre. C'est compliqué.

— Ma chérie, ce n'est jamais vraiment compliqué. De mon temps…

Alicia la coupe d'un regard.

— Tu veux bien la laisser parler ?

— Peter n'a jamais oublié son ex-petite amie, Genevieve, dis-je en reniflant. C'est elle qui a posté cette vidéo de nous deux dans le Jacuzzi, et Peter l'a appris mais ne m'a rien dit.

— Il voulait peut-être t'éviter de souffrir ? avance Alicia.

Stormy secoue fébrilement la tête et j'entends ses boucles d'oreille frémir.

— Ce garçon est un chien, c'est aussi simple que cela. C'est toi qu'il devrait traiter comme une reine, pas cette Genevieve.

— Tu cherches juste à pousser Lara Jean dans les bras de ton petit-fils, accuse Alicia.

— Et alors ? D'ailleurs, Lara Jean, reprend-elle avec une étincelle dans le regard, as-tu des projets ce soir ?

On rit toutes les trois.

— Je ne peux pas penser à un autre garçon que Peter pour le moment. Vous vous rappelez votre premier amour ?

Stormy a eu tant d'amants, le peut-elle ? Mais elle hoche la tête.

— Garrett O'Leary. J'avais quinze ans et lui dix-huit, et nous n'avons fait que danser une fois. Mais sa façon de me regarder...

Elle frissonne.

Je regarde Alicia.

— Vous, c'était votre mari Phillip ?

Je suis surprise de la voir secouer la tête.

— Mon premier amour s'appelait Albert. C'était le meilleur ami de mon grand frère. Je pensais me marier avec lui. Mais ce n'était pas mon destin. J'ai rencontré mon Phillip. (Elle sourit.) Phillip était l'amour de ma vie. Mais je n'ai jamais oublié Albert.

Comme j'étais jeune, alors ! Stormy, peux-tu croire que nous avons un jour été si jeunes ?

Stormy ne lui adresse pas l'une de ses répliques insouciantes habituelles. Son regard devient humide et elle reprend d'une voix douce que je n'ai jamais entendue.

— C'était il y a des millions de vies. Et pourtant...
— Et pourtant, répète Alicia.

Elles me sourient toutes les deux tendrement, laissant percer une affection entière et sincère, et je sens mes larmes remonter.

— Qu'est-ce que je vais faire maintenant que Peter n'est plus mon petit copain ?

Je m'interroge à voix haute.

— Tu feras ce que tu faisais avant qu'il soit ton petit ami, déclare Alicia. Tu feras ce que tu as à faire dans la journée, il te manquera dans un premier temps, puis petit à petit la douleur passera. Elle s'amenuisera.

Elle pose sa main parcheminée sur ma joue. Un léger sourire flotte sur ses lèvres.

— Il te faut juste du temps, et, petite, tu as toute la vie devant toi.

C'est une idée réconfortante, mais je ne suis pas sûre d'être convaincue, pas totalement. Le temps paraît sûrement différent aux jeunes. Les minutes semblent plus longues, plus puissantes, plus intenses. Je sais surtout que chaque minute semble interminable sans lui, comme si je ne faisais qu'attendre, attendre qu'il me revienne. Moi, Lara Jean, je sais que c'est impossible, mais mon cœur ne semble pas l'avoir compris.

Plus tard, mon énergie retrouvée et mes larmes séchées, je rejoins Janette dans son bureau pour parler des détails de la fête. Elle évoque négligemment le salon et je me pétrifie.

— Janette, le salon ne sera pas assez grand.

— Je ne sais pas quoi te dire. La grande salle d'activités est réservée pour le bingo. Tous les vendredis soir lui sont réservés.

— Mais cette fête est un événement énorme ! Les joueurs de bingo ne peuvent pas aller dans le salon pour une fois ?

— Lara Jean, je ne peux pas déplacer le bingo. Des gens viennent de partout pour y participer, dont la mère de notre bailleur. Il y a un vrai enjeu politique. J'ai les mains liées.

— Bon, et la salle à manger ? On pourrait bouger les meubles et installer la piste au centre de la pièce, puis placer les rafraîchissements sur une longue table contre le mur. Ça pourrait marcher.

Janette m'adresse un regard du genre « s'il te plaît, gamine ».

— Et qui va déplacer toutes les tables et les chaises ? Toi ?

— Eh bien, oui, et je pourrais trouver des résidents volontaires...

— Pour que l'un d'eux se bloque le dos et fasse un procès à la résidence ? Non, *gracias* !

— Inutile de tout déplacer, la moitié seulement. Le personnel ne pourrait pas aider ?

Janette secoue déjà la tête quand je suis saisie par l'inspiration.

— Janette, j'ai entendu dire que Ferncliff conduira quelques-uns de ses résidents en bus pour ma fête. Ferncliff ! Ils se sont déjà surnommés « meilleure maison de retraite des montagnes Bleues ».

— Oh, mon Dieu, Ferncliff est un trou. Les gens qui travaillent là-bas sont des ratés. Moi, j'ai un master. Ils se prennent pour la «meilleure maison de retraite des montagnes Bleues»? Ah, mon cul!

Plus qu'à remonter le poisson...

— Je te le dis, Janette, si ce bal n'est pas à la hauteur, on passera pour des imbéciles. On ne peut pas permettre ça. Je veux que les résidents de Ferncliff sortent d'ici à pied ou en fauteuil en regrettant de ne pas vivre à Belleview!

— Très bien, très bien. Je vais demander aux gardiens de t'aider à arranger la salle à manger. (Elle agite un doigt dans ma direction.) Tu es comme un chien accroché à son os, petite.

— Tu ne le regretteras pas, dis-je comme une promesse solennelle. Ne serait-ce que pour les photos. On les mettra sur le site. Tout le monde nous enviera!

Janette plisse les yeux d'un air satisfait, et je souffle enfin. Il faut que cette fête soit un succès. C'est capital. C'est la seule bonne chose qui me reste.

XLIII

L E DIMANCHE SOIR, je me frise les cheveux. C'est un acte d'espoir très clair. J'aime boucler mes cheveux le soir en pensant à tout ce qui pourrait arriver le lendemain. Et surtout, ils sont plus jolis après une nuit de sommeil, moins volumineux.

J'ai fixé une moitié de mes mèches sous des barrettes et j'ai presque fini un côté quand Chris apparaît à ma fenêtre.

— Je suis censée être privée de sortie, alors je ne pourrai rentrer qu'une fois ma mère endormie, annonce-t-elle en retirant son blouson de moto. Tu déprimes toujours à cause de cette histoire avec Kavinsky ?

J'enroule une nouvelle mèche autour du fer à friser.

— Oui. Tout de même, ça ne fait même pas quarante-huit heures.

Chris passe un bras autour de mes épaules.

— Désolée de te le dire, mais c'était voué à l'échec depuis le début.

Je lui adresse un regard blessé.

— Merci infiniment.
— Ouais, mais c'est vrai. Votre façon de vous mettre ensemble était trop bizarre, et puis toute cette histoire de vidéo dans le Jacuzzi...

Elle me prend le fer à friser des mains et commence à boucler ses propres mèches.

— Mais je pense que c'est bien que tu aies traversé tout ça. T'étais dans un cocon, bichette. Des fois, tu juges les autres sans savoir.

Je récupère mon fer et feins de me préparer à la frapper avec.

— Tu es venue me remonter le moral ou me décrire tous mes défauts ?

— Désolée ! Je disais ça comme ça, dit-elle avec un grand sourire. Allez, ne sois pas triste trop longtemps, c'est pas ton style. Il y a d'autres mecs que Kavinsky. Des mecs qui ne seront pas les vieux restes de ma cousine. Tiens, des mecs comme John McClaren. Il est canon. Je tenterais ma chance si tu n'étais pas là.

Je réponds d'une voix douce.

— Je ne peux pas penser à un autre pour le moment. Peter et moi, on vient de rompre.

— C'est chaud entre Johnny et toi. Je l'ai bien vu à ton truc de capsule temporelle. Tu lui plais !

Elle frappe mon épaule de la sienne.

— Tu l'aimais bien, avant. Il y a peut-être encore un truc à exploiter.

Je l'ignore et continue à friser mes cheveux, une mèche après l'autre.

PETER EST TOUJOURS assis devant moi en chimie. Je ne pensais pas que quelqu'un pouvait vous manquer encore plus douloureusement en étant assis à deux pas de vous. Peut-être parce qu'il ne me regarde pas,

pas une seule fois. Je n'avais pas mesuré l'importance qu'il avait prise dans ma vie. Il était devenu si… familier. Et maintenant, c'est fini. Il n'est pas parti, il est là, devant moi, mais c'est encore pire. Pendant un instant, c'était génial. Vraiment, vraiment génial. N'est-ce pas ? Peut-être que les choses super ne sont pas faites pour durer, peut-être que c'est ce qui leur donne leur saveur, le fait qu'elles soient temporaires. Peut-être que j'essaie seulement de me consoler. Ça marche, un peu. Pour le moment, je me contente d'un peu.

Après le cours, Peter reste à sa place, puis il se retourne.

— Salut.

Mon cœur bondit.

— Salut.

Je suis saisie par l'idée soudaine et complètement folle que, s'il veut me reconquérir, je dirais oui. Au diable la fierté, Genevieve et tout le reste !

— Il faudra me rendre mon collier, déclare-t-il.

Évidem-ment.

Ma main vole d'instinct vers le médaillon en forme de cœur pendu à mon cou. J'ai voulu le retirer ce matin, mais je n'ai pas réussi.

Et maintenant, je dois le lui redonner ? Stormy a toute une boîte de babioles et de bijoux de ses anciens amoureux. Je n'aurais pas cru devoir renoncer au seul gage d'amour que j'avais reçu d'un garçon. Mais c'est vrai, il coûtait très cher et Peter est pragmatique. Il pourra se faire rembourser et sa mère le revendra.

— Bien sûr, dis-je en me démenant maladroitement pour défaire l'attache.

— Je ne parlais pas de me le donner à la seconde, reprend-il.

J'interromps mon geste. Peut-être va-t-il me laisser le garder un peu, ou même toujours ?

— Mais puisque tu es d'accord, je le prends.

Je n'arrive pas à enlever le fermoir, les secondes sont interminables, et la tâche est épuisante, avec Peter juste à côté. Il finit par venir dans mon dos et repousse mes cheveux sur une épaule. C'est peut-être mon imagination, mais il me semble entendre son cœur battre. Son cœur bat, pendant que le mien se brise.

XLIV

Kitty déboule dans ma chambre. Je fais mes devoirs à mon bureau. Je ne les avais pas faits là depuis longtemps, j'avais pris l'habitude d'aller avec Peter chez Starbucks après les cours. Je mène déjà une vie de solitaire.

— Peter et toi, vous avez rompu ? demande-t-elle.

Je sursaute.

— Qui te l'a dit ?
— On s'en moque, réponds à ma question !
— Eh bien… oui.
— Tu ne le mérites pas, crache-t-elle.

Je recule sur mon siège.

— Quoi ? Tu es ma sœur ! Ce n'est pas juste que tu prennes le parti de Peter. Tu n'as même pas entendu ma version de l'histoire. Tu ne sais pas qu'on doit toujours choisir le camp de sa sœur ?

Elle fait la moue.

— C'est quoi ta version ?
— Ma version est que c'est compliqué. Peter a toujours des sentiments pour Genevieve…

— Il ne pense plus à elle de cette façon. Ne t'en sers pas comme excuse.

J'explose :

— Tu n'as pas vu ce que j'ai vu, Kitty !

— Et qu'est-ce que tu as vu ? reprend-elle d'un air de défi en dressant le menton comme une arme. Dis-moi.

— Ce n'est pas seulement ce que j'ai vu, c'est aussi ce que je sais depuis le début. C'est juste que... Laisse tomber. Tu ne comprendrais pas.

— Tu l'as vu l'embrasser ? Tu l'as vu ?

— Non, mais...

— Mais rien ! (Elle plisse les yeux.) C'est à cause de ce gars avec un nom bizarre ? John Amberton McClaren ou je ne sais quoi ?

— Non ! Pourquoi est-ce que tu dis ça ? (Je laisse échapper un hoquet.) Attends voir... Tu as encore lu mes lettres ?

Elle grimace, et je sais qu'elle l'a fait, la peste.

— Ne change pas de sujet ! Tu l'aimes bien ou pas ?

— Ça n'a rien à voir avec John McClaren. Ça ne concerne que Peter et moi.

Je voudrais lui dire qu'il savait que Genevieve avait filmé et diffusé la vidéo. Il savait, mais il a continué à la protéger. Mais je ne peux pas gâcher la belle image de Peter dans sa tête de petite fille. Ce serait trop cruel.

— Kitty, n'insiste pas. Peter a toujours des sentiments pour Genevieve et je l'ai toujours su. Et pourquoi vouloir faire de notre histoire quelque chose de sérieux alors qu'on est voués à rompre, comme Josh et Margot ? Les amours de lycée ne durent pas, tu sais. Il y a une bonne raison à ça. On est trop jeunes pour être sérieux.

En prononçant ces mots, je sens les larmes poindre au coin de mes yeux.

Kitty se radoucit. Elle passe un bras autour de moi.

— Ne pleure pas.
— Je ne pleure pas. J'ai à peine les yeux humides.

Elle pousse un gros soupir.

— Si c'est ça, l'amour, non merci. Je ne veux pas être mêlée à ça. Quand je serai plus grande, je ferai à ma façon.
— C'est-à-dire ?

Elle hausse les épaules.

— Si un garçon me plaît, très bien, je sortirai avec lui, mais pas question de me retrouver assise sur mon lit à pleurer pour lui.
— Kitty, ne fais pas celle qui ne pleure jamais.
— Je pleure pour des raisons importantes.
— Tu as pleuré l'autre soir parce que papa n'a pas voulu que tu veilles tard pour regarder la télé !
— Oui, eh bien, pour moi, c'est important !

Je renifle.

— Je ne sais pas pourquoi j'essaie de discuter de ça avec toi.

Elle est trop petite, elle ne peut pas comprendre. Au fond, j'espère un peu que ça ne sera jamais le cas. En ce qui me concerne, je préférais quand c'était comme ça.

Le soir, je fais la vaisselle avec papa quand il se racle la gorge.

— Alors… Kitty m'a dit que tu avais vécu une grosse rupture ? Comment te sens-tu ?

Je rince un verre et le pose dans l'égouttoir.

— Kitty ne sait pas tenir sa langue. Je comptais t'en parler plus tard.

Peut-être qu'au fond de moi j'espérais ne pas avoir à évoquer cette histoire avec lui.

— Est-ce que tu veux en parler ? Je peux nous faire une tisane apaisante. Elle ne vaudra pas celle de maman, mais quand même.

— Peut-être plus tard.

J'essaie d'être gentille. Sa tisane n'est pas fameuse.

Il m'entoure les épaules d'un bras.

— Je te promets que tout cela passera. Peter Kavinsky n'est pas le seul garçon au monde.

Je soupire.

— Je voudrais ne plus jamais ressentir cette douleur.

— Impossible de se protéger contre un cœur brisé, Lara Jean. Cela fait partie de la vie. (Il me dépose un baiser sur le haut de la tête.) Monte te reposer. Je vais finir.

— Merci, papa.

Je le laisse seul dans la cuisine, tandis qu'il fredonne en séchant une poêle avec un torchon.

Il dit que Peter n'était pas le seul garçon au monde. Je sais que c'est vrai, bien évidemment. Mais quand je pense à mon père… Ma mère était la seule fille au monde pour lui. Sinon, il aurait déjà trouvé quelqu'un d'autre depuis le temps. Peut-être que lui aussi tente de se protéger d'un autre cœur brisé. Peut-être qu'on se ressemble plus que je ne le croyais.

XLV

IL PLEUT ENCORE. J'avais pensé emmener Kitty et Jamie au parc après les cours, mais c'est fichu. Au lieu de ça, je reste assise sur mon lit à me friser les cheveux en regardant les gouttes tomber comme des perles d'argent. Un temps en accord avec mon humeur, on dirait.

Dans la tourmente de ma rupture, j'ai oublié le jeu. Mais maintenant, je suis clairement de retour. Je vais gagner. Je vais l'avoir. Pas question qu'elle me reprenne Peter et qu'elle gagne le jeu. Ce serait trop injuste. Et en prime, je trouverai le vœu parfait, une exigence idéale qu'elle sera obligée de m'accorder. Si seulement j'avais une idée de la demande à faire !

J'ai besoin d'aide. J'appelle Chris, mais elle ne répond pas. Je vais pour rappeler, mais à la dernière seconde j'opte pour un SMS à John.

Tu m'aides à mettre Genevieve hors-jeu ?

Il me répond après quelques minutes.

Ce sera un honneur!

John me retrouve dans le salon. Il s'assoit sur le canapé et me dévisage intensément.

— Très bien, comment veux-tu procéder? Une petite attaque éclair, une infiltration militaire secrète?

Je pose un verre de thé glacé devant lui, puis je m'installe à ses côtés.

— Je pense qu'il faut d'abord la surveiller. Je ne connais même pas son emploi du temps.

Et puis, si mes efforts pour gagner le jeu me permettent aussi de percer son grand secret, je considère ça comme un joli bonus.

— Tu as la tête sur les épaules, j'aime ça, approuve John en calant sa nuque en arrière avant de siroter un peu de thé.

— Je sais où sont les clés de rechange. Chris et moi sommes allées une fois chercher un aspirateur chez elle. Et si… si j'essayais la guerre psychologique? Genre, une note laissée sur son oreiller, avec écrit «je te surveille». Elle en aurait la chair de poule.

John manque s'étouffer avec sa boisson.

— Attends, qu'est-ce que ça t'apporterait?

— Je ne sais pas. C'est toi l'expert!

— Expert? Comment ça, un expert? Si j'étais si doué, je serais encore de la partie.

— Tu ne pouvais pas deviner que je serais à Belleview ce soir-là. Tu n'as simplement pas eu de chance.

— Ça en fait des coïncidences. Belleview. Ta venue à la simulation des Nations unies le même jour que moi.

Je baisse les yeux sur mes mains.

— Ce... n'était pas totalement un hasard. En fait, ce n'était pas du tout une coïncidence. J'y suis allée pour te voir. Je voulais voir ce que tu étais devenu. Je savais que tu serais à la SNU. Je me rappelais à quel point tu aimais ça au collège.

— J'ai décidé de participer uniquement pour travailler mon élocution en public. Pour mon bégaiement. (Il s'interrompt.) Attends... Tu y es allée pour moi ? Pour voir ce que j'étais devenu ?

— Oui. Je... Je m'étais toujours demandé.

John ne dit rien, il me regarde. Il repose brusquement son verre, puis il le reprend pour le poser sur un sous-verre.

— Tu ne m'as pas dit ce qui s'était passé entre Kavinsky et toi la nuit après mon départ.

— Oh. On a rompu.

— Vous avez rompu, répète-t-il en pâlissant.

Je remarque seulement à cet instant Kitty qui rôde près de la porte comme un petit espion.

— Qu'est-ce que tu veux, Kitty ?

— Hum... Il reste du houmous au piment rouge ?

— Je ne sais pas, va voir.

John écarquille les yeux.

— C'est ta petite sœur ? La dernière fois que je t'ai vue, lui dit-il, tu n'étais qu'une petite gamine.

— Ouais, j'ai grandi, réplique-t-elle d'un ton déplaisant.

Je lui lance un regard noir.

— Sois polie avec notre invité.

Kitty tourne les talons et file à l'étage.

— Désolée pour ma sœur. Elle était très proche de Peter et elle a des idées folles...

— Des idées folles ?

Je voudrais me gifler.

— Oui, enfin, elle croit qu'il y a quelque chose entre toi et moi. Mais évidemment, non, parce que toi, ben, genre, tu ne m'aimes pas comme ça, alors, voilà, du coup c'est fou.

Pourquoi faut-il que je parle? Pourquoi Dieu m'a-t-il donné une bouche si je m'en sers pour sortir des inepties pareilles?

Il ne dit rien, et je m'apprête à rompre le silence par une nouvelle tirade idiote quand il répond enfin.

— Eh bien... ce n'est pas si fou que ça.

— Bien sûr! Je ne disais pas fou comme fou, mais...

Je ferme la bouche et décide de regarder droit devant moi.

— Tu te rappelles quand on a joué au jeu de la bouteille dans la cave de mes parents?

Je hoche la tête.

— J'étais nerveux à l'idée de t'embrasser, parce que je n'avais jamais embrassé une fille avant.

Il reprend son verre de thé glacé. Il fait mine de boire, mais il n'y a plus rien, que des glaçons. Nos regards se croisent et il sourit.

— Les garçons m'ont sacrément charrié pour m'être loupé.

— Ce n'était pas loupé.

— Je crois que c'est là que le grand frère de Trevor s'est vanté d'avoir fait...

Il hésite, mais je hoche la tête d'un air engageant et il reprend.

— Il prétendait avoir donné un orgasme à une fille rien qu'en l'embrassant.

Je pousse un rire très aigu et plaque ma main contre ma bouche.

— C'est le pire mensonge que j'aie entendu ! Je ne l'ai jamais vu ne serait-ce que parler à une fille. Et puis je ne pense pas que ce soit possible. Même si ça l'était, je doute vraiment que Sean Pike en soit capable.

John rit également.

— Eh bien, maintenant, j'ai compris qu'il mentait, mais à l'époque tout le monde l'avait cru.

— Je veux dire, est-ce que c'était un super-baiser ? Non, pas vraiment.

John grimace et je m'empresse de continuer.

— Mais ce n'était pas non plus horrible. Je le jure. Et de toute façon, ce n'est pas comme si j'étais moi-même experte en baisers. Qui suis-je pour juger ?

— D'accord, d'accord, arrête de me remonter le moral. (Il repose son verre.) Je suis devenu bien meilleur. C'est ce que les filles m'ont dit.

La conversation a pris une étrange tournure de confessions et ça me rend nerveuse, mais pas de manière désagréable. J'adore partager des secrets, participer aux conspirations.

— Oh, tu en as donc embrassé tant que ça, hein ?

Il rit de nouveau.

— Une quantité respectable. (Il marque une pause.) Je suis surpris que tu te souviennes de ce jour. Tu étais tellement folle de Kavinsky, je crois que tu n'avais même pas remarqué qui d'autre était là !

Je lui pousse l'épaule.

— Je n'étais pas « folle de Kavinsky » !

— Mais si. Tu avais les yeux rivés sur la bouteille quand elle tournait, comme ça.

John prend la bouteille sur la table et la scrute comme s'il avait des lasers à la place des yeux.

— Tu attendais l'instant où tu tomberais sur lui.

Je sais que j'ai les joues rouges comme des briques.

— Oh, ferme-la !

Il rit de ma gêne.

— Tel un faucon veillant sa proie.

— Tais-toi ! dis-je, mais je ris aussi. Comment t'en souviens-tu, toi ?

— Parce que je faisais pareil.

— Tu dévorais Peter des yeux ?

Je dis cela comme une plaisanterie, pour le taquiner, parce que c'est drôle, et c'est la première fois que je m'amuse depuis des jours.

Il me regarde sans faiblir de ses yeux bleu sombre, pleins d'assurance, et j'en ai le souffle coupé.

— Non. C'est toi que je regardais.

J'ai des bourdonnements dans les oreilles et je reconnais le son de mon cœur qui bat à triple cadence. « Dans la mémoire, tout semble surgir grâce à la musique[14]. » C'est l'une de mes phrases préférées de *la Ménagerie de verre*. Si je ferme les yeux, je peux presque entendre ce jour dans la cave de John Ambrose McClaren. Dans quelques années, quand je repenserai à cet instant, quelle musique entendrai-je ?

Il soutient mon regard, et je sens une palpitation qui naît dans ma gorge et gagne ma clavicule et ma poitrine.

— Je t'aime bien, Lara Jean. Je t'aimais bien à l'époque et, maintenant, tu me plais encore plus. Je sais que tu viens de rompre avec Kavinsky, et que tu es encore triste, mais je tenais à ce que les choses soient sans équivoque.

— Heu... d'accord.

---

[14] *Tennessee Williams*, La Ménagerie de verre, *traduction de Pierre Laville, éditions Robert Laffont, collection « Bouquins », 2011.*

Ma voix n'est qu'un souffle. Ses mots sortent avec fluidité, droit au but. Plus l'ombre d'un bégaiement. Il est, en effet, sans équivoque.

— Très bien. Maintenant, voyons comment te faire gagner ton vœu.

Il sort son téléphone et lance Google Maps.

— J'ai cherché l'adresse de Gen avant de venir. Je crois que tu as raison. Il faut prendre le temps d'évaluer la situation. Inutile de se lancer avant d'être prêts.

— Mm, hmm.

Je suis en état de semi-conscience et j'ai du mal à me concentrer. John Ambrose McClaren veut que les choses soient sans équivoque.

Je reviens à moi quand Kitty resurgit en jonglant avec un verre de jus d'orange, un saladier de houmous au piment rouge et un sac de chips de maïs. Elle s'approche du canapé et s'affale juste entre nous deux. Elle lève le sachet.

— Vous en voulez ?

— Oui, répond John en prenant quelques chips. Eh, il paraît que tu es douée pour les stratagèmes, pas vrai ?

Elle répond prudemment.

— Pourquoi tu dis ça ?

— C'est toi qui as posté les lettres de Lara Jean, non ?

Elle hoche la tête.

— Alors je dirais que tu t'y connais en stratagèmes.

— Eh bien, ouais, j'imagine.

— Formidable. On a besoin de ton aide.

Les idées de Kitty sont un peu trop exagérées, comme crever les pneus de Genevieve ou jeter une boule puante dans sa maison pour l'obliger à sortir, mais John note consciencieusement toutes ses suggestions, ce qu'elle remarque immanquablement. Rien ne lui échappe.

XLVI

L E LENDEMAIN, KITTY traînasse devant son toast au beurre de cacahuète et, de derrière son journal, papa la met en garde.
— Tu vas rater le bus si tu ne te presses pas.

Elle hausse à peine les épaules et prend son temps pour monter chercher son cartable. Je suis certaine qu'elle pense que je vais la conduire si elle manque son bus, mais moi aussi je suis en retard. J'ai dormi trop longtemps et je ne trouvais plus mon jean préféré, il a donc fallu que je me contente de mon deuxième favori.

Alors que je regarde par la fenêtre en rinçant mon bol, je vois passer le bus scolaire. Je crie du bas des marches :
— Tu l'as manqué !

Pas de réponse.

Je glisse mon repas dans mon sac et je lance :
— Si tu veux venir avec moi, dépêche-toi ! Salut, papa !

Je mets mes chaussures devant la porte et Kitty me contourne en bondissant, son cartable sautant sur son épaule. Je la suis dehors et ferme la porte. De l'autre côté de la rue, adossé à son Audi noire, Peter. Il sourit largement à Kitty et je reste statufiée, prise de court. Ma première pensée est : est-il venu me voir ? Non, impossible, je passe donc à la deuxième idée. Est-ce un piège ? Je regarde fébrilement autour de moi, en quête d'un signe de Genevieve. Je ne vois rien, et je m'en veux de le soupçonner d'une telle cruauté.

Kitty lui adresse de grands signes de la main en courant.

— Salut !
— Prête, gamine ?
— Ouais.

Elle se retourne pour me regarder.

— Lara Jean, tu peux venir. Je m'installerai sur tes genoux.

Peter est accaparé par son téléphone et je perds toute trace du petit espoir que j'avais qu'il soit là pour moi.

— Non, pas la peine. Il n'y a de la place que pour deux.

Il m'adresse à peine un coup d'œil avant de partir. Très bien. J'imagine que tout est dit.

— Quel gâteau tu me prépares ?

Kitty s'est assise sur un tabouret pour m'observer. Je cuisine le soir pour que tout soit prêt pour la fête de demain. Il me semble que la soirée pyjama de Kitty doit être la meilleure du monde, en partie parce que c'est un anniversaire en retard et que son attente doit être récompensée, et aussi parce qu'avoir dix ans est une étape importante dans la vie d'une fille. Kitty n'a peut-être plus maman, mais elle peut au moins espérer une soirée pyjama d'anniversaire spectaculaire si je m'en mêle.

— Je te l'ai dit, c'est une surprise.

Je verse dans mon récipient la farine que j'ai mesurée.

— Comment était ta journée ?

— Bien. J'ai eu dix-neuf en maths.

— Oh, super ! D'autres bonnes choses ?

Elle hausse les épaules.

— Je crois que Mme Bertoli a laissé échapper un prout en faisant l'appel. Tout le monde a ri.

Levure, sel.

— Bien, bien. Est-ce que, hum, Peter t'a conduite directement à l'école ou est-ce que vous vous êtes arrêtés quelque part ?

— Il m'a emmenée acheter des donuts.

Je me mords la lèvre.

— C'est cool. Il a dit autre chose ?

— Sur quoi ?

— Je ne sais pas. Sur la vie.

Kitty lève les yeux au ciel.

— Il n'a rien dit sur toi, si c'est ce que tu te demandes.

Ça fait mal.

— Je n'y pensais même pas.

Encore un mensonge.

KITTY ET MOI avons tout prévu pour sa soirée. Déguisements de zombies. Machine à photos avec des montages. Vernis à ongles variés.

J'ai choisi son gâteau avec le plus grand soin. Chocolat avec de la confiture de framboises et un glaçage au chocolat blanc. J'ai prévu trois sauces différentes pour le buffet. Crème aigre et oignons, houmous au piment rouge et épinards froids. Des crudités. Des roulés à la saucisse. Du pop-corn au caramel salé pour le film. Cocktail au sorbet citron, du genre qu'on agrémente de bière au gingembre. J'ai même dégoté un vieux bol à punch en verre dans le grenier, qui sera également parfait pour ma fête USO. Pour le petit déjeuner du lendemain, j'ai prévu des pancakes aux pépites de chocolat. Je sais que tous ces détails comptent beaucoup pour Kitty. Elle a déjà mentionné qu'à l'anniversaire de Brielle, sa mère avait fait des smoothies à la framboise pour le goûter, et qui pourrait oublier que la maman d'Alicia Bernard a fait des crêpes quand elle le rappelle constamment ?

Papa est cloîtré dans sa chambre pour la nuit, ce qui semble le soulager. Avant cela, je lui ai fait descendre la petite commode à tiroirs vintage de ma chambre. J'ai élégamment agencé ma collection de chemises de nuit, de pyjamas et de leggings, le tout complété par des pantoufles peluches. Entre Kitty, Margot et moi, on ne manque pas de ce genre de chaussons.

Tout le monde se change en arrivant, en gloussant, en hurlant et en se disputant les tenues.

Je porte un peignoir rose pâle que j'ai acheté dans une boutique d'occasion, mais à l'état neuf, avec encore les étiquettes. Je me sens comme Doris Day dans *Pique-nique en pyjama*. Il ne me manque que des mules à fanfreluches et à petits talons bobine. J'essaie de convaincre Kitty qu'il faudrait faire une soirée vieux films, mais elle rejette immédiatement cette idée. Pour faire rire les invitées, je me mets des bigoudis. Je propose aux autres de leur en poser, mais elles poussent de grands cris et refusent.

Elles font tant de bruit que je dois constamment les rappeler à l'ordre.

— Les filles, les filles !

Au milieu de la soirée, je m'aperçois que Kitty est à l'écart. Je pensais qu'elle serait dans son élément, reine du bal, mais elle semble mal à l'aise et joue avec Jamie.

Quand toutes les filles se précipitent à l'étage pour profiter des masques d'argile que j'ai préparés, je la prends par l'épaule.

— Tu t'amuses ?

Elle hoche la tête et essaie de m'échapper, mais je lui adresse un regard sévère.

— Promesse de sœur ?

Elle hésite.

— Shanae est devenue très copine avec Sophie, avoue-t-elle, les larmes aux yeux. Elles sont meilleures amies qu'avec moi. Tu as vu leurs manucures assorties ? Elles ne m'ont même pas demandé si je voulais la même.

— Elles ne voulaient sûrement pas te mettre à l'écart.

Elle hausse ses épaules maigrelettes.

Je l'entoure de mon bras et elle reste très raide contre moi, alors j'attire sa tête contre mon épaule.

— Les histoires de meilleures amies peuvent être compliquées. Vous grandissez, vous changez, et c'est rare que deux filles grandissent et changent exactement pareil et au même rythme.

Elle redresse brusquement la tête et je la repose sur mon épaule.

— C'est ce qui s'est passé entre Genevieve et toi ? demande-t-elle.

— Honnêtement, je ne sais pas ce qui s'est passé entre nous. Elle a déménagé, et on était toujours amies, et d'un coup on ne l'était plus.

Je me rends compte un peu tard que ce n'est pas le plus réconfortant à raconter à quelqu'un qui se sent délaissé par ses amies.

— Mais je suis certaine que ça ne t'arrivera pas.

Kitty laisse échapper un petit soupir malheureux.
— Pourquoi les choses ne peuvent-elles pas rester les mêmes ?
— Alors rien ne changerait, tu ne grandirais pas, tu aurais eu neuf ans pour toujours, et jamais dix.
Elle s'essuie le nez du bras.
— Ça ne m'aurait peut-être pas gênée.
— Alors tu ne serais jamais en âge de conduire, d'aller à la fac, de t'acheter une maison et d'adopter une meute de chiens. Je sais que tu as envie de tout ça. Tu as un esprit aventureux, et être une enfant peut empêcher de faire tout ce qu'on veut, parce qu'il faut la permission des autres. Une fois plus âgée, tu pourras faire ce qui te chante sans rien demander à personne.
Elle soupire.
— Ouais, c'est vrai.
Je repousse les cheveux qui lui couvrent le front.
— Tu veux que je vous mette un film ?
— Un film d'horreur ?
— Pas de souci.
Elle se reprend déjà, et son tempérament de négociatrice a raison de sa tristesse.
— Pas un truc pour gamins, un vrai, genre « mineurs accompagnés d'un adulte ».
— D'accord, mais, si vous avez peur, pas question de vous laisser dormir dans ma chambre. La dernière fois, je n'ai pas fermé l'œil ! Et si les parents appellent pour se plaindre, je leur dirai que vous avez mis le film toutes seules, en cachette.
— Pas de problème.
Elle se précipite dans l'escalier. Elle est infernale, mais je l'aime comme elle est. Moi non plus, je n'aurais rien eu contre l'idée qu'elle ait toujours neuf ans. Les préoccupations de Kitty sont encore

gérables, on peut les compter sur les doigts d'une main. J'aime l'idée qu'elle dépende encore de moi pour certaines choses. Ses besoins et ses soucis me font oublier les miens. J'aime être nécessaire, que quelqu'un me soit redevable. Ma rupture avec Peter n'est rien face à l'anniversaire des dix ans de Katherine Song Covey. Elle a poussé comme une herbe folle, sans mère, avec deux sœurs et un père. Ce n'est pas rien. C'est même extraordinaire.

Mais dix ans, ouah ! Ce n'est plus une petite fille. C'est entre deux. L'idée qu'elle grandisse, qu'elle oublie ses jouets et ses peintures me rend un peu mélancolique. Grandir laisse une saveur douce-amère.

Mon téléphone vibre. C'est un SMS pitoyable de papa.

Le rez-de-chaussée est sécurisé ? J'ai tellement soif !

Les côtes sont dégagées.

Bien reçu, soldat.

XLVII

Suivre Genevieve est une activité étrangement familière. Tout un tas de petits souvenirs affluent et forment un mélange qui me tourne la tête, entre les choses que je savais sur elle et les nouvelles que je ne connais pas. Elle prend un repas à emporter chez *Wendy's*, et je sais ce que contient le sac sans avoir à le regarder : une petite glace, un petit paquet de frites à tremper dans des sauces et six nuggets de poulet, également à tremper.

John et moi suivons Genevieve dans la ville pendant un moment, mais on finit par la perdre à un feu et on se replie à Belleview. Je dois participer à une réunion d'organisation pour ma soirée USO. La fête se rapproche et tout le monde redouble d'efforts pour être prêt à temps. Belleview est devenue ma source de réconfort, mon lieu de refuge dans toutes ces épreuves. D'une part, Genevieve ne connaît pas la résidence et ne peut venir m'y attraper, d'autre part, c'est bien le seul endroit où je ne risque pas de tomber sur Peter et elle, libres de faire ce qu'ils veulent ensemble maintenant qu'il est de nouveau célibataire.

Il commence à neiger au début de la réunion. Tout le monde se précipite aux fenêtres et beaucoup secouent la tête avec incrédulité.

— De la neige en avril ! Incroyable.

On se remet finalement à préparer les décorations. John aide à créer une bannière.

Quand on a fini, il y a déjà une bonne épaisseur de neige déposée sur le sol, et elle s'est changée en glace.

— Johnny, tu ne peux pas conduire par ce temps, décrète Stormy. Je te l'interdis formellement.

— Grand-mère, tout ira bien, se défend-il. Je suis un excellent conducteur.

Elle le gratifie d'une tape bien sentie sur le bras.

— Je t'ai déjà dit de ne pas m'appeler grand-mère ! Stormy, c'est tout. Et la réponse est non. Je serai intraitable. Vous resterez tous les deux à Belleview ce soir. C'est beaucoup trop dangereux.

Elle m'adresse un regard sévère.

— Lara Jean, appelle ton père immédiatement et dis-lui que je ne t'autorise pas à repartir par ce temps.

— Il pourrait venir nous chercher.

— Pour que ce pauvre veuf finisse dans un accident de voiture en venant ? Non. Hors de question. Donne-moi ton téléphone. Je vais l'appeler moi-même.

— Mais... on a cours demain.

— Annulé, annonce Stormy avec un sourire. Ils viennent de le dire à la télé.

Je proteste.

— Je n'ai aucune affaire ! Pas de brosse à dents, de pyjama, rien !

Elle m'entoure les épaules d'un bras.

— Détends-toi et laisse Stormy s'occuper de tout. Ne te monte pas cette jolie petite tête.

C'est ainsi que John Ambrose McClaren et moi avons passé une nuit ensemble dans une maison de retraite…

Une tempête de neige en avril est quelque chose de magique, même si c'est dû au changement climatique. De rares fleurs roses ont déjà percé dans les jardins sous la fenêtre du salon de Stormy, et la neige tombe lourdement dessus, comme quand Kitty couvre ses pancakes de sucre en poudre : beaucoup et très vite. Bientôt, la teinte rosée disparaît, il ne reste que du blanc.

On joue aux dames dans le salon, avec un plateau massif comme on en trouve dans les magasins d'objets à l'ancienne. John m'a déjà battue deux fois et il persiste à me demander si je le laisse gagner. Je joue les modestes, mais non, il est juste meilleur que moi. Stormy nous sert des piña coladas qu'elle vient de mixer avec « juste un soupçon de rhum pour nous réchauffer » et elle passe au micro-ondes des chaussons aux épinards qu'aucun de nous ne touche. Bing Crosby passe à la radio. Vers neuf heures et demie, Stormy se met à bâiller et annonce qu'elle ira bientôt se coucher pour garder son teint frais. J'échange un regard avec John. Il est encore très tôt, et je ne me rappelle plus la dernière fois où je me suis couchée avant minuit.

Stormy tient à ce que je dorme chez elle et que John aille chez M. Morales, dans sa chambre d'amis. John n'est visiblement pas fou de cette idée.

— Je ne pourrais pas dormir par terre chez toi ? tente-t-il de négocier.

Je suis surprise quand Stormy secoue la tête.

— Je doute que le père de Lara Jean apprécie !

— Je ne crois pas qu'il serait contre, Stormy. Je peux l'appeler si vous voulez.

Mais la réponse reste un « non » franc et ferme. John doit aller chez M. Morales. Venant de la femme qui me répète d'être aventureuse, de tenter des expériences, d'apporter les préservatifs… Elle est finalement plus traditionnelle que je ne le pensais.

Stormy remet à John une serviette et une paire de boules Quies.

— M. Morales ronfle, annonce-t-elle avant de l'embras-ser.

Il lève un sourcil.

— Comment le sais-tu ?

— Tu voudrais bien le savoir ! chantonne-t-elle avant de disparaître dans la cuisine en arborant cet air de grande dame que je lui vois si souvent prendre.

— Tu sais quoi ? me glisse John d'une voix basse. Je ne veux vraiment pas.

Je me mords la lèvre pour ne pas rire.

— Mets ton téléphone sur vibreur, me conseille John avant de partir. Je t'enverrai des SMS.

J'écoute Stormy ronfler et le murmure des flocons tombant contre la fenêtre. Je ne cesse de me retourner dans le sac de couchage : non seulement j'ai trop chaud, mais je n'arrive pas à trouver une bonne position. Je préférerais que Stormy ne monte pas autant le chauffage. Les vieilles personnes se plaignent toujours qu'il fait froid à Belleview, que les chauffages sont « minables », comme le dit Danny du bâtiment Azalée. Pour moi, c'est bien assez chaud. La chemise de satin pêche à col montant que Stormy a absolument voulu que je porte n'aide en rien. Je suis installée sur le côté, et je joue à Candy Crush sur mon téléphone en me demandant quand John va me contacter. Le message arrive.

Tu veux jouer dans la neige ?

Je réponds aussitôt.

OUI ! Il fait une chaleur d'enfer ici.

RDV dans le couloir dans 2 min ?

OK

Je me redresse si vite dans mon sac de couchage que je manque tomber. J'utilise la lumière de mon portable pour trouver mon manteau et mes bottes. Stormy ronfle toujours. Je ne trouve pas mon écharpe, mais je ne veux pas faire attendre John et je sors sans la mettre.

Il est déjà dans le couloir. Il a un épi de cheveux dressé à l'arrière de la tête, et je songe que ce simple détail suffirait à me faire tomber amoureuse si je me laissais aller. Quand il me voit, il ouvre les bras.

— Tu veux construire un bonhomme de neige ? chantonne-t-il.

J'éclate de rire, trop fort à son goût.

— Chut ! Tu vas réveiller les résidents !

Sa remarque me fait rire davantage.

— Il n'est que dix heures et demie !

On court dans le couloir moquetté en riant aussi silencieusement que possible. Mais plus on tente de rire discrètement, plus il est difficile de s'arrêter.

— J'ai le fou rire, dis-je dans un hoquet en passant les portes coulissantes de la cour.

On est tous les deux à bout de souffle et on s'arrête brusquement.

Le sol est couvert d'une nappe blanche épaisse comme de la laine. Tout est si beau et silencieux que j'en ai presque mal au cœur de plaisir. Je suis vraiment heureuse, et je comprends que c'est parce que je n'ai pas pensé une seule fois à Peter. Je me tourne vers John, qui me regarde en affichant un demi-sourire. J'en ai des palpitations de nervosité dans la poitrine.

Je tournoie sur moi-même en chantant.

— Tu veux construire un bonhomme de neige?

On se remet à glousser ensemble.

— Tu vas nous faire expulser! me prévient-il.

Je lui prends les mains et le fais tournoyer avec moi aussi vite que possible.

— Arrête de te comporter comme si tu étais vraiment pensionnaire ici, vieillard!

Nos mains se lâchent et on chancelle. Il ramasse une poignée de neige et commence à former une boule.

— Vieillard, hein? Je t'en donnerai des vieillards!

Je prends la fuite en glissant.

— Je te l'interdis, John Ambrose McClaren!

Il me pourchasse en riant, essoufflé. Il arrive à m'attraper par la taille et lève les bras comme s'il allait m'abattre sa boule de neige dans le dos, mais à la dernière seconde il me relâche. Il écarquille les yeux.

— Oh, mon Dieu! Ne me dis pas que tu portes la chemise de nuit de ma grand-mère sous ton manteau!

Je glousse.

— Tu veux voir? C'est très osé!

Je commence à descendre la fermeture de mon man-teau, mais je m'arrête.

— Attends, d'abord, retourne-toi.

John secoue la tête.

— C'est trop bizarre.

Mais il obéit. Je saisis une poignée de neige, en fais une boule et la glisse dans ma poche.

— C'est bon, regarde.

Il me fait face et je lui envoie la boule de neige en pleine tête. Je le touche à l'œil.

— Ouch ! glapit-il en l'essuyant avec la manche de son manteau.

Je retiens un cri et m'approche.

— Oh, mon Dieu, je suis désolée. Est-ce que tu…

Mais il a déjà rassemblé de la neige et se jette sur moi. Notre bataille de boules de neige est officiellement lancée ! On se poursuit, et je le touche encore dans le dos. On déclare une trêve quand je manque de glisser et de tomber sur le derrière. Heureusement, John me rattrape à temps. Il ne me relâche pas tout de suite. Nos regards se croisent une seconde, son bras autour de ma taille. Un flocon est posé sur ses cils.

— Si je ne savais pas que tu en pinces encore pour Kavinsky, je t'embrasserais.

Je frissonne. Avant Peter, l'événement le plus romantique de ma vie s'était passé avec John Ambrose McClaren, sous la pluie, avec des ballons de foot. Et maintenant, cet instant. Étrange que je ne sois jamais sortie avec lui, mais que les deux moments les plus romantiques de ma vie se soient passés avec lui.

Il me lâche.

— Tu es gelée, rentrons.

On entre dans le petit salon à l'étage de Stormy pour s'asseoir et se réchauffer. Il n'y a qu'une petite lampe de lecture, douce et discrète. Il semble que tous les résidents soient dans leur appartement pour la nuit. C'est une impression étrange d'être là sans Stormy et les autres, comme si j'étais au lycée pendant la nuit. On est installés sur un joli canapé de style français, et je retire mes bottes pour dégeler mes pieds. J'agite les orteils pour chasser les fourmis qui les engourdissent.

— Dommage qu'on ne puisse pas faire un feu, regrette John en étirant les bras et en regardant la cheminée.

— Oui, c'est une fausse. Il doit y avoir des règles dans les maisons de retraite pour prévenir les incendies...

Je reste interdite en apercevant Stormy, dans son kimono soyeux, qui se faufile hors de chez elle et traverse le couloir sur la pointe des pieds... en direction de l'appartement de M. Morales. Oh, mon Dieu !

— Quoi ? demande John en me voyant plaquer la main sur ma bouche sous l'effet de la compréhension. Je m'enfonce dans le canapé et me laisse glisser jusqu'au sol, puis je tire John vers moi. On reste cachés jusqu'à ce que j'entende la porte se fermer.

— Qu'y a-t-il ? Qu'est-ce que tu as vu ? murmure-t-il.

Je me rassois.

— Je ne suis pas certaine que tu veuilles savoir.

— Mon Dieu, quoi ? Dis-moi !

— Je viens de voir Stormy en kimono rouge se glisser chez M. Morales.

John manque s'étouffer.

— Bon Dieu ! C'est...

Je lui adresse un regard compatissant.

— Je sais. Désolée.

Il secoue la tête et se laisse retomber contre le dossier, les jambes étendues devant lui.

— Ouah, c'est fort. Mon arrière-grand-mère a une vie sexuelle plus active que moi.

Je ne peux retenir ma question.

— Alors… tu n'as pas dû faire l'amour avec beaucoup de filles ?

Je me hâte d'ajouter :

— Désolée, je suis quelqu'un de très curieux !

Je me gratte la joue.

— Certains diraient même fouineuse. Tu n'as pas à répondre si tu ne veux pas.

— Non, c'est bon. Je n'ai jamais fait l'amour.

— Quoi !

Je n'arrive pas à le croire. Comment est-ce possible ?

— Pourquoi es-tu si surprise ?

— Je ne sais pas, je pensais sûrement que tous les garçons le faisaient.

— Eh bien, je n'ai eu qu'une petite amie, et elle était très croyante, alors on n'a rien fait, ce qui me va. Enfin, crois-moi, tous les garçons ne font pas l'amour. Je dirais même que la plupart n'ont encore rien fait. (Il marque une pause.) Et toi ?

— Je ne l'ai jamais fait non plus.

Il fronce les sourcils, perplexe.

— Je croyais que Kavinsky et toi…

— Non. Pourquoi croyais-tu ça ?

Oh… La vidéo. Je déglutis. J'espérais un peu qu'il soit la seule personne à ne pas l'avoir vue.

— Donc tu as vu la vidéo du Jacuzzi, hein ?

John hésite.

— Oui. Je ne savais pas que c'était toi, jusqu'à la fête de la capsule temporelle, quand j'ai découvert que tu étais avec lui. Des mecs me l'avaient montrée dans la salle commune, mais je n'avais pas regardé très attentivement.

— On ne faisait que s'embrasser, dis-je en baissant la tête. J'aurais préféré que tu ne voies pas ça.

— Pourquoi ? Franchement, moi, ça ne me gêne pas.

— Je crois que ça m'ennuie que tu me voies de cette manière… J'ai l'impression que les gens me considèrent différemment maintenant, mais j'espérais que tu voyais encore en moi l'ancienne Lara Jean. Tu comprends ce que je veux dire ?

— Mais c'est toujours ainsi que je te vois. Tu es toujours la même. Tu ne changeras jamais à mes yeux, Lara Jean.

Ses mots, sa manière de me regarder… Tout cela me réchauffe, comme une pluie d'or qui descendrait jusqu'à mes pieds gelés. Je voudrais qu'il m'embrasse. Je me demande si ce serait différent d'avec Peter, si mon cœur serait un peu apaisé. Je pourrais peut-être l'oublier un instant. Mais peut-être que John sent que Peter est présent dans mes pensées, et que ce qu'on pourrait faire concernerait finalement Peter et moi, parce qu'il ne tente rien.

Au lieu de cela, il pose une question.

— Pourquoi m'appelles-tu toujours de mon nom complet ?

— Je ne sais pas. C'est comme ça que je te vois, dans ma tête.

— Oh, donc tu penses à moi souvent ?

Je ris.

— Non, je dis que, quand je pense à toi, ce qui n'est pas si fréquent, c'est comme ça que je te vois. Le jour de la rentrée, je dois toujours expliquer aux professeurs que Lara Jean est mon prénom, pas juste Lara. Et tu te rappelles qu'à cause de ça M. Chudney t'appelait toujours John Ambrose ?

John imite un accent britannique.

— M. John Ambrose McClaren, troisième du nom, madame.

Je glousse. Je n'avais jamais rencontré de « troisième du nom ».

— C'est vrai ?

— Oui, et c'est agaçant. Mon père est John junior, surnommé JJ, mais ma famille continue à m'appeler « Petit John ». (Il grimace.) Je préfère encore John Ambrose à Petit John. On dirait un mauvais rappeur ou un personnage de Robin des bois.

— Ta famille est tellement raffinée.

Je n'ai vu sa mère que lorsqu'elle venait le chercher au collège. Elle semblait jeune, elle avait la même peau laiteuse que John et les cheveux plus longs que ceux des autres mères, blonds comme les blés.

— Non, ma famille n'est pas raffinée du tout. Hier soir, pour le dessert, ma mère a servi une salade de gelées, et mon père ne mange ses steaks que bien cuits. Pour les vacances, on va toujours là où on peut se rendre en voiture.

— Je croyais que ta famille était un peu... eh bien... riche.

Je me sens toute honteuse d'avoir dit ce mot. C'est de mauvais goût d'évoquer l'argent des autres.

— Mon père n'a pas une grande éducation, même s'il possède des moyens financiers importants. Son entreprise de construction marche bien, et il se vante d'être parti de rien. Il n'est pas allé à l'université, pas plus que mes grands-parents. Mes sœurs ont été les premières de la famille à y aller.

— Je ne savais pas.

J'apprends plein de nouvelles choses sur John Ambrose McClaren !

— Maintenant, à ton tour de me dire quelque chose que je ne sais pas sur toi !

Je ris.

— Tu en sais déjà plus que la plupart des gens. Ma lettre d'amour le garantit.

Le lendemain matin, j'éternue en passant mon manteau, et Stormy lève un sourcil souligné au crayon.

— Tu as pris froid en jouant dans la neige avec Johnny ?

Je me tortille d'un air gêné. J'avais espéré qu'elle n'en parlerait pas. La dernière chose dont je veux parler est de son rendez-vous de minuit chez M. Morales ! On a ensuite vu Stormy retourner chez elle, et on a attendu une demi-heure avant que John retourne chez M. Morales. Je réponds d'une voix faible.

— Désolée d'être partie en cachette. Il était encore si tôt, et on n'arrivait pas à dormir, alors on a pensé aller jouer dans la neige.

Stormy agite la main.

— C'est exactement ce que j'espérais qu'il se passerait, réplique-t-elle avec un clin d'œil. C'est pour cela que j'ai demandé à Johnny de rester avec M. Morales, évidemment. Où serait l'excitation sans quelques obstacles pour épicer la soirée ?

— Quelle intrigante !

Je suis stupéfaite.

— Merci, ma chère, reprend-elle, visiblement très fière. Tu sais, mon Johnny ferait un excellent premier mari. Alors, tu l'as embrassé sur la bouche, au moins ?

Je sens mes joues me brûler.

— Non !

— Tu peux me le dire, ma belle.

— Stormy, on ne s'est pas embrassés, et, même si on l'avait fait, je n'en parlerais pas avec vous !

Stormy plisse le nez d'un air vexé.

— Eh bien, quel égoïsme !

— Je dois y aller, Stormy. Mon père m'attend devant. À bientôt !

Je me hâte de partir, mais elle me lance :

— Ne t'en fais pas, je ferai parler Johnny ! Je vous verrai tous deux à la fête, Lara Jean !

Je sors et découvre un soleil éclatant. Une grande partie de la neige a déjà fondu. On pourrait croire que cette nuit n'était qu'un rêve.

XLVIII

La soirée précédant la fête USO, j'appelle Chris en branchant mon haut-parleur pendant que je roule des pâtons de *shortbread* dans du sucre.

— Chris, je peux t'emprunter ton poster de Rosie la Riveteuse ?

— Tu peux, mais tu veux en faire quoi ?

— Pour une fête, thème USO et années quarante, que je donne à Belleview demain…

— Arrête, j'm'ennuie. Bon Dieu, tu ne parles que de Belleview !

— C'est mon travail !

— Ooh, tu crois que je devrais aussi prendre un travail ?

Je lève les yeux au ciel. Avec elle, la moindre conversation finit par revenir sur Chris et les préoccupations de Chris.

— Eh, en parlant de boulots sympas pour toi, tu ne voudrais pas faire vendeuse de cigares à la fête ? Tu pourrais mettre un uniforme trop mignon, avec un petit chapeau.

— De vrais cigares ?

— Non, en chocolat. Les cigares ne sont pas bons pour les seniors.

— Il y aura de quoi picoler ?

Je vais répondre que oui, mais seulement pour les résidents, mais je me reprends.

— Je ne crois pas. Ça pourrait être dangereux avec les médicaments qu'ils prennent et les problèmes de marche de certains.

— C'est quand déjà ?

— Demain !

— Oh, désolée. Je ne peux pas sacrifier mon vendredi soir pour ça. Je trouverai forcément mieux. Un lundi, ça aurait pu. Tu peux repousser à lundi prochain ?

— Non ! S'il te plaît, tu peux apporter le poster demain au lycée ?

— Ouais, mais il faudra m'envoyer un SMS pour me le rappeler.

— D'ac.

Je souffle sur une mèche tombée sur mon visage, et je commence à couper mon gâteau roulé. Je dois encore préparer des carottes et du céleri pour les crudités, et monter mes meringues. Je prépare des petites bouchées de meringue à rayures rouge-blanc-bleu, et j'ai peur que les couleurs se mélangent. Ah, tant pis. Si ça arrive, les invités devront se contenter de meringues violettes. Il y a pire. Et en parlant de pire…

— Tu as des nouvelles de Gen ? J'ai fait très attention, mais je ne suis pas sûre qu'elle joue vraiment.

Un silence me répond.

— Elle est sûrement trop occupée à tester un envoûtement sexuel vaudou sur Peter.

J'espère un peu que Chris va renchérir, elle est toujours partante pour casser du sucre sur le dos de sa cousine.

Mais rien ne vient, elle me dit simplement :
— Je dois filer... Ma mère me saoule pour que je sorte le chien.
— N'oublie pas le poster !

XLIX

APRÈS LES COURS, Kitty et moi nous installons dans la cuisine où il y a le meilleur éclairage. Je descends mes enceintes pour passer les Andrews Sisters et créer la bonne ambiance. Kitty installe une serviette et dispose mon maquillage, mes épingles à chignon et ma laque.

Je montre un paquet de faux cils.

— Où les as-tu trouvés ?

— Brielle les a volés à sa sœur et m'en a donné une paire.

— Kitty !

— Elle ne le remarquera pas. Elle en a des tonnes !

— Tu ne peux pas prendre les affaires des autres comme ça.

— Je ne les ai pas pris, c'est Brielle. Mais je peux lui rendre. Tu veux que je te les mette ou pas ?

J'hésite.

— Tu sais comment faire ?

— Oui, j'ai regardé sa sœur le faire plein de fois, répond Kitty en me prenant le sachet des mains.

Mais si tu ne veux pas que je te les pose, pas de souci. Je me les garderai.

— Eh bien… Oh, allez. Mais ne vole plus ! (Je fronce les sourcils.) Eh, vous ne me piquez pas mes affaires au moins ?

Maintenant que j'y pense, je n'ai pas revu mon bonnet de laine à oreilles de chat depuis des mois.

— Chhh, maintenant, on se tait, esquive-t-elle.

C'est la coiffure qui prend le plus de temps. Kitty et moi avons regardé d'innombrables vidéos pour comprendre l'architecture des coques des *victory rolls*, la coiffure typique de l'époque. Il faut beaucoup lisser, tirer, laquer, rouler. Sans oublier les épingles à chignon. Des tonnes d'épingles à chignon !

Je m'observe dans le miroir.

— Tu ne trouves pas que mes cheveux sont un peu… sévères ?

— Comment ça « sévères » ?

— J'ai un peu l'impression d'avoir un petit pain à la cannelle sur la tête.

Kitty brandit son iPad et me le colle presque dans la figure.

— Ouais, tout comme ces filles ! C'est comme ça que ça doit être. Il faut que ça ait l'air authentique. Si on triche avec le style, tu ne colleras plus avec le thème et personne ne comprendra qui tu es censée être.

Je hoche lentement la tête. Bon argument.

— Et puis je dois aller chez Mme Rothschild pour dompter Jamie. Je n'ai pas le temps de tout recommencer.

Pour mes lèvres, on trouve la teinte parfaite en mélangeant un rouge cerise avec deux autres nuances, brique et feu, le tout fixé par une poudre rosée. On croirait que j'ai embrassé une tarte à la cerise.

Je joue à gonfler les lèvres quand Kitty demande :
— Est-ce que ce joli gamin John Amber McAndrews vient te chercher, ou est-ce que tu le retrouves là-bas ?

J'agite mon mouchoir devant sa tête en guise de mise en garde.

— Il vient me prendre, et tu as intérêt à bien te conduire. Et ce n'est pas un joli gamin.
— Comparé à Peter, si.
— Soyons honnêtes. Ils sont mignons tous les deux. Mais ce n'est pas comme si Peter avait un tatouage et des muscles impressionnants. À dire vrai, il est assez vaniteux.

On n'est jamais passés devant une fenêtre sans que Peter jette un regard à sa propre image.

— Et John, il est vaniteux ?
— Non, je ne crois pas.
— Hmph.
— Kitty, arrête de comparer John et Peter. On se moque de qui est le plus mignon.

Kitty continue comme si elle ne m'avait pas entendue.

— Peter a une plus belle voiture. Il conduit quoi, ton petit John ? Un utilitaire basique ? Qui aime ça ? Ce sont juste des gouffres à essence.
— Pour sa défense, je crois que c'est un hybride.
— Tu aimes ça, prendre sa défense !
— C'est mon ami !
— Eh bien, Peter est le mien.

Passer ma tenue est toute une aventure, mais j'en profite à fond. Mon impatience est à son comble, et j'espère beaucoup de cette nuit. Je passe lentement mes bas fraîchement repassés pour ne surtout pas les filer. Il me faut une éternité pour placer correctement la couture derrière les mollets. Puis vient la robe, bleu marine avec un motif de branchettes blanches ornées de baies de houx, et des mancherons vaporeux. Enfin, les chaussures, d'un rouge voyant, à talons, avec un nœud sur les orteils et une boucle à la cheville.

L'ensemble est parfait, et je dois avouer que Kitty avait raison au sujet des *victory rolls*. Une coiffure plus sobre n'aurait pas suffi.

Quand je suis prête à partir, papa ne cesse de répéter combien je suis superbe, et il prend des millions de photos, qu'il envoie par MMS à Margot. Elle lance immédiatement un chat vidéo pour voir de ses propres yeux.

— Prends surtout une photo de toi et Stormy, dit-elle. Je veux voir quelle tenue sexy elle aura dégotée.

— Elle ne sera pas très sexy. Elle l'a cousue elle-même d'après un patron de robe des années quarante.

— Je suis certaine qu'elle trouvera comment l'épicer d'une touche personnelle. Que portera John McClaren ?

— Aucune idée. Il a dit que c'était une surprise.

— Hmm, dit-elle d'un ton très suggestif que je choisis d'ignorer.

Papa prend une dernière photo de moi sur le seuil quand Mme Rothschild arrive.

— Tu es magnifique, Lara Jean.

— N'est-ce pas ? renchérit papa d'un air attendri.

— Mon Dieu, j'adore les années quarante.

— As-tu vu le documentaire de Ken Burns appelé *la Guerre* ? Si tu t'intéresses à la Seconde Guerre mondiale, c'est un incontournable.

— On devrait le regarder ensemble, suggère Kitty, et la voisine lui lance un regard de mise en garde.

— Tu l'as en DVD ? demande-t-elle à papa.

Kitty rayonne d'excitation.

— Oui, tu peux l'emprunter quand tu veux.

Papa ne voit rien, Kitty fait la moue, mais soudain ses lèvres s'ouvrent sous l'étonnement.

Je me retourne et je découvre à mon tour une Mustang cabriolet rouge qui s'arrête dans notre rue, capote rabattue… conduite par John McClaren.

Moi aussi je reste bouche bée. Il est en uniforme : chemise brun clair, cravate assortie, tout comme le pantalon, la ceinture, le calot… Il a lissé ses cheveux sur le côté. Il est resplendissant, comme un vrai soldat. Il sourit et me fait signe de la main.

— Ouah !

C'est tout ce que j'arrive à dire, dans un souffle.

— Ouah, en effet, approuve Mme Rothschild, les yeux écarquillés.

Papa et son DVD de Ken Burns sont oubliés, tout le monde est subjugué par John en uniforme et sa voiture. J'ai l'impression de voir mes rêves prendre corps. Il gare la voiture devant la maison et tout le monde se précipite.

— C'est la voiture de qui ? demande Kitty.

— De mon père, je la lui ai empruntée. J'ai dû promettre de me garer très loin des autres, en revanche, alors j'espère que tes chaussures sont confortables, Lara Jean. (Il s'interrompt et m'observe de la tête aux pieds.) Ouah ! Tu es superbe. (Il désigne mon pain à la cannelle.) Je veux dire, tes cheveux ont l'air si… vrais.

— Ils sont vrais !

Je touche prudemment mes boucles, et je suis soudain très consciente de ma coiffure imposante et de mes lèvres très rouges.

— Je sais, je voulais dire que ça faisait très authentique.

— Ta tenue aussi.

— Je peux m'asseoir ? interrompt Kitty en posant la main sur la portière côté passager.

— Bien sûr.

Il descend de la voiture.

— Mais tu ne préfères pas le côté conducteur ?

Kitty acquiesce fébrilement. Notre voisine monte près d'elle et papa prend une photo. Kitty pose, un bras négligemment jeté sur le volant.

Je reste sur le côté avec John.

— Où as-tu trouvé cet uniforme ?

— Je l'ai commandé sur eBay. (Il fronce les sourcils.) Est-ce que je porte le calot comme il faut ? Il n'est pas trop petit pour ma tête ?

— Pas du tout. Je trouve qu'il est exactement comme il doit être.

Je suis touchée qu'il ait fait l'effort de commander un uniforme pour l'occasion. Rares sont les garçons qui auraient pris cette peine.

— Stormy va sauter au plafond en te voyant.

Il m'observe.

— Et toi ? Tu aimes bien ?

Je rougis.

— Oui. Je te trouve... super.

IL S'AVÈRE QUE, comme toujours, Margot avait raison. Stormy a raccourci l'ourlet de sa robe au-dessus du genou.

— J'ai toujours de belles gambettes, jubile-t-elle en tournoyant. Mon point fort, grâce à tous les cours d'équitation que j'ai pris pendant mon enfance.

Elle s'est même permis un petit décolleté.

Un homme aux cheveux argentés venu dans le van de Ferncliff la couve d'un regard appréciateur et elle fait mine de ne pas le remarquer, mais elle bat des cils et se pavane, une main sur la hanche. Il doit être le bel homme dont Stormy parlait tant.

Je la prends en photo au piano et envoie l'image à Margot, qui répond d'un smiley et de deux pouces levés.

J'installe le drapeau américain au centre de la table en regardant John changer un meuble de place sur les indications de Stormy, quand Alicia apparaît près de moi et le regarde également.

— Tu devrais sortir avec lui.
— Alicia, je vous ai dit que je sortais à peine d'une histoire difficile.

Mais je ne peux pas détacher mon regard de John dans cet uniforme, avec sa raie de côté.

— Et bien, commences-en une nouvelle. La vie est courte.

Pour une fois, Alicia et Stormy sont d'accord.

Stormy rajuste la cravate et le calot de John. Elle se lèche même les doigts et essaie de lisser ses cheveux, mais il esquive vivement. Nos regards se croisent et il m'adresse une grimace d'appel à l'aide.

— Va le sauver, m'encourage Alicia, je m'occupe de la table. Ma présentation sur les camps de prisonniers est prête.

Elle s'est installée près des portes pour que ce soit la première chose que voient les convives en arrivant.

Je me précipite vers John et Stormy. Elle m'accueille avec un sourire.

— N'est-elle pas délicieuse comme une poupée ?
L'air très sérieux, John répète :
— Lara Jean, tu es délicieuse comme une poupée.
Je glousse et touche le sommet de ma coiffure.
— Une poupée à tête de pain à la cannelle.
Les convives commencent à affluer, alors qu'il n'est même pas sept heures. J'ai déjà remarqué que,

par principe, les personnes âgées ont tendance à arriver en avance pour les événements. Je dois encore préparer la musique. D'après Stormy, lorsqu'on prépare une fête, le fond sonore est la première chose à gérer car elle influe sur l'ambiance dès que les invités entrent. Je sens mes nerfs commencer à se tendre. Il me reste tant à faire.

— Je dois finir les préparatifs.

— Dis-moi ce qu'il reste à faire, intervient John. Je suis ton second et toi mon commandant le temps de cette java. Est-ce qu'on disait « java » dans les années quarante ?

Je ris.

— Probablement !

Je me hâte de reprendre :

— Bien, tu peux installer les enceintes et mon iPod ? Ils sont dans le sac près du buffet. Et il faudrait passer prendre Mme Taylor au 5A. Je lui ai promis une escorte.

John m'adresse un salut dans les règles et part en courant. Des frissons me parcourent la colonne vertébrale comme des bulles d'eau de Seltz. Cette soirée sera mémorable !

LA FÊTE BAT son plein depuis une heure et demie et Crystal Clemons, une résidente de l'étage de Stormy, a entraîné tout le monde dans une démonstration de swing. Évidemment, Stormy est au premier rang et se donne à fond. J'essaie de suivre depuis la table. Un-deux, trois-quatre, cinq-six. Plus tôt, j'ai dansé avec M. Morales, mais une seule fois, car les femmes me fusillaient du regard parce que je monopolisais un homme libre et valide. Il n'y a pas beaucoup d'hommes dans les maisons de retraite, et les femmes n'ont pas assez de cavaliers, pas même la moitié de ce qu'elles voudraient. J'ai entendu certaines invitées chuchoter qu'il était impoli qu'un homme ne danse pas quand des dames attendaient un partenaire… en lançant des regards accusateurs au pauvre John.

Il se tient de l'autre côté de la table et boit du Coca en marquant le rythme de la tête. Je n'ai pas arrêté de courir partout et je n'ai pas eu le temps de parler avec lui. Je me penche vers lui et lance :

— Tu t'amuses ?

Il hoche la tête. Subitement, il repose son verre, si violemment que le plateau vibre et que je sursaute.

— Allez, annonce-t-il. La vie ou la mort. Comme au débarquement.

— Quoi ?

— Dansons.

Je réponds timidement.

— On n'est pas obligés si tu n'as pas envie, John.

— Non, j'en ai envie. Je n'ai pas pris des cours de swing avec Stormy pour rien.

J'écarquille les yeux.

— Quand as-tu pris des cours de swing avec Stormy ?

— Ne t'occupe pas de ça et danse avec moi.

— Eh bien… Il te reste des emprunts de guerre ?

C'est une plaisanterie, mais il en pêche un dans sa poche et l'abat sur le buffet. Puis il prend ma main et m'entraîne au centre de la piste comme un soldat en route vers le champ de bataille. Il se concentre et fait signe à M. Morales qui s'occupe de la musique, car il est le seul à comprendre le fonctionnement de mon téléphone. *In the Mood* de Glenn Miller retentit.

John m'adresse un hochement de tête décidé.

— Allons-y.

Et on danse. Pas de rock, pas de côté, ensemble, pas de côté, répéter. Pas de rock, un-deux-trois, un-deux-trois. On se marche sur les pieds des milliers de fois, mais il me fait tournoyer, tourne, tourne, et on a les joues rouges, et on rit tous les deux. Quand la chanson s'achève, il m'attire vers lui et me fait tourner à bout de bras une dernière fois. Tout le monde applaudit. M. Morales s'exclame :

— Pour les jeunes !

John me saisit et me soulève comme une patineuse et la foule rugit d'enthousiasme. Je souris tellement que j'ai l'impression que mes muscles vont lâcher.

Après la fête, John m'aide à décrocher les décorations et à tout ranger. Il emporte deux grandes boîtes sur le parking pendant que je reste pour souhaiter bonne nuit à tout le monde et m'assurer qu'on ne laisse rien dans la salle. Je suis encore un peu ivre de la nuit. La fête s'est extraordinairement bien passée, et Janette était ravie. Elle est venue me presser l'épaule.

— Je suis fière de toi, Lara Jean.

Et puis, cette danse avec John... À treize ans, j'en serais morte d'émotion. À seize, je flotte dans le couloir de la résidence et me sens comme dans un rêve.

Je flotte encore quand j'arrive à la porte principale où je découvre Genevieve et Peter, bras dessus, bras dessous, et j'ai l'impression d'avoir pris une machine à voyager dans le temps qui a effacé l'année passée. Comme si *lui et moi*, ça n'était jamais arrivé.

Ils se rapprochent. Ils ne sont qu'à trois mètres et je suis statufiée. N'y a-t-il pas d'issue ? Aucun moyen d'échapper à l'humiliation, à notre rupture ? Je me suis tellement focalisée sur ma fête USO et sur John que j'avais oublié le jeu. Quelles sont mes possibilités ? Si je retourne en courant dans la maison de retraite, elle n'aura qu'à m'attendre sur le parking pendant la nuit. Je me retrouve comme un lapin sous ses griffes, et elle va encore gagner.

Il est trop tard. Ils m'ont vue. Peter lâche le bras de Gen.

— Qu'est-ce que tu fais là ? demande-t-il. C'est quoi ce maquillage ?

Il désigne mon visage, mes yeux, mes lèvres.

J'ai les joues en feu. J'ignore ce commentaire.

— Je travaille ici, tu as oublié ? Je sais pourquoi tu es là, Genevieve. Peter, merci beaucoup de l'avoir aidée à me piéger. Tu es vraiment la loyauté incarnée.

— Covey, je ne suis pas venu l'aider à t'attraper. Je ne savais même pas que tu serais là. Je t'ai déjà dit que je me moquais de ce jeu !

Il se tourne vers Genevieve.

— Tu as dit que tu devais venir chercher quelque chose chez l'amie de ta grand-mère, ajoute-t-il d'un ton accusateur.

— C'est vrai. Ce n'est qu'une incroyable coïncidence. On dirait bien que j'ai gagné, alors.

Quelle suffisance, quelle assurance dans sa victoire contre moi.

— Tu ne m'as pas encore touchée.

Devrais-je me sauver dans la résidence ? Stormy me laisserait passer la nuit chez elle s'il le fallait.

Mais à cet instant la Mustang rouge décapotable de John entre sur le parking dans un vrombissement.

— Salut tout le monde, dit-il.

Peter et Gen sont bouche bée. Je prends seulement conscience de l'allure étrange que nous devons avoir, John en uniforme de la Seconde Guerre mondiale avec son calot mutin, moi avec mon chignon des années quarante et mes lèvres rouges.

— Qu'est-ce que tu fais là, toi ? demande Peter.

John répond avec insouciance.

— Mon arrière-grand-mère vit ici. Stormy, tu as peut-être entendu parler d'elle. C'est une amie de Lara Jean.

— Je suis sûre qu'il a déjà oublié.

Peter fronce les sourcils et je sais que j'ai vu juste. Ça lui ressemble tellement.

— C'est quoi, ces tenues ? reprend-il d'un ton grincheux.

— Une fête USO, répond John. Très select. Réservée aux VIP. Désolé pour vous.

Il incline négligemment son calot et je vois bien que cela horripile Peter, ce qui me réjouit.

— Une fête USO, c'est quoi ce truc ?

John étire les bras sur le siège passager avec volupté.

— Ça vient de la Seconde Guerre mondiale.

— Je ne te demandais pas à toi, je lui demandais à elle, cingle Peter. (Il me lance un regard dur.) C'est un rendez-vous ? Tu sors avec lui ? Et à qui elle est, cette bagnole ?

Avant que je puisse répondre, Genevieve fait un geste vers moi que j'esquive. Je cours me cacher derrière un pilier.

— Ne fais pas l'enfant, Lara Jean. Accepte ta défaite et ma victoire !

Je jette un regard depuis la colonne et John m'adresse un coup d'œil qui semble dire : grimpe ! J'acquiesce rapidement. Il ouvre brusquement la portière côté passager et je cours le plus vite possible. J'ai à peine refermé qu'il démarre déjà en laissant Peter et Gen dans la poussière.

Je me retourne. Peter nous regarde, la bouche ouverte. Il est jaloux et j'en suis ravie.

— Merci de m'avoir sauvée, dis-je en tâchant de repren-dre mon souffle.

Mon cœur bat fébrilement dans ma poitrine.

John regarde droit devant lui, un large sourire sur les lèvres.

— À ton service.

On s'arrête à un feu et il se tourne vers moi. On se regarde et on rit comme des fous, et j'en perds encore le souffle.

— Tu as vu leurs têtes ? hoquette John en laissant tomber sa tête contre le volant.

— Un grand classique !

— Digne d'un film !

Il rit et ses yeux bleus pétillent de joie.

— Comme un film.

Je m'enfonce dans mon siège et j'ouvre grand les yeux face à la lune, si largement que ça me brûle. Je suis dans une Mustang rouge avec un garçon en uniforme, l'air de la nuit est comme du satin frais contre ma peau, toutes les étoiles brillent et je suis aux anges. Et quand je vois John sourire pour lui-même, je sais que lui aussi. Cette nuit, on peut se prendre pour qui on veut. Au diable Peter et Genevieve. Le feu passe au vert et je lève les bras.

— Fonce, Johnny !

Il accélère et je pousse un cri.

On file pendant quelque temps, et, au feu suivant, il ralentit et passe un bras autour de mes épaules pour m'attirer contre lui.

— C'est bien comme ça qu'on faisait dans les années cinquante ? demande-t-il, son bras libre négligemment posé sur le volant.

Mon cœur s'emballe de nouveau.

— Eh bien, en fait, ce sont plutôt des tenues des années quarante…

Soudain, il m'embrasse. Ses lèvres sont chaudes et fermes, et mes paupières se ferment en un frisson.

Il se recule à peine et me regarde, entre sérieux et taquinerie.

— Meilleur que notre premier, non ?

Je suis éblouie. Il a du rouge sur le visage. Je lui essuie la bouche. Le feu passe au vert, mais on ne bouge pas car il m'observe toujours. Quelqu'un klaxonne derrière nous.

— Le feu est vert.

Il ne bouge toujours pas, et me contemple toujours.

— Réponds d'abord.

— Bien meilleur.

John appuie sur la pédale et on repart. Je n'ai pas encore repris mon souffle. Je hurle contre le vent.

— Un jour, je veux t'entendre faire un discours à la simulation des Nations unies !

John éclate de rire.

— Quoi ? Pourquoi ?

— Je crois que ça vaudrait le coup d'être vu. Je suis sûre que tu serais… épatant. Tu sais, de nous tous, c'est toi qui as le plus changé.

— Comment ça ?

— Tu étais renfermé, perdu dans tes pensées. Main-tenant, tu as tellement confiance en toi !

— Il m'arrive encore de me sentir nerveux, Lara Jean.

John a un épi, une petite mèche qui refuse de se placer, elle est obstinée. C'est ce détail, plus que tout le reste, qui me serre le cœur.

L

JOHN ME DÉPOSE chez moi et je traverse la rue en courant pour récupérer Kitty chez Mme Rothschild. Elle m'invite à prendre un thé. Kitty dort sur le canapé devant la télé, avec le son en sourdine. On s'installe sur l'autre canapé avec deux tasses de lady grey. Elle me demande comment s'est passée la soirée. Peut-être que je suis encore sous l'effet de la fièvre de la nuit, ou que les épingles de ma coiffure me tirent sur le crâne et me donnent le vertige, ou peut-être est-ce la lueur d'intérêt sincère que je vois dans son regard quand je commence à raconter, mais je lui dis tout. Ma danse avec John, les acclamations, Peter et Genevieve, et même le baiser.

Elle s'évente quand je raconte cette dernière partie.

— Quand ce garçon est arrivé en uniforme... Ooh, là! (Elle siffle.) Je me suis sentie comme une horrible cougar parce que je l'ai connu petit, mais, mon Dieu, qu'il est séduisant!

Je glousse en retirant les épingles de ma coiffure. Elle se penche vers moi pour m'aider. Mon pain à la cannelle commence à se dérouler et mon cuir chevelu frémit de soulagement. Est-ce que c'est ça, avoir une mère ? Parler des garçons, tard dans la nuit, en buvant un thé ?

Mme Rothschild reprend d'une voix basse de confidente.

— Écoute, je vais te donner un conseil. Tâche de vivre pleinement chaque instant. Sois bien éveillée et consciente, tu comprends ? Immerge-toi et savoure chaque goutte des expériences que tu vis.

— Alors vous n'avez aucun regret ? Parce que vous avez tout vécu à fond ?

Je pense à son divorce qui alimentait les conversations de tout le voisinage.

— Oh, mon Dieu, non. J'ai des regrets.

Elle rit d'un ton un peu rauque, de cette nuance sexy réservée aux fumeurs et à ceux qui ont attrapé un rhume.

— Je ne sais pas pourquoi j'essaie de te donner des conseils. Je suis divorcée, célibataire et j'ai quarante ans. Et deux. Quarante-deux. Qu'est-ce que je connais de la vie ? Et c'est une question rhétorique. (Elle soupire avec mélancolie.) Mes cigarettes me manquent terriblement.

— Kitty vérifiera votre haleine.

Elle rit à ma mise en garde, toujours de sa voix rauque.

— Je ne voudrais pas me fâcher avec cette petite.

— Elle est petite, certes, mais très féroce, vous êtes sage de craindre sa fureur, madame Rothschild, dis-je d'un ton théâtral.

— Oh, mon Dieu, Lara Jean, veux-tu bien m'appeler Trina ? Je sais bien que je suis plus âgée que toi, mais pas à ce point.

J'hésite.

— D'accord. Hum, Trina… vous aimez bien mon père ?

Elle rougit un peu.

— Heu, oui, c'est quelqu'un de bien.

— Pour sortir ?

— Eh bien, il n'est pas vraiment mon type. Et puis, il n'a montré aucun intérêt particulier me concernant, alors, ah ah !

— Je suis sûre que vous avez compris que Kitty essaie de vous pousser ensemble. Si c'est inconvenant, je peux lui ordonner de cesser.

Je me corrige aussitôt.

— Je peux lui ordonner de cesser, mais je ne suis pas sûre du résultat. Je crois qu'elle trame quelque chose. Je crois aussi que mon père et vous iriez bien ensemble. Il aime cuisiner, et il aime les feux de cheminée, et il n'a rien contre une virée shopping, parce qu'il emporte un livre. Et vous, vous semblez amusante, spontanée et vraiment… plaisante.

Elle sourit.

— Je suis un beau bazar, hein ?

— Le bazar, ça a du bon, surtout pour quelqu'un comme mon père. Vous ne trouvez pas que vous pourriez au moins tenter un rendez-vous ? Quel mal y aurait-il ?

— Sortir avec un voisin, c'est délicat. Et si les choses ne marchent pas, et que nous sommes coincés en face l'un de l'autre ?

— Un petit risque insignifiant en comparaison avec ce qu'il y a à gagner. Si ça ne marche pas, vous vous adresserez un signe poli en vous croisant et vous continuerez votre chemin. Aucun problème. Je sais que je ne suis pas objective, mais mon père en vaut vraiment la peine. Il est génial.

— Oh, je sais. Je vous vois toutes les trois et je me dis, mon Dieu, un homme qui peut élever ces petites perles doit être très spécial. Je n'ai jamais vu un homme aussi dévoué à sa famille. Vous êtes les joyaux de sa couronne, tu sais ? Et c'est normal. Les relations d'une fille avec son père sont les plus importantes relations qu'elle aura de sa vie avec un homme.

— Et les relations d'une fille avec sa mère ?

Mme Rothschild incline la tête et réfléchit.

— Oui, je dirais que ce sont les relations avec une femme qui sont les plus importantes dans la vie. Une mère et des sœurs. Tu as de la chance d'en avoir deux. Je me doute que tu le sais déjà, mieux que quiconque, mais les parents ne restent pas éternellement. Dans l'ordre naturel des choses, ils partent en premier. Mais tes sœurs, c'est pour la vie.

— Vous en avez une ?

Elle hoche la tête et esquisse un sourire.

— J'ai une sœur aînée, Jeanie. On ne s'entendait pas autant que vous, mais, en grandissant, elle s'est mise à ressembler de plus en plus à notre mère. Alors maintenant, quand maman me manque trop, je rends visite à Jeanie et je revois son visage. (Elle plisse le nez.) C'est un peu malsain, non ?

— Non, je trouve ça... adorable. (J'hésite.) Parfois, quand j'entends la voix de Margot, par exemple quand elle est en bas et me crie de me dépêcher de venir dans la voiture, ou qu'elle me dit que le dîner est prêt... parfois, elle a tellement la voix de ma mère que je me fais avoir. Juste une seconde d'illusion.

Les larmes me montent aux yeux et je m'aperçois que Mme Rothschild est aussi émue.

— Je crois qu'une fille ne se remet jamais de la perte de sa mère. Je suis adulte, et c'est dans l'ordre des choses que ma mère ne soit plus là, mais parfois je me sens encore orpheline. (Elle me sourit.) C'est inévitable, n'est-ce pas ? Quand on perd quelqu'un et que la douleur persiste, on sait qu'on lui portait un véritable amour.

Je m'essuie les yeux. Entre Peter et moi, est-ce que l'amour était véritable ? Parce que, oui, la douleur persiste. Mais ce n'est peut-être qu'une étape. Je renifle.

— Alors, juste pour être sûre, si papa vous propose un rendez-vous, vous direz oui ?

Elle éclate de rire, comme un rugissement, puis plaque la main sur sa bouche quand Kitty bouge sur le canapé.

— Je vois que Kitty a de qui tenir.
— Trina, vous n'avez pas répondu.
— La réponse est oui.

Je souris. Cool !

Le temps de retirer tout mon maquillage et de passer mon pyjama, il est presque trois heures du matin. Mais je n'ai pas sommeil. Ce que je veux vraiment, c'est parler avec Margot, et lui raconter cette nuit en détail. Il y a cinq heures de décalage avec l'Écosse, il est donc huit heures du matin pour elle. Elle se lève tôt, je peux toujours essayer.

Je l'appelle alors qu'elle s'apprête à prendre son petit déjeuner. Elle pose l'ordinateur sur sa coiffeuse pour me parler en mettant de la crème solaire, du mascara et du baume à lèvres.

Je lui raconte la fête, l'arrivée de Peter et Genevieve, et, surtout, mon baiser avec John.

— Margot, je crois que je suis capable d'aimer deux personnes à la fois.

Je serais même le genre de fille à tomber amoureuse des milliers de fois. Je m'imagine brusquement comme une abeille butinant une marguerite, une rose, un lis… Chaque garçon est une douceur à sa manière.

— Toi ?

Margot s'interrompt alors qu'elle remontait ses cheveux en queue-de-cheval. Elle tapote l'écran du doigt.

— Lara Jean, je crois que tu es tombée à moitié amoureuse de chaque personne que tu as rencontrée. Ça fait partie de ton charme. Tu es amoureuse de l'amour.

C'est peut-être vrai. Je suis sans doute amoureuse de l'amour ! Ça n'a pas l'air si mal…

LI

L A FOIRE D'ÉTÉ de la ville a lieu demain, et Kitty a promis à l'association de parents d'élèves qu'elle apporterait un gâteau de ma part pour la danse des gâteaux. Pendant ce jeu, les enfants marchent sur la musique, autour d'un cercle de nombres, un peu comme des chaises musicales. Quand la musique s'arrête, un numéro est choisi au hasard, et l'enfant qui s'est arrêté devant obtient le gâteau correspondant. C'était évidemment mon jeu préféré pendant le carnaval, parce que j'aimais contempler tous les gâteaux faits maison et jouer avec ma chance. Bien sûr, les enfants se précipitent autour des gâteaux pour repérer celui qu'ils veulent et ils essaient de marcher plus lentement quand ils passent devant le bon numéro, mais sinon il n'y a pas grand-chose à faire. Le jeu ne réclame ni talent ni savoir-faire. On marche en rond sur une musique rétro. Chacun pourrait aller chez le pâtissier s'acheter exactement le même gâteau que celui qui lui fait envie, mais où serait l'excitation de ne pas savoir ce que l'on va recevoir !

Je ferai un gâteau au chocolat, parce que les enfants et même les adultes préfèrent cette saveur. Je me ferai plaisir avec le glaçage. J'envisage un caramel au beurre salé, ou peut-être des fruits de la Passion, ou une crème moka. J'ai aussi eu l'idée d'un gâteau ombré[15], où le glaçage va du plus sombre au plus clair. Je crois bien que mon dessert aura du succès !

En allant chercher Kitty chez Shanae ce matin, j'ai deman-dé à sa mère quel gâteau elle préparait, car Mme Rodgers est vice-présidente de l'association de parents d'élèves de l'école élémentaire. Elle a poussé un grand soupir.

— Je ferai le premier gâteau tout prêt que je trouverai dans mon placard. Sinon, j'en prendrai un à la grande surface.

Elle me demande ce que je prépare et je lui réponds.

— Je te nomme officiellement Jeune Maman de l'année.

Je ris, mais ça m'encourage à préparer le meilleur gâteau pour que tout le monde sache que Kitty a une super grande sœur. Je n'en ai jamais parlé à papa ou à Margot, mais, au collège, ma professeur d'anglais a organisé un thé mères-filles pour la fête des Mères. C'était après les cours, facultatif, et j'aurais vraiment voulu y aller pour goûter les sandwichs et les scones qu'elle avait promis d'apporter. Mais c'était réservé aux mamans et à leurs filles. J'aurais sans doute pu demander à grand-mère de venir, Margot l'avait déjà fait pour quelques sorties, mais ça n'aurait pas été pareil. Je ne pense pas que ce genre de chose perturberait Kitty, mais j'y pense toujours.

---

[15] *En français dans le texte.*

La marche des gâteaux se déroule dans la salle de musique de l'école. Je me suis portée volontaire pour gérer la musique, et j'ai créé une playlist sur le thème du sucre. *Sugar, Sugar*, des Archies, *Sugar Shack*, *Sugar Town*, *I can't help myself (Sugar Pie, Honey Bunch)*. Quand j'entre dans la salle de musique, la mère de Peter et une autre maman installent les gâteaux. J'hésite et ne sais plus trop quoi faire.

— Bonjour, Lara Jean, dit-elle.

Mais son sourire ne se lit pas dans ses yeux et je sens une boule dans mon estomac. Je suis soulagée quand elle part.

L'événement a du succès, et beaucoup jouent plus d'une fois en espérant décrocher le gâteau de leur rêve. J'encourage les gens à s'intéresser à mon gâteau au caramel, qui reste toujours en course. Il y a un gâteau au chocolat allemand qui met tout le monde en transe mais dont je suis certaine qu'il vient d'un magasin. L'aspect ne fait pas le goût, et je n'ai jamais été très amatrice de ce genre de gâteau. Qui a envie de mâcher des copeaux de noix de coco mouillés ? J'en frissonne !

Kitty a couru comme une folle avec ses amies et elle accepte de m'aider pendant une heure à gérer la marche des gâteaux, quand Peter entre avec son petit frère Owen. La musique de *Pour Some Sugar on Me* résonne. Kitty va lui dire bonjour, et je fais mine de m'intéresser à mon téléphone pendant qu'elle leur montre les gâteaux. Je garde la tête baissée en feignant d'envoyer un SMS, quand Peter s'approche de moi.

— Lequel est le tien ? Celui à la noix de coco ?

Je lève la tête brusquement.

— Je n'achèterais pas un gâteau de grande surface pour cette occasion.

— Je plaisante, Covey. Tu as fait celui au caramel. Je reconnais ta façon élégante de faire un glaçage. (Il s'interrompt et met les mains dans ses poches.) Heu, pour être clair, je ne suis pas allé à la résidence pour aider Gen à t'attraper.

Je hausse les épaules.

— Si ça se trouve, tu lui as déjà envoyé un SMS pour dire que j'étais là, alors…

— Je t'ai dit que je me foutais de ce jeu. Je le trouve stupide.

— Eh bien, pas moi. Je compte toujours gagner.

Je mets la nouvelle chanson de la marche des gâteaux et les enfants courent se mettre en position.

— Alors, Genevieve et toi êtes de nouveau ensemble ?

Il émet un son assez vulgaire.

— Qu'est-ce que ça peut te faire ?

Je hausse de nouveau les épaules.

— Je savais bien que tu finirais par retourner avec elle.

Peter semble blessé. Il se retourne comme pour partir, mais s'interrompt. Il se gratte la nuque.

— Tu n'as jamais répondu à ma question sur McClaren. Vous sortiez ensemble ?

— Qu'est-ce que ça peut te faire ?

Il fronce le nez, agacé.

— Putain, ça me fait que tu étais encore ma petite copine il y a quelques semaines. Je ne me souviens même plus pourquoi on a rompu.

— Si tu as oublié ça, je ne sais pas quoi te dire.

— La vérité. Ne tourne pas autour du pot.

Sa voix flanche sur le mot « pot », ce qui nous aurait fait rire autrefois. J'aimerais pouvoir glousser avec lui encore maintenant.

— Qu'est-ce qui se passe entre McClaren et toi ?

Je sens brusquement une boule dans ma gorge qui me gêne pour parler.

— Rien.

Rien qu'un baiser.

— On est juste amis. Il m'a aidée pour le jeu.

— Comme c'est pratique. D'abord il t'écrit des lettres, maintenant il te conduit en ville et traîne avec toi dans cette maison de retraite.

— Tu disais que les lettres ne te gênaient pas.

— Eh bien, il faut croire que si.

— Alors tu aurais dû le dire.

Kitty nous observe, les sourcils froncés.

— Je ne suis pas venue reparler de ça. J'ai du travail.

Peter m'observe.

— Tu l'as embrassé?

Dois-je dire la vérité? Le faut-il?

— Oui, une fois.

Il cligne des paupières.

— Tu es en train de me dire que je mène une vie de célibataire depuis le début de ce stupide jeu, et même avant, pendant que tu fricotes avec McClaren?

— On a rompu, Peter. Et puis, pendant qu'on était encore ensemble, tu étais avec Genevieve...

Il rejette la tête en arrière.

— Je ne l'ai pas embrassée! hurle-t-il.

Quelques parents nous lancent des regards.

— Tu la serrais entre tes bras.

J'essaie de crier en murmurant.

— Tu la tenais contre toi!

— Je la réconfortais. Bon Dieu! Elle pleurait! Je te l'ai dit! Tu l'as fait pour te venger de moi?

Peter voudrait que je dise oui. Il veut que j'aie fait ça pour lui. Mais je ne pensais pas à Peter en embrassant John. Je l'ai embrassé parce que je le voulais.

— Non.

Les muscles de sa mâchoire tressautent.

— Quand on a rompu, tu as dit que tu voulais qu'un garçon t'accorde la priorité sur les autres filles. (Il désigne la table d'un geste inélégant.) Tu veux faire ton gâteau et le manger.

Ses mots me blessent, comme il le voulait.

— C'est quoi, une sorte de dicton ? Ça n'a aucun sens. Bien sûr que je veux faire du gâteau et le manger, sinon, pourquoi le cuisiner ?

Il fronce les sourcils.

— Ce n'est pas ce que je voulais dire, tu le sais très bien.

La chanson se termine et les enfants viennent réclamer leurs gâteaux, y compris Kitty et Owen.

— On y va ? dit Owen.

Il a mon gâteau au caramel.

Peter le regarde, puis m'observe d'un air dur.

— Je ne veux pas de ce truc.

— Tu m'as dit de jouer pour celui-là !

— Eh bien, je n'en veux plus. Remets-le et prends le funfetti, là au bout.

— Tu ne peux pas, proteste Kitty. La marche des gâteaux ne fonctionne pas comme ça. On prend le gâteau avec le numéro où on s'arrête.

Peter en reste bouche bée.

— Oh, allez, gamine.

Kitty se rapproche de moi.

— Non.

Peter et son frère partent et je serre Kitty contre moi, son dos contre ma poitrine. Après tout, elle est de mon côté. Les filles Song se soutiennent !

LII

Kitty voulait rester plus longtemps à la fête, alors je rentre seule, quand je repère la voiture de Genevieve sur la route. Sans réfléchir, je me mets à la suivre. Il est temps de la sortir du jeu.

Elle est toujours aussi audacieuse. Elle se faufile entre les voitures et je manque la perdre plus d'une fois. Je voudrais lui hurler : « Je ne conduis pas assez bien pour ça ! »

On finit par s'arrêter devant un bâtiment de bureaux, et je reconnais le lieu de travail de son père. Elle entre et je me gare dans la même rue commerçante, mais pas trop près d'elle. Je coupe le moteur et incline mon siège pour qu'elle ne puisse pas me voir.

Après dix minutes, rien n'a bougé. Je ne sais même pas quelle raison elle pourrait avoir d'aller au bureau de son père un week-end. Peut-être pour aider sa secrétaire ? Je risque de rester cachée un bon moment. Mais je suis prête à attendre toute ma vie s'il le faut. Je dois gagner, coûte que coûte. Je me moque du prix. Je veux seulement la victoire.

Je manque m'endormir quand deux personnes sortent du bâtiment. Le père de Gen en costume et manteau camel, et une fille. Je me baisse davantage. Je pense d'abord que c'est Genevieve, mais elle est plus grande. Je plisse les yeux, et je la reconnais. Elle était de l'année de Margot, et participait au Key Club, une organisation étudiante d'entraide. Anna Hicks. Ils quittent le parking ensemble, il l'accompagne à sa voiture. Elle cherche ses clés. Il la prend par le bras, la tourne face à lui et, brusquement, ils s'embrassent. Passionnément. Avec la langue. Et des mains très baladeuses.

Oh, mon Dieu ! Elle a l'âge de Margot, tout juste dix-huit ans. Et le père de Genevieve l'embrasse comme une femme mûre. C'est un père ! Elle est la fille de quelqu'un !

Je me sens nauséeuse. Comment peut-il faire ça à la mère de Genevieve ? À Gen ? Le sait-elle ? S'agit-il des histoires de famille dont parlait Peter ? Si mon père faisait une chose pareille, je ne pourrais plus jamais le regarder comme avant. Je crois que mon point de vue sur ma vie entière serait chamboulé. Ce serait une telle trahison, pas seulement pour notre famille, mais aussi pour lui-même, pour la personne qu'il est.

Je ne veux pas en voir davantage. Je baisse la tête jusqu'à ce que leurs voitures partent, et je vais démarrer à mon tour quand Genevieve sort du bâtiment, les bras croisés et les épaules voûtées.

Oh, mon Dieu, elle m'a vue ! Elle plisse les yeux, elle se précipite vers moi. Je voudrais démarrer, mais je n'y arrive pas. Elle se dresse devant moi, et me fait signe avec agacement de baisser ma vitre. J'obéis, mais j'ai du mal à la regarder dans les yeux.

— Tu as vu ? demande-t-elle d'un ton agressif.

Je réponds faiblement :

— Non. Je n'ai rien vu...

Genevieve devient cramoisie, elle sait que je mens. Pendant un instant, je crains qu'elle ne se mette à pleurer ou me frappe. Je préférerais qu'elle me frappe.

— Vas-y, dit-elle d'un ton de défi. Mets-moi hors-jeu. Tu es venue pour ça.

Je secoue la tête, mais elle saisit mes mains sur le volant et les pose violemment contre sa clavicule.

— Voilà. T'as gagné, Lara Jean. Le jeu est fini.

Puis elle rejoint sa voiture en courant.

Ma grand-mère m'a appris un mot coréen. *Jung*. C'est le lien entre deux personnes, qui ne peut être rompu, même quand l'amour se transforme en haine. On garde de vieux sentiments dont on ne peut jamais totalement se défaire, et il restera toujours de la tendresse dans le cœur. J'imagine que ça ressemble à ce que je ressens pour Genevieve. *Jung* m'empêche de la détester. On est liées.

Et *jung* empêche Peter de se détacher d'elle. Ils sont liés aussi. Si mon père faisait une telle chose, je me tournerais vers la personne qui ne m'a jamais trahie. Quelqu'un qui aurait toujours été là pour moi, qui m'aimerait plus que les autres. Pour Genevieve, cette personne est Peter. Comment lui reprocher ça ?

LIII

ON EST DANS la cuisine en train de nettoyer après un petit déjeuner de pancakes, quand papa me dit :

— Je crois bien qu'une autre des filles Song a un anniversaire en approche. Tu as seize ans, chantonne-t-il, presque dix-sept...

Je ressens une bouffée d'amour pour lui, mon père que je suis si chanceuse d'avoir.

— Qu'est-ce que tu chantes ? demande Kitty.

Je prends les mains de ma sœur et la fais tourner avec moi dans la cuisine.

— J'ai seize ans, presque dix-sept ans ; je suis un peu naïve. Les garçons que je rencontre me disent que je suis jolie et je les crois volontiers.

Papa jette son torchon sur son épaule et fait un pas de défilé. Il m'accompagne d'un baryton profond.

— Tu as besoin d'un garçon plus âgé et sage pour te dire quoi faire.

— Cette chanson est sexiste, déclare Kitty quand je la lâche.

— C'est vrai, admet papa en lui donnant un petit coup de torchon. Et le garçon en question n'était pas plus âgé et plus sage. C'était un nazi en devenir.

Kitty s'écarte de nous.

— Mais de quoi vous parlez ?

— On imite une chanson de *La Mélodie du bonheur*.

— Le film sur la bonne sœur ? Jamais vu.

— Tu as vu *Les Sopranos* mais pas *La Mélodie du bonheur* ?

Papa s'inquiète.

— Kitty a regardé *Les Sopranos* ?

— Juste les bandes-annonces, corrige vivement Kitty.

Je continue à chanter pour moi-même en tournoyant comme Liesl dans le belvédère.

— J'ai seize ans, presque dix-sept ans, innocente comme une rose... Les garçons que je rencontre me disent que je suis jolie et je les crois volontiers.

— Tu croirais un mec que tu ne connais pas ? intervient Kitty.

— C'est dans la chanson, ça ne parle pas de moi ! Bon sang !

J'arrête de tourner.

— C'est que Liesl était un peu idiote, quand même. Je veux dire, c'était un peu sa faute s'ils ont failli être capturés par les nazis.

— Je dirais plutôt que c'était la faute du capitaine von Trapp. Rolf était un gamin, il les aurait laissés partir, mais il a fallu que Georg le rejette. (Il secoue la tête.) Georg von Trapp avait un sacré ego. Eh, on devrait s'organiser une soirée Mélodie du bonheur !

— C'est clair.

— Ce film a l'air horrible, interrompt Kitty. Quel drôle de nom, Georg...

On l'ignore et papa continue.

— Ce soir ? On se ferait des *tacos al pastor* !

— Impossible, je dois aller à Belleview.

— Et toi, Kitty ?

— La mère de Sophie va nous apprendre à cuisiner des gâteaux en palets. Tu sais, si on verse une sauce aux pommes dessus, c'est délicieux !

Les épaules de papa s'affaissent.

— Oui, je sais. Il va falloir que j'apprenne à réserver vos soirées un mois à l'avance.

— Tu pourrais inviter Mme Rothschild, suggère Kitty. Elle aussi est seule les week-ends.

Il lui adresse un drôle de regard.

— Je suis sûr qu'elle a bien mieux à faire que de regarder *la Mélodie du bonheur* avec son voisin.

J'interviens :

— N'oublie pas les *tacos al pastor* ! Ça vaut le déplacement. Et toi, bien sûr. Tu vaux le déplacement.

— Tu vaux carrément le déplacement, renchérit Kitty d'une voix flûtée.

— Les filles, commence papa, mais je l'interromps.

— Attends, laisse-moi encore ajouter une chose. Papa, tu devrais vraiment recommencer à voir des femmes.

— Je vois des femmes !

— Tu as dû sortir deux fois.

Ma remarque le fait taire.

— Pourquoi ne pas demander à Mme Rothschild ? Elle est mignonne, elle a un bon travail, Kitty l'adore. Et elle vit tout près.

— Oui, c'est justement pourquoi je ne veux pas qu'on sorte. Il ne faut pas fréquenter une voisine ou une collègue, parce qu'il faudra continuer à les croiser si ça ne marche pas.

— Comme ce dicton qui dit de ne pas mêler le cul et le boulot ? (Papa fronce les sourcils et elle se reprend.) Je veux dire ne pas mêler le cœur et le boulot ? C'est ça, papa ?

— Oui, il y a de cela, mais, Kitty, je ne veux pas que tu utilises des mots aussi grossiers.

— Je suis désolée, reprend-elle d'un ton penaud. Mais je crois quand même que tu devrais donner sa chance à Mme Rothschild. Si ça ne marche pas, ça ne marche pas.

— Je ne voudrais pas que tu te montes la tête et que tu te fasses une fausse joie.

— C'est la vie, reprend Kitty. Les choses ne fonctionnent pas toujours. Regarde Lara Jean et Peter.

Je lui adresse un regard noir.

— Oh, merci beaucoup.

— J'essaie de m'expliquer.

Elle s'approche de papa et le prend par la taille. Cette gamine a vraiment tous les recours !

— Penses-y bien, papa. Tacos, bonne sœur, nazis et… Mme Rothschild.

Il soupire.

— Je suis certain qu'elle a prévu autre chose.

— Elle m'a dit que, si tu l'invitais, elle dirait oui.

Je n'ai pas pu me retenir.

Papa sursaute.

— Vraiment ? Tu es sûre ?

— Certaine.

— Eh bien… je l'inviterai peut-être. Pour un café ou un verre. *La Mélodie du bonheur* est un peu longue pour un premier rendez-vous.

Kitty et moi poussons des cris enthousiastes et nous frappons les paumes.

LIV

Le petit déjeuner d'anniversaire au snack était une sorte de tradition entre Margot, Josh et moi. Un jour de semaine, on se serait levés tôt pour y aller avant les cours. J'aurais commandé des pancakes à la myrtille et Margot aurait planté une bougie dessus, puis on aurait chanté.

Le jour de mes dix-sept ans, je reçois une carte d'anniversaire de Josh mais je devine qu'il n'ira pas au snack. Maintenant, il a une petite amie, et ce serait bizarre, surtout sans Margot. Un courrier, c'est assez.

Pour le petit déjeuner, papa prépare des œufs brouillés au chorizo et Kitty m'offre une grande carte avec des photos de Jamie collées partout dessus. Margot me souhaite un bon anniversaire par chat vidéo et précise que mon cadeau devrait arriver cet après-midi ou le suivant.

Au lycée, Chris et Lucas placent une bougie sur des donuts qu'ils ont achetés au distributeur et me chantent « joyeux anniversaire » dans le couloir. Chris m'offre un nouveau rouge à lèvres, rouge, pour quand je veux jouer les mauvaises filles, d'après elle. Peter ne me dit rien en cours de chimie, je doute qu'il sache que c'est mon anniversaire, et que pourrais-je espérer qu'il me dise, après la façon dont tout s'est fini entre nous ? Mais c'est tout de même une bonne journée, agréable et sans remous.

Mais en sortant, je vois John, garé sur le parking. Il se tient devant sa voiture et ne m'a pas encore vue. Sous le soleil éclatant de l'après-midi, ses cheveux blonds sont comme un halo autour de sa tête et je suis brusquement saisie par le souvenir de mon amour passé pour lui, un amour total et ardent. J'admirais ses mains fines, le dessin de ses pommettes. Autrefois, je connaissais son visage par cœur. Il était imprimé dans ma mémoire.

J'accélère le pas.

— Salut ! dis-je en faisant un signe de la main. Qu'est-ce que tu fais là ? Tu n'as pas cours ?

— Je suis parti plus tôt.

— Toi ? John Ambrose McClaren a séché les cours ?

Il rit.

— Je t'ai apporté quelque chose.

Il sort une boîte de la poche de son manteau et me la tend.

— Tiens.

Je la prends. Le paquet est lourd et me prend toute la main.

— Je dois... Je dois l'ouvrir maintenant ?

— Si tu veux.

Je sens son regard sur moi pendant que je déchire l'emballage et ouvre la boîte blanche. Il est nerveux. Je prépare un sourire pour qu'il sache que ça me plaît, quel que soit le cadeau. Le simple fait qu'il ait pensé à m'offrir quelque chose est tellement... craquant.

Niché dans un papier de soie blanc, je découvre une boule à neige grosse comme une orange, avec un socle de cuivre. Un garçon et une fille patinent à l'intérieur. Elle porte un pull rouge et un cache-oreilles. Elle dessine un huit et le garçon la contemple avec admiration. C'est un instant de grâce. Un moment parfait, préservé sous le verre. Comme cette nuit où il a neigé en avril.

— J'adore.

C'est vrai, je le pense de tout mon cœur. Seule une personne qui me connaît vraiment pouvait m'offrir ça. Je me sens comprise. C'est une sensation merveilleuse, et je pourrais pleurer. Je garderai ça pour toujours, ce souvenir et cette boule à neige.

Je me dresse sur la pointe des pieds pour le serrer dans mes bras et il m'enlace pour m'attirer contre lui.

— Bon anniversaire, Lara Jean.

Je vais monter dans sa voiture, quand je vois Peter nous rejoindre à grandes enjambées.

— Une seconde, dit-il avec un demi-sourire engageant sur les lèvres.

— Salut, dis-je prudemment.

— Salut, Kavinsky, renchérit John.

Peter lui adresse un signe de tête.

— Je n'ai pas eu l'occasion de te souhaiter bon anniversaire, Covey, dit-il.

— Mais... tu m'as vue en classe de chimie...

— Ouais, mais tu es partie si vite. J'ai quelque chose pour toi. Ouvre les mains.

Il prend le globe et le confie à John.

— Tu peux tenir ça ?

Je les regarde tous les deux. Maintenant, je suis nerveuse.

— Tends les mains, insiste Peter.

Je jette encore un regard à John puis obéis, et Peter sort quelque chose de sa poche, qu'il lâche dans mes mains. Mon médaillon en cœur.

— C'est à toi.

— Je croyais que tu l'avais remis dans la boutique de ta mère, dis-je lentement.

— Non. Il ne rendrait rien sur une autre fille.

Je cligne des yeux.

— Peter, je ne peux pas accepter ça.

J'essaie de le lui rendre, mais il secoue la tête et refuse de le prendre.

— Peter, s'il te plaît.

— Non. Quand je t'aurai reconquise, je l'accrocherai à ton cou et te donnerai ma broche. (Il essaie de soutenir mon regard.) Comme dans les années cinquante. Tu te rappelles, Lara Jean ?

J'ouvre la bouche et la referme.

— Je ne crois pas que tu aies bien compris cette histoire de broche, dis-je enfin en lui tendant le collier. S'il te plaît, reprends-le.

— Dis-moi quel est ton vœu, insiste-t-il. Souhaite ce que tu veux, et je te l'offrirai, Lara Jean. Il te suffit de demander.

J'ai la tête qui tourne. Autour de nous, les élèves sortent et se dirigent vers leurs voitures. John se tient près de moi et Peter me regarde comme s'il n'y avait que nous sur le parking. Sur toute la terre.

La voix de John me tire de ma rêverie.

— À quoi tu joues, Kavinsky ? demande-t-il en secouant la tête. C'est pathétique. Tu l'as traitée comme une vieille chaussette et maintenant tu décrètes que tu veux la reconquérir ?

— Reste en dehors de ça, le Kid, coupe Peter. Tu as promis de ne pas me briser le cœur, ajoute-t-il d'une voix douce à mon intention. Dans le contrat, tu as dit que tu ne le ferais pas, mais tu l'as fait, Covey.

Il n'a jamais eu l'air si sincère et ému.

— Je suis désolée. (Ma voix n'est qu'un murmure.) Je ne peux vraiment pas.

JE NE ME retourne pas vers Peter en montant dans la voiture, mais j'ai toujours le bijou qui pend entre mes doigts. À la dernière seconde, je me retourne, mais on est trop loin, je ne vois plus s'il est encore là ou non. Mon cœur bat la chamade. Qu'est-ce que j'aurais le plus de regrets à perdre ? La réalité de Peter ou le rêve de John ? Qui est indispensable à ma vie ?

Je repense à la main de John sur la mienne. Nous deux, allongés dans la neige. La façon dont ses yeux semblent plus bleus quand il rit. Je ne peux pas abandonner ça. Mais je ne peux pas renoncer à Peter. Il y a tant de choses à aimer chez les deux. Peter et son assurance de gamin, son approche positive de la vie, sa gentillesse envers Kitty. Le bond que fait mon cœur dans ma poitrine quand il gare sa voiture devant chez moi.

On roule en silence pendant quelques minutes puis John, sans détacher son regard de la route, prend la parole.

— Est-ce que j'avais la moindre chance ?

— Je pourrais tomber amoureuse de toi en un clin d'œil, dis-je dans un murmure. Je le suis déjà à moitié. (Sa pomme d'Adam bondit.) Tu es si parfait dans mes souvenirs, et tu es toujours aussi parfait. Tu es tel que je t'ai rêvé. De tous les garçons, c'est toi que je choisirais.

— Mais ?

— Mais… j'aime encore Peter. Je n'y peux rien. Il a été le premier et… il n'est plus reparti.

Il pousse un énorme soupir qui me fend le cœur.
— Maudit Kavinsky.
— Je suis désolée. Je t'aime aussi beaucoup, John, vraiment. J'aimerais... J'aimerais revenir au bal du collège.

Alors John Ambrose McClaren déclare une dernière chose, une chose qui fait chavirer mon cœur.

— Je ne pense pas que c'était le moment pour nous. J'imagine qu'aujourd'hui ne l'est pas davantage. (Il me regarde droit dans les yeux.) Mais un jour, peut-être que ce moment viendra.

LV

JE SUIS DANS les toilettes des filles et je réajuste le ruban de ma queue-de-cheval quand Genevieve entre. Ma bouche devient brusquement sèche. Elle se fige, puis se détourne pour entrer dans des cabinets.

— On se rencontre toujours dans les toilettes, dis-je.

Elle ne répond pas.

— Gen… je suis désolée pour l'autre jour.

Genevieve pivote et avance vers moi.

— Je ne veux pas de tes excuses, réplique-t-elle en me saisissant le bras. Mais si tu en parles à une seule personne, je te jure que…

— Je ne dirai rien ! Je t'assure ! Je ne ferai jamais ça !

Elle me lâche.

— Parce que tu as pitié de moi, c'est ça ? rétorque-t-elle avec un rire amer. Tu es vraiment une sale hypocrite. Ton petit numéro tout sucre et miel me rend malade, tu le sais ? Tu as trompé tout le monde, mais moi je sais qui tu es vraiment.

Le venin qui suinte dans sa voix me laisse pantoise.

— Qu'est-ce que je t'ai fait ? Pourquoi est-ce que tu me détestes autant ?

— Oh, mon Dieu, stop ! Arrête de faire celle qui ne sait pas. Assume un peu la crasse que tu m'as faite.

— Une minute, que moi je t'ai faite ? C'est toi qui as mis une vidéo sexy de moi sur Internet ! Tu ne peux pas changer l'histoire comme ça te chante. Je suis Éponine et toi Cosette ! Ne me fais pas croire que je suis Cosette !

Elle m'adresse une moue cruelle.

— Putain, de quoi tu parles ?

— *Les Misérables* !

— Je n'aime pas les comédies musicales.

Elle tourne les talons comme pour partir puis s'arrête.

— Je vous ai vus tous les deux en cinquième. Je t'ai vue l'embrasser.

Elle était là ?

Elle reconnaît ma surprise et s'en régale.

— J'avais oublié ma veste, je suis revenue la chercher, et je vous ai vus vous embrasser sur le canapé. Tu as bafoué la règle première du code entre filles, Lara Jean. Par une petite galipette dans ta tête, tu as fait de moi la méchante. Mais tu devrais savoir que je ne me conduis pas comme une garce par plaisir. Tu l'as mérité.

J'ai la tête qui tourne.

— Si tu le savais, pourquoi es-tu restée mon amie ? On ne s'est éloignées que bien plus tard.

Genevieve hausse les épaules.

— Parce que j'aimais te balancer à la figure que je l'avais gagné et pas toi. Crois-moi, on n'a plus été amies depuis cet instant.

C'est étrange que, de toutes les méchancetés qu'elle m'a dites, celle-ci me fasse le plus mal.

— Pour qu'on soit claires, je ne l'ai pas embrassé. C'est lui qui m'a embrassée. Je ne pensais même pas à lui de cette manière, pas avant ce baiser.

— La seule raison de son baiser ce jour-là, c'est que je le lui avais refusé. Tu étais son second choix. (Elle passe la main dans ses cheveux.) Si tu avais tout avoué à l'époque, je t'aurais peut-être pardonné. Peut-être. Mais tu n'as jamais dit un mot.

Je déglutis.

— Je voulais, mais c'était mon premier baiser, et pas avec le bon garçon, et je savais qu'il ne m'aimait pas.

Tout s'expliquait. Pourquoi elle me maintenait toujours à l'écart de Peter. Elle se collait à lui, le pressait de prouver qu'elle était son premier choix. Ça n'excusait pas tout ce qu'elle avait fait, mais je comprenais mon rôle dans sa vie. J'aurais dû lui parler tout de suite de ce baiser, dès la cinquième. Je savais à quel point elle l'aimait.

— Je suis désolée, Genevieve, vraiment. Si je pouvais revenir en arrière, j'effacerais tout ça.

Ses sourcils frémissent et je devine qu'elle n'est pas indifférente à mes excuses. Je m'enhardis.

— On était amies, à l'époque. Est-ce qu'on pourrait... Tu crois qu'on pourra être de nouveau amies un jour ?

Elle me toise avec un dédain absolu, comme si j'étais une enfant stupide lui réclamant la lune.

— Grandis, Lara Jean.

De bien des façons, il me semble que c'est fait.

LVI

JE SUIS ALLONGÉE sur le dos dans la cabane de l'arbre et je regarde par la fenêtre. La lune dessine un croissant incroyablement fin, petit bout d'ongle dans le ciel. Demain, la maison sera rasée. J'y pensais à peine, mais maintenant qu'elle doit disparaître, je suis triste. C'est comme un jouet d'enfant. Il n'est important que lorsqu'on ne l'a plus. C'est plus qu'une cabane dans un arbre. C'est un adieu avec un arrière-goût de fin de tout.

Je m'assois et je le remarque, un fil violet qui sort entre deux planches de bois comme une herbe. Je tire et libère l'ensemble. Le bracelet d'amitié que j'avais donné à Genevieve.

Crois-moi, on n'a plus été amies depuis cet instant.

C'est faux. On faisait des soirées pyjama, des fêtes d'anniversaire, elle est venue pleurer vers moi quand elle a cru que ses parents allaient divorcer. Elle n'avait pas pu me haïr tout ce temps. Je ne le crois pas. Ce bracelet d'amitié le prouve.

Parce que c'est ce qu'elle avait mis dans la capsule temporelle, son objet le plus précieux, tout comme son bracelet était le mien. Lors de la fête, elle l'avait retiré discrètement pour le cacher, elle ne voulait pas que je le sache. Mais maintenant, je sais. Autrefois, moi aussi je comptais pour elle. On a été de vraies amies avant. Les larmes me montent aux yeux. Adieu, Genevieve, adieu années de collège, adieu cabane dans l'arbre et tout ce qui comptait pour moi cet été-là.

Les gens entrent et sortent de votre vie. Pendant un moment, ils font partie de votre monde, ils sont tout pour vous. Puis un jour ils ne sont plus rien. Rien ne dit combien de temps ils seront près de vous. Il y a un an, je n'aurais pu imaginer que Josh ne ferait plus partie de mon quotidien. Je ne pouvais pas concevoir combien ce serait dur de ne plus voir Margot chaque jour, à quel point je me sentirais perdue sans elle, comme il serait facile pour Josh de prendre de la distance, sans même que je m'en aperçoive. Ce sont les adieux les plus durs.

— Covey ? appelle la voix de Peter dehors, dans le noir.

Je m'assois.

— Je suis là.

Il monte rapidement l'échelle et se penche pour ne pas se cogner au plafond. Il rampe vers le mur opposé, pour qu'on se tienne face à face.

— Ils abattent la cabane au bulldozer demain, dis-je.

— Ah oui ?

— Oui. Ils veulent faire une véranda. Un peu comme dans *la Mélodie du bonheur*.

Peter plisse les yeux.

— Pourquoi m'as-tu fait venir ici, Lara Jean ? Je sais que ce n'était pas pour parler de *la Mélodie du bonheur*.

— Je sais pour Genevieve. Je veux dire, son secret.

Il plaque le dos contre le mur et penche la tête en arrière jusqu'à ce qu'elle heurte les planches avec un petit bruit.

— Son père est un trou du cul. Il a déjà trompé sa femme, mais jamais avec quelqu'un de si jeune.

Il parle très vite comme si c'était un soulagement de pouvoir enfin s'exprimer à voix haute.

— Quand les choses se sont vraiment gâtées entre ses parents, Gen se faisait du mal. C'était à moi de la protéger. C'était ma mission. En un sens, j'avais peur, mais j'aime bien… je ne sais pas… nécessaire. (Il soupire.) Je sais qu'elle peut être manipulatrice, je l'ai toujours su. En un sens, c'était plus simple de m'occuper d'elle. Je crois que j'avais un peu peur.

Le souffle me manque.

— De quoi ?

— De te décevoir. (Il détourne le regard.) Je sais que tu attaches de l'importance aux premières relations sexuelles, et je ne voulais pas tout gâcher. Tu es si innocente, Lara Jean. Et moi, j'ai toutes ces merdes dans mon passé.

Je veux lui dire « je me suis toujours moquée de ton passé ». Mais c'est faux. Je comprends seulement maintenant que ce n'était pas Peter qui avait besoin de se détacher de Genevieve. C'était moi. Pendant tout ce temps avec Peter, je me suis comparée à elle, de toutes les façons où elle m'est supérieure, en ne voyant que les aspects de notre relation qui n'égalaient pas ce qu'ils avaient eu ensemble. C'est moi qui ne pouvais pas lâcher le passé. C'est moi qui ne nous ai pas laissé de chance.

Soudain, il demande :

— Quel est ton vœu, Lara Jean ? Maintenant que tu as gagné ? Félicitations, au fait. Tu as réussi.

Je sens une bouffée d'émotion dans ma poitrine.

— J'aimerais que les choses soient de nouveau comme avant entre nous. Que tu sois toi, que je sois moi, et qu'on s'amuse tous les deux, pour que ce soit une première histoire mignonne dont je me rappellerai toute ma vie.

J'ai l'impression de rougir en disant ces derniers mots, parce que le regard de Peter devient tendre comme un caramel pendant un instant, et je dois détourner les yeux.

— Ne parle pas comme si tout était déjà fichu.

— Je ne dis pas ça. La première fois n'est pas forcément la dernière, mais elle restera la première, spéciale. Première et spéciale.

— Tu n'es pas la première, reprend Peter, mais tu es la plus spéciale, parce que tu es celle que j'aime, Lara Jean.

J'aime. Il a dit le mot aimer. J'en ai le tournis. Je suis une fille aimée par un garçon, et pas seulement par ses sœurs, son père, son chien. Un garçon avec de beaux yeux et l'habileté d'un magicien.

— Je devenais fou sans toi, reprend-il en se grattant la nuque. Est-ce qu'on pourrait...

— Alors, moi aussi, je te rendais fou?

Il grogne.

— Ouais, tu me rendais plus dingue que n'importe quelle autre fille que j'ai connue.

Je rampe vers lui et passe le doigt sur son sourcil doux comme la soie.

— Dans le contrat, on était convenus de ne pas se briser le cœur. Et si on recommençait?

— Si on recommençait? demande-t-il avec fièvre. Si on hésite comme ça, il ne se passera rien du tout. Merde, faisons-le pour de vrai, Lara Jean. Pleinement. Plus de contrat. Plus de filet de sécurité. Tu peux me briser le cœur. Fais ce que tu veux avec.

Je pose la main sur sa poitrine, sur son cœur. Son cœur qui est à moi, rien qu'à moi. Maintenant, je le crois. À moi, pour le protéger, en prendre soin ou le briser.

Tant d'amour est une chance. Il y a quelque chose d'effrayant et de merveilleux dans ce sentiment. Si Kitty n'avait pas envoyé ces lettres, si je n'étais pas allée au Jacuzzi cette nuit-là, cette histoire aurait pu être celle de Peter et Gen. Mais Kitty a envoyé les lettres, et je suis sortie la nuit. Tout aurait pu se passer de plein d'autres manières. Mais c'est de cette façon que les événements se sont déroulés. C'est le chemin qu'on a suivi. C'est notre histoire.

Maintenant, je sais que je ne veux pas aimer ou être aimée à moitié. Je veux tout, tout avoir et tout risquer.

Je prends la main de Peter et la pose sur mon cœur.

— Prends-en bien soin, parce qu'il est à toi.

Il me regarde d'une telle manière que je sais aussitôt qu'il n'a jamais fait ces yeux-là à une autre fille.

Soudain, il est entre mes bras, et on s'enlace, on s'embrasse en frissonnant parce qu'on le sait tous les deux : cette nuit, notre histoire est officiellement pour de vrai.

Être vivant ne dépend pas de la façon dont on est fait, répondit le Cheval de Cuir. C'est quelque chose qui t'arrive […]
— Est-ce que ça fait mal ? demanda le Lapin.
— Quelquefois, répondit le Cheval de Cuir ; car il disait toujours la vérité, mais quand tu es vivant, ça t'est égal d'avoir mal.
— Margery Williams[16]

FIN

---

[16] *Le Lapin en peluche,* traduit par Adolphe Chagot, *L'École des loisirs,* 1980.

REMERCIEMENTS

Mes remerciements les plus chaleureux à ma rédactrice en chef, Zareen Jaffery, sans qui je n'aurais pas pu écrire ce livre. Merci aussi à Justin Chanda, mon éditeur et grand ami, et Anne Zafian, Mekisha Telfer, Katy Hershberger, Chrissy Noh, Lucy Cummins, Lucille Rettino, Christina Pecorale, Rio Cortez, Michelle Fadlalla Leo, Candace Greene et Sooji Kim. Cela fait dix ans qu'on s'est rencontrés chez S&S et je vous aime plus que jamais. Merci aussi à l'équipe canadienne de S&S pour son soutien inébranlable.

Tout mon amour et mon admiration à mes incroyables agents, Emily van Beek, Molly Jaffa, et toute l'équipe Folio: j'apprécie infiniment votre aide. Je remercie aussi Elena Yip, mon assistante à temps partiel.

Je salue Siobhan Vivian, partenaire d'écriture, de crime, de tout – je n'aurais pas pu y arriver sans toi –, et Adele Griffin, l'une de mes personnes favorites au monde, qui sait toujours trouver le pouls d'une histoire. À Morgan Matson, en souvenir de cette nuit à Londres!

Et enfin, je remercie mes lecteurs, et leur envoie tout mon amour, toujours.

Jenny

À PROPOS DE L'AUTEUR

Le livre *À tous les garçons que j'ai aimés*, de Jenny Han, figure au palmarès des meilleures ventes du *New York Times*, aux côtés de la trilogie de «L'été où je suis devenue jolie». Elle a également écrit deux romans pour jeunes adolescents, *Shug* et *Clara Lee and the Apple Pie Dream*[17]. Elle a coécrit la trilogie du «Pacte» avec Siobhan Vivian. Jenny vit à Brooklyn. Venez visiter son site dearjennyhan.com.

---

[17] *Ouvrages non traduits.*

Panini Books

**Achevé d'imprimer sur les presses
de l'imprimerie Rotolito Lombarda (Italie)**
Dépôt légal : mai 2017